Helena Baum
DIR ZULIEBE

HELENA BAUM

DIR ZULIEBE

Impressum

© 2019 Helena Baum

Cover: indiepublishing.de
Bildnachweis: ©: Anna Ismagilova/bigstock.
Lektorat: Elsa Rieger https://www.elsarieger.at/lektorin/
Korrektorat: Enya Kummer und Manja Metz

DIR ZULIEBE

»Und es kam der Tag, da das Risiko,
in der Knospe zu verharren,
schmerzlicher wurde als
das Risiko, zu blühen.«
Anaïs Nin

Oktober 1986

Wie aus weiter Ferne hörte sie seine Worte. »Hör auf, Mutter! Hör endlich auf!« Der Badezimmerboden war klitschnass, die Wanne übergelaufen und ihre Füße standen in dem mit Blut, Kot und Urin verschmutzten Badeschaum. Das Wasser lief und lief. Der beschlagene Badspiegel zeigte eine aufgemalte Sonne, die langsam zerlief. Friedas Blick huschte verstört über ihre Kinder, sie hatten Angst vor ihr. Beide.
Sie beschlich eine Ahnung, dass sie dieses Bild nie mehr loslassen sollte. Dass sie Badezimmer kaum noch betreten konnte und beschlagene Spiegel ihr bis in die staubtrockenen Träume folgen würden.

1. Sechzehn Jahre später, Februar 2002

Bellas Gesicht glühte, als hätte sie hohes Fieber. Sie zog sich den langen dunkelblauen Wintermantel über, obwohl sie ihn nicht besonders mochte. Er war ihr viel zu elegant und sie hatte das Gefühl, darin erwachsener auszusehen, als sie sich fühlte. Doch heute könnte er ihr hoffentlich gute Dienste leisten. Ihr Plan war, ohne viel Aufhebens an ihrer Mutter vorbeizuhuschen. Ein Blick aus dem Fenster verriet, dass ihr Vater noch arbeitete. In der gegenüberliegenden Werkstatt brannte das Deckenlicht. Mist! Sie brauchte ihn als Unterstützung. Ihre Freundin Becky wartete, sie hatte keine Wahl. Luft anhalten. Unsichtbar machen. Freundlich bleiben.

Als sie in die Küche kam, thronte ihre Mutter auf dem kleinen Küchensofa, ihrem Lieblingsplatz. »Bis später, Becky wartet. Du erinnerst dich? Heute ist Fasching im *Kowalski*.«

»Stopp, stopp, stopp. Was versteckst du da und wann bist du zurück?«

Bleib freundlich, dachte Bella, und zeig ihr auf keinen Fall das Kostüm.

»Ich verstecke nichts und bin gegen ein Uhr in der Nacht zurück, vielleicht ein Uhr dreißig. Beckys Vater fährt uns.« Das Gesicht ihrer Mutter kam in Bewegung, die ganze Frau kam in Bewegung und Bella hielt die Luft an.

»Du bist halb eins hier und zeig mir dein Kostüm!«

2.

Noch bevor Jupp die Tür geöffnet hatte, die direkt in die warme Wohnküche führte, hörte er das Gezeter.
»Oh, nein! Nein, mein Frollein. Nein! So gehst du nicht!« Jupp bückte sich, wechselte die Schuhe und wäre am liebsten direkt wieder umgekehrt, sogar barfuß.
»So! Gehst! Du! Nicht!« Stakkato.
Er trat ein und sah, wie Frieda den Arm nach kurzem Zögern senkte. Den Zeigefinger, der auf Isabellas Minirock deutete, ließ sie anklagend ausgestreckt. Jupp sah seiner Frau an, dass sie noch lange nicht fertig war. Noch lange nicht!
Es klingelte und er war heilfroh über die Unterbrechung. Als er die Tür öffnete, sah er in Lottis gut gelauntes Gesicht mit den hochgezogenen Augenbrauen und dem leicht frivolen Zug um den Mund, der sich über die Jahre dort eingraviert hatte.
»Komm rein, ist ganz schön kalt.«
Mit einem Rundumblick schien Lotti die Lage zu erfassen.
»Hier drinnen auch, wie mir scheint.«
Jupp nickte. »Eher heißkalt.« Galant half er ihr aus dem schweren Wintermantel und hoffte, dass er kein echtes Tier in den Händen hielt und an den Garderobenhaken beförderte.
Lotti klopfte den Schmutz von ihren Stiefeln und wechselte in die Hausschuhe, die immer für sie parat standen. Mit ihrem Pelzhut, den sie auch in der warmen Küche nicht absetzte, ihrer kerzengeraden Haltung und dem auffälligen Schmuck sah sie aus wie eine russische Fürstin in einem bitterkalten Winter in Nowosibirsk. Jupp stand hinter ihr und dachte wieder einmal, dass Lotti zur Familie gehörte wie dick gestrickte Socken an winterkalte Füße.

Schnurstracks ging sie zu Frieda, küsste sie auf die erhitzte Wange und tätschelte ihr den Rücken. »Egal, was ich verpasst habe, Schwesterherz. Reg dich ab. Deine Pumpe wird's dir danken.« Dann umarmte sie ihre Nichte Isabella, hielt sie eine Armlänge von sich entfernt und musterte sie von oben bis unten. »Oh, là, là, kleine Lady, was hast du denn heute vor? Der Lidstrich betont deine Katzenaugen ganz fantastisch und dein Mund, da reicht ein Hauch von Lipgloss. Und, Frieda, schau dir diesen schlanken Hals und das Herzgesicht an. Eure Tochter ist der Wahnsinn!«

Jupp registrierte Lottis Entzücken und das für seine Tochter bestimmte Augenzwinkern.

Friedas erwartungsvollem Blick hingegen wich er tunlichst aus. Sie sah aus, als würde sie mit letzter Kraft höchstpersönlich ihr Blut durch die Adern pumpen. »Jupp! Sag was! Und Lotti, halt dich da raus! Das geht nur Isabella und uns etwas an!«

Jupp, der inzwischen bei den Frauen am Tisch war, begutachtete seine Tochter ebenfalls. Isabella hatte sich offensichtlich bereits in den Kampfmodus begeben. Inzwischen stand sie breitbeinig, die Arme vor der Brust verschränkt wie eine Amazone im Raum und wartete ab, was passieren würde. Sie trug so etwas wie einen goldenen Büstenhalter mit Fransen, dazu einen, auch für seinen Geschmack, sehr winzigen Minirock, Stiefel zum Schnüren, die bis an die Knie reichten, und hatte sich eine riesige Sonnenbrille in ihre langen roten Haare gesteckt. Ihr Gesicht leuchtete. Alles, was sie am Körper trug, glitzerte und blinkte im Licht der Haberlandschen Küchenlampe. Seine Tochter war eine Augenweide, selbst wenn sie ihre Wut zerkaute wie einen ausgelutschten Kaugummi, wenn sie weinte und tobte. Oder auch, wie jetzt, trotzig in der Küche stand. Er liebte dieses Mädchen von ganzem Herzen. Wie immer regte sich für einen Moment sein Vaterstolz, so eine hübsche Tochter in die Welt gesetzt zu haben. Seine Kleine, seine Nachzüglerin, seine Prinzessin, seine ...

»Jupp!« Friedas Blick glich dem einer Irren. Gespannt wie ein Flitzebogen starrte sie ihn an. Der immer noch ausgestreckte Zeigefinger schien wippend auf einen weiteren Einsatz zu warten. Aus dem Augenwinkel sah er, dass Lotti derweil eine Flasche Weißwein aus dem Kühlschrank geholt hatte und sich ein Wasserglas davon einschenkte. Die Flasche ließ sie auf dem Tisch stehen, was Jupp sofort ärgerte. Wein musste zurück in den Kühlschrank, auch im Winter! Doch vor ihm brannte die Luft, er konnte sich gerade nicht um so etwas Banales kümmern. Hoch konzentriert wischte Jupp ein paar Krümel vom Tisch. Vielleicht waren die auch nur eingebildet, aber sie verschafften ihm Zeit. Dann setzte er betont langsam die Brille auf und widmete sich seinen beiden Gewitterziegen, wie er seine Tochter und seine Frau insgeheim nannte.

Bevor er überhaupt einen klaren Gedanken fassen konnte, hörte er Isabellas gelangweilte Ermahnung. »Noch mal, liebe Familie, da ihr alle hier so schön versammelt seid: Ich heiße Bella, einfach nur Bella und nicht Isa-Bella. So wie Rebecca Becky heißt. Isa ist einfach out! Könnt ihr euch das endlich merken? Und ...«, ihr Blick wanderte aufmüpfig zu ihrer Mutter und hilfesuchend zu Jupp und Lotti, »... natürlich gehe ich so! Es ist Fasching, ich bin siebzehn, fast achtzehn. In welcher Zeit lebt ihr? Alle laufen so rum. Wir sind nicht mehr in den Achtzigern.« Sie schnappte sich ihren Mantel und zog ihn hastig über.

Demonstrativ schaute sie noch einmal zu ihrer Mutter und Jupp musste endlich etwas sagen. Aber was? Seine Frau würde gleich explodieren, die Spannung in der Luft reichte aus, dass sich ein Streichholz von allein entzünden könnte.

»Und …?« Frieda nahm Anlauf, sie richtete sich auf. Der Mund wurde spitz. »Isa … also, Bella … als was gehst du?« Der Zeigefinger kam erneut zum Einsatz. »Als was gehst du da, bitteschön?«

»Als Model.« Isabella blieb verträglich und schaute ihre Eltern und Tante Lotti in all ihrer gottgegebenen Unschuld an. Seelenruhig wanderte ihr Blick von einem zum anderen, als wüsste sie wirklich nicht, worüber ihre Mutter sich so aufregte. Sie zog ihre schmalen Schultern nach oben und ließ sie kommentarlos wieder fallen. Jupp stöhnte lautlos. Alles, was jetzt käme, gehörte zum täglichen Wahnsinn zwischen seiner Tochter und seiner Frau. Wie ein Unwetter würden die ewig gleichen Themen anrollen, um sich vor seinen Füßen zu entladen.

Wie du wieder aussiehst.
Wie eine Prostituierte.
Was soll nur aus dir werden?
Was habe ich nur falsch gemacht?
Was sollen die Leute denken?

Ich sehe verdammt gut aus.
Ich bin keine Prostituierte.
Ich werde Model oder irgendwas anderes, was mit Schönheit zu tun hat.
Alles hast du falsch gemacht.
Die Leute sind mir scheißegal.

Seine Frau würde sich bis zum Zerreißen aufspulen, sich ereifern und eine Diskussion mit ihrer Tochter beginnen, die sie wie immer gewinnen würde. Verbal war Frieda stark, laut, argumentierte alle ins Aus und hinterließ eine verzweifelte Isabella, der am Ende die Worte fehlten. Jupp war dieser Streitereien so müde. Er stützte den Kopf in seine Hände, schob die Brille nach oben und rieb sich über die Augen. Er ließ sich Zeit, trotz der hochexplosiven Stille. Bevor er antworten konnte, hörte er erneut Friedas Stimme. Gefährlich ruhig. Eiskalt. Die Härchen stellten sich ihm auf. Überall. Alarmiert schaute er zu seiner Frau.

Hochrot im Gesicht drehte sie sich zu ihrer Tochter. »Weißt du was, Frollein? Hiermit! Kündige! Ich! Meine! Mutterschaft!«

Stakkato und Frollein, keine gute Mischung, dachte er angespannt.

»Ab heute bin ich nicht mehr deine Mutter! Du machst schon lange, was du willst, legst keinen Wert auf meine Meinung. Ich bin raus!« Noch ehe Jupp verstanden hatte, was los war, drehte sie sich mit wippendem Zeigefinger zu ihm. »Du bist dran, mein Lieber! Ich habe unsere drei Söhne fast allein großgezogen. Marco hat bis heute mit deiner Ablehnung zu kämpfen, und ich war immer allein für ihn zuständig, weil du ja so bitter enttäuscht warst.« Sie äffte, auf ihre vollkommen untalentierte Art, jemanden nachzuäffen, seine damalige Enttäuschung nach. »Du, mein Lieber, bringst das jetzt mit Isabella zu Ende. Du wolltest noch ein Kind! Du wolltest unbedingt ein Mädchen. Bitteschön.« Sie schwenkte um und zeigte wieder auf Isabella. »Hier ist sie!«

»Bella!«, korrigierte seine Tochter regungslos und verdrehte die Augen, die Arme inzwischen in die Hüften gestemmt. Sie war die Einzige, die Jupp kannte, die ihre Augen dermaßen verdrehen konnte, dass nur noch das Weiße zu sehen war. Wie eine Außerirdische sah sie aus: die weißen Augen, ihre trotzige

Haltung, ihr extravaganter Faschingsaufzug unter dem blauen Mantel. Jupp musste ein aufsteigendes Grinsen unterdrücken. Auf keinen Fall lachen! Er krümmte die Zehen, um seine Aufmerksamkeit vom Gesicht auf die Erde zu lenken. Streckte sie wieder.

Lotti mit ihrem überdimensionalen Pelzhut und den geröteten Wangen schwieg und schenkte sich reichlich Wein nach.

Jupp registrierte trotz des brausenden Donnerwetters vor seinen Augen, dass die Flasche halb leer war. Und sicher zu warm.

3.

Türenschmeißend verließ Frieda die Küche. Sie polterte, so laut sie konnte, stapfte die Treppe hinauf und schmiss auch hier mit den Türen, dass die Wände wackelten.

Isabella brachte sie auf die Palme. Jeden Tag. Vierundzwanzig Stunden, auch im Schlaf. Ihren hohen Blutdruck, ihre Migräne und die Herz-Rhythmusstörungen hatte sie ihrer Tochter zu verdanken. Vor ihrem inneren Auge sah sie die weitere Szene, selbst wenn sie nicht dabei war.

Isabella würde sich zu ihrem Vater beugen, ihn auf die Wange küssen und sagen: »Paps, vertrau mir. Es ist Fasching und ich kann auf mich aufpassen. Beckys Dad fährt uns hin und auch wieder zurück. Ich bin gegen eins, spätestens halb zwei zu Hause.« Wieder äffte sie die Worte ihrer Tochter in übertriebenem Säuseln nach. Obwohl sie es nicht sehen konnte, wusste sie, dass Jupp ergeben nicken und sich mit Lotti den restlichen Wein teilen würde. Immer, immer das Gleiche! Sie hatte es so satt.

»Mir reicht's!«, entfuhr es ihr laut. Sie ließ sich auf das Ehebett im abgedunkelten Schlafzimmer fallen und augenblicklich überkam sie eine tiefe Müdigkeit. Ihr Kopf dröhnte, das Herz raste und selbst die Augen fühlten sich unheimlich schwer an. Am liebsten hätte sie ihre Tochter geohrfeigt, verprügelt, rausgeschmissen oder eingesperrt. Ihre Brust hob und senkte sich heftig, wenn sie an sie dachte. Um sich zu beruhigen, legte sie die Hände auf ihr Herz. Als sie die Haustür klappen hörte, entrüstete sie sich erneut, dass Isabella wieder gewonnen hatte. Natürlich ging sie in diesem Aufzug zu diesem Fasching und natürlich legte sie die Zeit des Nachhausekommens fest, nicht

Jupp. Das ganze Dorf würde über sie reden. Sie sah aus wie eine Prostituierte!« Friedas Puls raste durch ihren Körper wie ein Schnellzug auf freier Strecke.

»Schwesterherz?«, hörte sie Lottis Reibeisenstimme an der Tür. »Ich komm rein, ja?« Noch während sie fragte, drückte sie die Türklinke hinunter und huschte zu ihr aufs Bett, nahm einfach ihre Hand. Wie früher, als sie sich noch ein Kinderzimmer teilten. Lotti, selbstlose Zuhörerin und Trösterin.

Frieda atmete hörbar aus, die Luft kam von tief unten, fast klang es wie ein Stöhnen. Erschrocken hielt sie die Hand vor den Mund, und die Schwestern konnten sich ein Lachen nicht verdrücken.

»Nicht, dass dein Mann denkt, wir gucken hier oben heimlich Pornos.« Lotti lachte ihr dunkles Lachen. »Das wär doch mal 'ne gute Ablenkung für dich. Prüde, wie du bist.«

Frieda schaltete das kleine Nachtlicht an. »Ich bin überhaupt nicht prüde. Aber ich habe Angst, dass Isabella so ein Mädchen wird ... so, wie sagt man?«

»Bitch? Nutte? Sexmonster?«, half Lotti nach.

»Nein. Ein gefallenes Mädchen, so hieß das früher.«

»Friedel, mein kleiner altmodischer Staubwedel. Ich glaube, wir meinen das Gleiche.«

»Ich wünschte, sie wäre weniger hübsch. Dann würde ich mir nicht so große Sorgen um sie machen.«

»Schönheit hin oder her, sie wird ihr Leben leben müssen.«

Frieda nickte ergeben. »Wohl wahr. Aber Jupp ist dermaßen blind. Er vergöttert sie, verwöhnt sie und ständig hängen sie zusammen. Vom ersten Tag an. Sie hat ihn völlig absorbiert. Ich rege mich schon auf, wenn ich es dir nur erzähle! Hier, fühl meinen Puls.« Sie streckte ihrer Schwester den Arm hin.

»Ich glaub's dir ja. Brauch keine Beweise.« Lotti richtete sich auf und lehnte sich an das Bettende. Jupp hatte eine praktische und sehr stabile Rückenlehne für das Bett gebaut. »Aber für all das kann doch das Mädchen nichts.«

Frieda ignorierte den Einwand. »Als hätte ich es geahnt.«

»Was geahnt?«

»Ich weiß auch nicht, ich bin müde. So müde. Ich hätte mit fast vierzig kein Kind mehr bekommen sollen.«

»Jetzt ist sie nun mal da. Hätte, hätte Fahrradkette. Außerdem warst du achtunddreißig, fast noch Mitte dreißig. Ich hätte mal irgendwann ein Kind bekommen sollen. Hab ich leider verpasst, vor lauter Suchen nach dem Richtigen. Ständig hatte ich was auszusetzen, keiner war gut genug. Komm, lass uns wieder runtergehen. Ich hab Hunger und brauch einen frischen Schluck Wein.«

Frieda seufzte. »Lotti, du trinkst zu viel!«

»Ach was. Das Leben ist zu kurz für all das Schöne. Komm, Schwesterherz, stöhn noch mal, das klang aus Versehen so verboten verrucht!« Lotti stand auf und gab ihrer Schwester ein Zeichen, es ihr gleich zu tun.

Beide waren in ihren Fünfzigern, in der Menopause. Lotti hatte ein paar Kilos zugelegt, Frieda hatte abgenommen, was ihrer beider Attraktivität keinen Abbruch tat.

Alle Frauen in der Familie hatten eine große Portion Schönheit und Anmut in die Wiege gelegt bekommen. Selbst die Mutter der Schwestern sah bis zu ihrem Tod einfach bezaubernd aus. Sie hielt sich kerzengerade, ihr schlohweißes Haar lag in großen Wellen um ihren Kopf, lästige Haare im Gesicht wurden gezupft. Die Augenbrauen bildeten einen perfekten Bogen im schmalen Gesicht. Sie trug keine Hosen. Nie. Früher nicht und schon gar nicht als alte Dame. Das schickte sich nicht.

Frieda brauchte zwei Anläufe, um nur mit den Bauchmuskeln hochzukommen. Sie hatte sich angewöhnt, die Beine wie eine Schaukel zu benutzen, um Schwung zu holen.

»Wahnsinnig sexy, wie du aufstehst«, Lotti lachte.

»Das zeig ich auch nur dir«, schnaufte Frieda nach der Anstrengung. »Ich muss mich unbedingt wieder mehr bewegen!«

»Die passenden Klamotten hast du ja meistens bereits an.«

Frieda schaute an sich hinunter? »Wie meinst du das?«

»Du siehst immer aus, als würdest du gleich Sport machen wollen oder gerade vom Training kommen. Praktische Turnschuhe, bequeme Hosen, dehnbare Shirts oder Pullover.« Lotti war noch nicht fertig. »Und sicher ist alles saugfähig. Also, schweißaufsaugfähig.« Sie zog das Wort übertrieben in die Länge und grinste.

»Das ist eben mein Stil.« Trotzig wie ihre Tochter, wie ihr eben auffiel, verteidigte sie sich vor der Schwester. Einen winzigen Moment nur stahl sich ein Lächeln in ihr Gesicht.

»Stil?« Lottis gezupfte Augenbrauen wanderten fast bis zum Haaransatz.

»Der sportliche Stil!«

»Soso, der sportliche Stil.«

»Es kann nicht jeder so rumlaufen wie du. Röcke, Kleider, High Heels, viel zu viel Schmuck. Außerdem, wenn Jupp dabei ist, stehe ich anders auf. Soll ich es zeigen?« Frieda legte sich wieder ins Bett, drehte sich elegant auf die Seite und kam in die Senkrechte. »Geht besser und sieht nicht so steif aus. Lotti, wir werden alt.« Ruhiger als vor wenigen Minuten saß Frieda auf der Bettkante und fummelte ihre Sportsachen zurecht.

»Ein bisschen älter, Süße. Nur ein bisschen älter.« Lotti setzte die Pelzkappe ab, griff in ihre blond gefärbten Haare und zupfte mal hier und mal da.

Als sie beide wieder nach unten kamen, saß Jupp in der abgedunkelten Küche und starrte vor sich hin.

»Na, hat deine Tochter wieder ihren Willen bekommen?« Frieda konnte nicht anders, sie musste ihn angreifen. So oft hatte sie sich schon vorgenommen, ruhig zu bleiben, gelassener zu werden, wieder näher an die Seite ihres Mannes zu rücken. Nichts davon gelang ihr. Zugegeben, Jupp sah erschöpft aus, vielleicht sollte sie es nicht übertreiben.

»Ich meine das übrigens ernst«, fuhr Frieda fort. »Ich muss eine Weile raus hier, sonst vergesse ich mich. Ich fühle mich schon länger wie eine tickende Zeitbombe.«

Jupp schwieg.

Lotti übernahm. »Was hast du denn vor?«

»Weiß ich noch nicht. Der Gedanke war spontan. Isabella macht mich wahnsinnig. Alles, ihre ganze Art, das Zurschaustellen ihres Körpers, ihre Kleidung, ihre Arroganz. Einfach alles!« Sie schaute Jupp hilflos an. Hoffte, dass er etwas sagen würde, so was wie: ›Geh nicht! Ich brauche dich doch. Bleib, vielleicht kann Isabella eine Weile gehen. Zu ihrer Freundin, zu Lotti ...‹ Sie wartete, lauschte ihrer inneren Aufruhr.

Jupp hielt das Weinglas in beiden Händen, drehte es hin und her, sagte mit gesenktem Blick: »Geh ruhig. Damals, als Marco geboren wurde, habe ich mich auch ausgeklinkt. Ich war so voller Bitterkeit, dass es nach den Zwillingen wieder ein Junge war.« Offensichtlich schuldbewusst schaute er Frieda schließlich an. »Du hast eine Pause mehr als verdient und das sag ich nicht nur so. Ich weiß, wie es ist, wenn einen der bloße Anblick eines Kindes an die Decke gehen lässt.«

Frieda schluckte und verdrückte die aufkommende Traurigkeit. Verschnürte sie fest, packte sie weg. Er ließ sie einfach so gehen? Sie war fassungslos, riss sich zusammen und schoss den Pfeil: »Willst du mich loswerden? Damit du endlich mit deiner geliebten Tochter allein sein kannst? Gar nicht so schlecht, oder?«

Ihr Mann schob das Glas und die inzwischen leere Weinflasche mit einem lauten Geräusch zurück. Er stand auf, schluckte und sie sah seine immense Anstrengung, sich zu beherrschen. Sein Adamsapfel trat deutlich hervor. Doch Frieda war immer noch nicht fertig. Sie wollte austeilen, ihn verletzen, ihm so wehtun, wie er ihr wehtat. Er sollte gefälligst mit ihr reden!

»Gib es doch endlich zu. Du würdest am liebsten mit ihr in einem Bett schlafen!«

Jupp spannte alle Muskeln an, Frieda konnte zusehen, wie die Sehnen seines Halses zu dicken Kabeln anschwollen, die Kiefer mahlten; ein Boxer kurz vor dem Schlag. Seine linke Hand umklammerte die rechte, die Knöchel wurden weiß.

»In sie hineinkriechen!« Frieda war nicht zu bremsen. Ihre Wut entfaltete sich bei jedem ihrer Worte und sie hatte noch so viele davon.

»Stopp!« Lotti schob ihre Schwester zackig aus der Tür.

4.

Bella hielt Beckys Hand. Den Streit mit ihrer Mutter hatte sie wie eine alte Haut abgestreift, bevor sie in Brunos Taxi stieg. Sie hoffte, dass sich ihre Mutter bis zum nächsten Tag wieder beruhigen würde, obwohl ihr heutiges Ausrasten mindestens fünf Nummern größer war als üblich. Weg mit den Gedanken, sie wollte sich amüsieren. Ein letztes Mal atmete sie hörbar aus und Becky drückte ihre Hand zweimal; Geheimzeichen des Verstehens seit ewigen Zeiten. Ihr Code dafür, dass sie sich einig waren, dass sie zusammenhielten, dass sie unzertrennlich waren.

Beckys Vater Bruno setzte die beiden Mädchen am neu renovierten *Paradise-Club* ab. Das Schild über der Eingangstür wechselte ständig die Farben und sollte zum Eintritt animieren. Der Versuch von Ralle, dem neuen Kneipenbesitzer, den piefigen Dorfgeschmack mit einem englischen Clubnamen zu übertünchen, war vollends misslungen. Alle nannten den Club so, wie er schon immer hieß: *Kowalski*.

»Bis dann, Mädels! Und macht die Jungs nicht so verrückt! Brust rein, Bauch raus, Arsch rein!« Beckys Vater Bruno lachte gerne schallend über seine eigenen Witze. Er war Taxifahrer, ein sehr gesprächiger, und brachte die Freundinnen mitunter an ihre Ziele und wieder nach Hause. Im Sommer fuhren sie mit ihren Mopeds, doch im Winter waren sie dankbar, dass Bruno sie herumkutschierte.

Es schneite schon wieder heftig, die dicken Flocken blieben überall hängen und die Straßenlampen verdunkelten sich vom dichten Schneefall. Becky versuchte, mit ihrer Zunge Schneeflocken zu fangen. Vor dem *Kowalski* räumte gerade jemand den

Weg frei und streute Sand. Die beiden Mädchen hielten sich aneinander fest, gackerten bestens gelaunt und schlitterten Hand in Hand zum Eingang.

Im Entree gab es einen altmodischen Garderobenbereich mit Garderobenmarken, an dem sie ihre nassen Mäntel abgeben mussten, denn Jacken und große Taschen durfte man nicht mit in den Saal nehmen. Dorf blieb eben Dorf. Diese Garderobe gab es schon, als das *Kowalski* noch *Kreiskulturhaus* hieß. Im selben Braun, mit denselben goldenen Haken und den weißen Nummernschildern, schwarze Zahlen an jedem Haken. Ein Relikt aus alten Zeiten.

Bella und Becky hatten ihre Kostüme abgesprochen und glichen einander wie Schwestern.

Becky trug ihre Haare ähnlich wie die Sängerin Pink, raspelkurz, weißblond gefärbt. Sie war schlank und durchtrainiert. Ihr flacher Bauch, die Muskeln unter der Haut, die Bizepse, alles zeichnete sich deutlich ab. Jeder wusste, dass er ihr beim Armdrücken heillos unterliegen würde.

Bella dagegen war weicher, sanfter, hatte ihre zarten Kurven an den richtigen Stellen und niemand würde auf die Idee kommen, sie zum Armdrücken herauszufordern. Sie fühlte sich eigentlich noch zu jung für ihren Körper. Eine Verheißung, der sie noch nicht gewachsen war, die sie noch nicht ausfüllte, so wie die Kerle sie ansahen. Und manchmal hatte sie deswegen das Gefühl, in viel zu großen Schuhen durchs Leben zu gehen und es machte ihr Angst.

Die Freundinnen öffneten die Saaltür und checkten mit einem geübten Blick die Lage. Wer tanzte bereits? Wo war der vielversprechendste Platz am Tresen? Und gab es neben den üblichen Verdächtigen neue Gesichter im hiesigen Dorfclub?

Die Tanzfläche war bumsvoll, wie Beckys Vater es ausdrücken würde. Alle grölten die angesagten Faschingshits lautstark mit, die gute Laune der anderen ließ Bella alles vergessen, was vorher war. Kaum hatten sie sich zum Tresen durchgeschlängelt, stand Finn neben ihr, sein heißer Atem kitzelte sie. »Endlich. Da bist du ja.« Er küsste sie kurz hinterm Ohr und ein sanfter Schauer durchfuhr sie. Finn war mit seinen zweiundzwanzig Jahren fünf Jahre älter als sie. Lichtjahre, und Bella fühlte sich geschmeichelt, dass er, trotz ihrer Zurückhaltung, immer wieder ihre Nähe suchte. Er flirtete mit ihr und sie versuchte, genau so cool zu sein wie er. Richtete sich auf, nahm die Schultern nach hinten, pustete sich die Haare aus dem Gesicht und spürte auf einmal seine flatterige Hand an ihrem Rücken.

Ihr stockte der Atem. Wenn sie etwas nicht ausstehen konnte, dann waren es fremde Finger, die auf ihrem Körper eine unbekannte Melodie trommelten. Seine offensichtliche Unruhe übertrug sich sofort auf sie, millimeterweise drückte sie unauffällig den Rücken durch. Suchte Abstand zwischen sich und dem unbekannten Takt seiner Finger. Schließlich nahm Finn die Hand weg, um am Tresen für sie einen Gin Tonic und für sich ein Bier zu bestellen. Bella registrierte, dass er sich ihr Lieblingsgetränk vom letzten Mal gemerkt hatte. Immerhin. Ein Pluspunkt. Bevor er die trommelnde Hand wieder auf ihrem Rücken ablegen konnte, drehte sie sich geschwind zu ihm. Nun waren sie sich hautnah, Gesicht an Gesicht. Sie nahm seine Hand, hielt sie vorsichtshalber fest.

Er roch nach einem herben Aftershave, frisch, holzig. Der Geruch erinnerte sie an Jupps Aftershave und an seine Holzwerkstatt. Ihr Vater! Wie konnte sie nur an ihren Vater denken, wenn Finn neben ihr stand. Finn, der Sänger der Band *The Seven Souls*. Bella war eine Weile eine der drei Backgroundsängerinnen gewesen. Obwohl sie das Zeug dazu hatte, vorn auf der Bühne zu stehen, wollte sie ihrer Mutter beweisen, dass sie nicht immer im Rampenlicht stehen musste. Doch sie war sich nicht sicher, ob Frieda es überhaupt registriert hatte, so selten wie Bella, Anna und Franzi mit der Band auftraten. Inzwischen hatte sie sich vom Singen wieder verabschiedet.

Becky stieß sie an. »Komm, Bella. Lass uns endlich tanzen!« Sie vollführte eine zackige Kopfbewegung zur Tanzfläche und zog ihre Freundin mit sich.

Sie tanzten, hüpften, kreischten mit den anderen. Die Luft vibrierte. Ihre Kostüme glitzerten ähnlich stark wie die überdimensionale Discokugel an der Decke. Manchmal verweilte der Lichtspot eine Spur zu lange auf ihnen, das schien die anderen Tänzer zu inspirieren. Sie gruppierten sich um sie herum, wie Motten um das Licht, als gäbe es einen unsichtbaren Kreis, konstatierte Bella. Sie und Becky, die Schöne und die Wilde, so nannten die Jungs sie oft und grinsten dabei.

Völlig verschwitzt landete sie einen Song später wieder bei Finn. Er legte begeistert den Arm um sie, zog sie abrupt und völlig unerwartet an sich und küsste sie. Ungelenk, wahrscheinlich im Faschingsübermut und ohne jedwede vorherige Anbahnung. Bella reagierte aus dem Affekt, kniff die Lippen zusammen und schob ihn mit einem heftigen Stoß von sich weg. Der Barhocker kippte um und Finn, in seinem Matrosenkostüm und mit dem aufgeklebten Oberlippenbart, starrte sie entsetzt an.

»Hey, bist du jetzt völlig verrückt geworden, oder was?« Er zog die Matrosenjacke zurecht, strich sich nervös die braunen Haare aus der Stirn. Zwei Mal. In seinen Augen lag das reinste Entsetzen. Und Wut. »Du tickst doch nicht ganz richtig!«

5.

Lotti folgte ihrer Schwester erneut nach oben ins eheliche Schlafzimmer. Sie hoffte, dass Bella sich amüsierte und ihre Jugend genoss. Anders als wir beide, dachte sie wehmütig. Sie setzte sich auf die Bettkante und beobachtete Friedas wildes Packen. Die wirkte völlig entrückt, verloren zwischen ihrem Tun und dem, was sie zu fühlen schien.

Lotti war sich nicht sicher, ob ihre Worte überhaupt bis zu ihr durchdringen würden. »Komm erst mal zu mir, morgen sieht die Welt schon wieder ganz anders aus. Das ruckelt sich zurecht, glaub mir.« Ihr verzweifelter Versuch, der verkorksten familiären Situation einen Anstrich Normalität zu geben, war dünn wie das Eis zu Beginn jeden Winters. »Die Mutterrolle kündigen, mein Gott, das hat doch sicher jeder schon mal gemacht. Wenigstens dran gedacht, oder?« Lotti war sich nicht ganz sicher. Sie war nie eine Mutter. Hilflos suchte sie nach weiteren Worten, die Frieda runterkochen könnten. »Und außerdem …«

»Manchmal hasse ich ihn«, unterbrach Frieda ihre Schwester unvermittelt. Hände in den Hüften.

»Ihn? Wen jetzt? Jupp? Oder Marco?« Die Namen schossen Lotti einfach aus dem Mund, froh, dass Frieda mental wieder anwesend war. Reden, egal was, dachte sie. Und Marcos Name diente schon immer gut als Ventil, jedweden Frust abzulassen. Irgendwas hatte er meistens angestellt oder er war mal wieder untergetaucht, nicht erreichbar. Marco, Isabella oder Jupp. Frieda brauchte einen Schuldigen, sonst würde sie an ihrem Groll auf die Welt ersticken. Dem Groll, zu kurz gekommen zu sein. Dem Groll, dass …

»Jupp natürlich! Wie kommst du denn jetzt auf Marco?« Ihre Worte schossen wie Patronen durchs Zimmer.

»Mit Marco fingen doch all eure Probleme erst an.« Lotti blieb am Ball und wich den scharfkantigen Geschossen geschickt aus. Hauptsache reden.

»Ja, aber dafür konnte der Junge doch nichts.«

»Wie geht's ihm eigentlich?«

»Du versuchst nur, mich abzulenken!« Frieda schmiss ein paar unsinnige Klamotten aufs Bett. Ein buntes Sommerkleid, das Lotti ihr letztes Jahr geschenkt hatte, doch Frieda hatte es nicht gemocht; es war der Schwester zu weiblich, zu aufreizend, zu nackt. Lotti entschied, nichts dazu zu sagen. Sollte sie es doch mitnehmen.

»Ach, was weiß ich! Er redet ja kaum. Ich ruf ihn ab und zu an, meistens sagt er, alles gut, Mütterchen.« Frieda weinte. »Alles läuft so verdammt schief. Dabei will ich doch nur meinen Mann zurück.«

Unter Lottis Pelzkappe juckte die Kopfhaut, ungeduldig schob sie einen Finger zum Kratzen unter den Rand. »Ah, das tut gut. Und übrigens, falsche Strategie, Liebes. Du bist nur noch am Meckern, provozierst Jupp die ganze Zeit wegen Isabella und hast ihm nie verziehen, dass er kaum für die Jungs da war. Was soll er denn machen?«

Schubladen flogen auf und wurden wieder zugeknallt. Wie ein Derwisch drehte Frieda sich unnütze Male um sich selbst. Stopfte blindlings noch andere Sommersachen in ihre Tasche. Lotti überlegte kurz, für wie lange die Schwester eigentlich packte. Es war Februar.

»Er soll gefälligst mit mir reden, sich mit mir auseinandersetzen! Nicht immer alles totschweigen.«

Lotti strich mit der Hand über Friedas Rücken. »So ist er nun mal. Geh aus der Schusslinie, Friedel. Das wird alles wieder. Isabella ist fast aus dem Haus. Dadurch, dass sie ein Schuljahr übersprungen hat, noch schneller als geplant. Euren Zwillingen geht's gut, sie haben Familie und kümmern sich umeinander. Und Marco wird seinen Weg auch noch finden. Dann bist du wieder dran. Glaub es mir!« Auch Lotti sehnte sich danach, dass die Familie ihren Frieden fand.

Endlich konnte Frieda weinen. Schniefte, putzte sich die Nase und packte. Packte ein, packte aus. Sie konnte sich überhaupt nicht konzentrieren. Für wie viele Tage sollte sie packen? Für Wochen? Monate? Trennten sie sich gerade und wenn ja, hatte sie sich getrennt oder Jupp?

Lottis Stimme riss sie aus ihrem Grübeln. »Und heul nicht so viel. In unserem Alter brauchen wir jeden Tropfen Flüssigkeit. Wirklich jeden! Du weißt, man trocknet im Alter aus.«

Frieda stutzte, dann lachte sie. »Lotti, du wieder! Flüssigkeit, Alter, tsts.« Sie schnäuzte kräftig in ihr Papiertaschentuch und straffte die Schultern. »Okay, ein paar Tage, dann sehe ich weiter.«

Lotti nickte ihr zufrieden zu, vermutlich, weil das Geheule ein Ende hatte. »Tu so, als fährst du zur Kur. Wellness für die Seele, na ja vielleicht auch für den Körper.«

Frieda sah, wie die Schwester auffällig ihren Körper scannte, ihre zu einem dünnen Strich gezupften Augenbrauen weit nach oben schob und hörte, wie sie affig mit der Zunge schnalzte.

»Bisschen zunehmen wäre schon auch gut. Siehst aus wie ein Klapperstorch.«

Frieda blies die Luft aus. »Schau dich lieber an! Was ich zu wenig habe, hast du zu viel.«

Lotti strich ihr grünsamtenes Wickelkleid zurecht und formte eine Sanduhr, um ihre weiblichen Rundungen anzudeuten. »Bei mir sieht man sie noch.«

Frieda winkte müde ab. »Ich hab gerade andere Sorgen als meine verschwindende Sanduhr.«

Eingemummelt, mit zwei Taschen bepackt, machten sie sich auf den Weg zu Lottis kleinem Haus ins Nachbardorf. Im Sommer wäre es ein Fußmarsch von einer halben Stunde gewesen, jetzt, mit dem erneuten Schneefall, würden sie wohl deutlich länger brauchen.

»Soll ich uns ein Taxi rufen?«

Frieda schüttelte den Kopf. »Brunos Gequatsche könnte ich jetzt nicht ertragen. Lass uns laufen. Bitte.«

Lotti nuschelte irgendetwas Unverständliches in ihren Pelzmantel. Frieda verstand nur »frivoles Arschloch«, ging aber nicht darauf ein. »Na gut, los geht's.« Lotti schnappte sich eine der Taschen. »Ich wollte mich sowieso mehr bewegen.«

Frieda griff nach der zweiten Tasche und sah beim Hinausgehen das Licht in Jupps Werkstatt, doch bevor sich ihr verborgenes Sehnen zu sehr an ihn heften konnte, schlug die Wut polternd Alarm.

Lotti, der eindeutig nichts entging, zog sie heftig am Arm. »Komm, Friedel, ihr braucht eine Pause. Glaub mir. Mach dich dünne. Ich meine, rar.«

In Lottis gemütlichem Haus angekommen, verfrachteten sie Friedas Gepäck ins Gästezimmer. Frieda lächelte, denn ihre Schwester plumpste im Wohnzimmer sofort in ihren Lieblingssessel, der die Abdrücke ihres Hinterteils schon ausgeformt hatte, zündete eine Kerze an, füllte zwei Gläser randvoll mit Whiskey, den sie aus dem kleinen Schränkchen neben ihrem Sessel holte und murmelte: »Prost, Schwesterherz! Nicht schon wieder heulen. Trink!«

6.

Am nächsten Wochentag schrieb Frieda ihrem Chef schon in der Morgendämmerung eine Mail und meldete sich ordentlich krank. Er müsste eine Weile ohne seine Buchhalterin auskommen. Auch Jupps Buchhaltung, die sie über die Jahre mühsam auf Vordermann gebracht hatte, war ihr gerade piepegal. Sollte er doch selbst klarkommen. Sie fühlte sich inzwischen wirklich krank und ein Hauch von Stolz rührte sich in ihr, dass sie sich einmal wichtiger nahm als alle anderen. Ihre eigentliche Krankheit hieß Weltschmerz, Liebeskummer und Wechseljahrekram.

In der Mail schrieb sie etwas von grippalem Infekt. Das Lügen fiel ihr wahnsinnig schwer, ihr Vater hatte sie jedes Mal in die Besinnungslosigkeit geprügelt, wenn er sie auch nur bei Schwindeleien erwischt hatte. Der Mini-Gedankenblitz an ihn ließ ihr Herz stolpern. Intuitiv krümmte sie sich und zog die Schultern an die Ohren, schützte ihren Brustraum. »Verdammt!«, zischte sie und versuchte, die Geister aus der Vergangenheit zu vertreiben. »Verpisst euch!«

Erneut widmete sie sich der Lügenmail. Wenn sie in sich hineinhörte, war es kaum gelogen, denn in ihr befand sich nur noch Energielosigkeit. Alles tat weh, ihr Kopf, ihr Herz, ihre Seele. Vor allem ihre Seele. Sie kam nur schwer darüber hinweg, dass Jupp sie einfach hatte gehen lassen. So schmerzlich. So kränkend. Obwohl es nicht so war, fühlte es sich an, als hätte er sie weggeschickt. Ein Unwohlsein zog sich vom unteren Bauch zum Hals und bis zu ihren müden Augen. Zu alldem machte ihr die weibliche Hitze der Menopause zu schaffen. Alles lief aus dem Ruder. Ihr Leben, ihr Körper, ihre Ehe.

Sobald sie die Mail abgeschickt hatte, spürte sie einen waschechten grippalen Infekt herannahen, als hätte er nur darauf gewartet, kommen zu dürfen. Wie auf Kommando musste sie niesen, der Hals kratzte, sie schwitzte und fror abwechselnd. Mal riss sie die Fenster auf, mal kuschelte sie sich in die Felldecke auf Lottis Sofa. Verkroch sich ins Gästezimmer, dann wechselte sie wieder zurück aufs Sofa ins Wohnzimmer.

Es schneite und schneite und sie beneidete alle Tiere, die offiziell Winterschlaf halten durften. Wie gern wäre sie jetzt ein verschlafener Bär. Oder eine Fledermaus, die einfach kopfüber an der Decke hängen konnte. Stundenlang. Nicht denken. Nichts entscheiden. Pause.

Töne durchbrachen die Stille und ihre Gedanken. Erschrocken drehte sie den Kopf. Ihr Handy. Es vibrierte und klingelte gleichzeitig. Ganz langsam wanderte es über den kleinen Wohnzimmertisch. Es war Friedas erstes Handy, sie hatte es vor Kurzem zu Weihnachten geschenkt bekommen und konnte es nicht richtig bedienen. Nur wenige Menschen hatten die Nummer.

Jupp!, frohlockte sie. Vielleicht wollte er sich entschuldigen und sie nach Hause holen. Was sie inzwischen schaffte, war Anrufe entgegenzunehmen und aufzulegen. Das mit dem Anrufen, dem Adressbuch, der Kurzwahltaste und was es noch alles gab, überforderte sie.

Sie drückte auf den grünen Knopf, in der Hoffnung, dass es Jupp wäre.

»Hallo? Hier ist Frieda Haberland.«

»Hi Mütterchen, und hier ist dein Sohn Marco Haberland. Wieso meldest du dich immer so förmlich? Sag mal, ich brauche meine Geburtsurkunde. Wo ist sie?« Nicht Jupp, registrierte sie mit einem Stein im Bauch.

»Nicht hier, ich wohne für eine Weile bei Lotti. Die Urkunde ist drüben im Haus, bei Jupp.« Ihre Stimme klang mitleiderregend nasal.

»Oh.« Schweigen. »Bist du ausgezogen? Bist du krank? Brauchst du was?«

»Nein, danke Junge, das ist lieb. Nur eine kleine Auszeit. Dein Vater und ich brauchen Pause. Geh ruhig nach Hause und hol dir die Urkunde. In der unteren Kommode, du weißt schon.«

»Hm.«

Sie wusste, dass er nicht nach Hause ginge, wenn sie nicht da war. Beide schwiegen beharrlich, bis sie es nicht mehr aushielt.

»In Ordnung«, lenkte sie widerwillig ein. »Wie lange wollt ihr euch noch aus dem Weg gehen?«

Marco schwieg. Ganz der Vater, bloß nichts bereden.

»Es wäre an der Zeit, findest du nicht?« Frieda gab nicht auf.

»Ich weiß nicht.« Schweigen.

Sie hielt das kleine Telefon am Ohr, doch von ihrem Sohn kam nichts. »Marco, ich war auch keine Vorzeigemutter, dann müsstest du mir ebenso ein Leben lang böse sein. Genauso wie ihm.«

»Du hast dich zumindest entschuldigt und versucht, es zu erklären, obwohl ich nur Bahnhof verstanden habe. Du bist wenigstens immer wieder auf mich zugekommen. Er kein einziges Mal.« Sie spürte, dass er sich in Rage reden könnte. Wenigstens. Zumindest. Zuverlässig meldeten sich ihre Kopfschmerzen.

Diese Familie war komplett zerrissen. Alles war in Duos aufgeteilt. Die Zwillinge. Jupp und Isabella. Marco und Frieda. Und Lotti war die Ersatzspielerin. War da, wenn sie gebraucht wurde.

»Ich sag Lotti, sie soll sie mitbringen.« Gleich explodierte ihr

Hirn. Sie rieb sich die Schläfen.

»Okay. Ich hol sie dann später bei Tante Lotti ab. Und, äh, danke. Du musst jetzt wieder auflegen, auf den roten Knopf oder warte, ich lege einfach auf.«

Weg war er, dabei hatte sie ganz vergessen zu fragen, wozu er seine Geburtsurkunde brauchte und was dann später bedeutete. Dieser Junge. Tauchte auf und verschwand wieder. Nie wusste sie, wo er war, wovon er lebte und wann er sich wieder melden würde. Wenn er die Geburtsurkunde höchstpersönlich abholen wollte, war er anscheinend in der Nähe. Sie ließ den zentnerschweren Kopf ins Kissen sacken und versuchte, nicht nachzudenken.

Mittags wurden die Kopfschmerzen stärker. Schnell schlüpfte sie ins Bad, mied den Blick in den Spiegel und suchte im Schrank unter dem Waschbecken nach einer Kopfschmerztablette. Nichts. Früher hatte Lotti dort eine gut sortierte Medikamentenschachtel aufbewahrt. Als sie sich aufrichtete, um den riesigen Spiegelschrank zu durchwühlen, war sie froh, keine zerlaufende Kindersonne zu sehen. Der Spiegel war blitzblank geputzt. Endlich fand sie, was sie suchte. Geschwind klappte sie den Spiegel zurück, sie musste schnell sein. Raus aus dem Bad. Mist, zu langsam. Erschöpft stützte sie sich auf dem Waschbecken ab, starrte auf die zerlaufende Sonne auf dem Badspiegel und verließ fluchtartig den Raum. Ablenken, befahl sie sich. Ablenken. Ablenken.

Zurück im Wohnzimmer schaltete sie den Fernseher ein, das half, nicht über das eigene Leben nachdenken zu müssen. Nicht über das frühere, das jetzige oder das zukünftige.

Lotti, die tagsüber in ihrem Erotik-Shop in der benachbarten Stadt arbeitete, hatte Frieda einen herzlichen Morgengruß auf ein Blatt Papier geschrieben und die hochmoderne Kaffeemaschine erklärt, als wäre sie stark minderbemittelt. Eine Lotti-Kinderzeichnung mit Pfeilen, Ausrufezeichen und einfachen Handlungsanleitungen klebte an der verchromten Maschine. Frieda musste lächeln und war gleichzeitig gerührt. Sie las: Drücken! Nicht berühren! Loslassen bei Rot! Fertig bei Grün! Jetzt genießen! Viele Herzen, Sonnen und kleine Kaffeetassen verzierten die Anweisung.

Früher hatte sie ihrer jüngeren Schwester die Welt erklärt. Hatte versucht, Lotti und ihre für diese Welt viel zu zarte Mutter vor dem cholerischen Vater zu beschützen. Alles unter Kontrolle zu behalten, damit kein Amt auf sie aufmerksam werden würde. Vaters Drohung, dass sie beide dann ins Kinderheim müssten, verfehlte nie die Wirkung. Mit Vorliebe erzählte er ihnen Gruselgeschichten aus Kinderheimen. Mit seiner Stimme viel zu nah an ihren Kinderohren. Von Erzieherinnen, die den Kindern nichts zu essen gaben, sie auspeitschten, mitten in der Nacht weckten, damit sie die Fußböden schrubbten. Von fremden Männern, die im Dunkeln unter ihre Bettdecken kriechen und sie würgen würden. Von Männern, die Mädchen Schlangen in die Körper steckten.

Er war ein Sadist und Frieda war stolz auf sich, dass sie alles gegeben hatte, ihre Schwester und sich vor dem Heim zu retten. Stets hatte sie alles unter Kontrolle. Auf sie konnten sich Mutter und Schwester immer verlassen.

Sie schüttelte sich, stand auf und versuchte sich an der Kaffeemaschine. Jetzt war absolut nichts mehr unter Kontrolle, ihr Leben verknotete sich mehr und mehr, und Lotti erklärte ihr die Kaffeemaschine. Verdrehte Welt.

7.

Die Freundinnen lagen in Bellas Zimmer auf dem Bett und werteten den Faschingsabend aus. »Was war eigentlich mit dir und Finn los? Wieso hast du ihn so krass weggeschoben? Der war vielleicht sauer, der kleine Möchtegern-Casanova! Alle Mädels fliegen auf ihn und du stößt ihn weg. Oh, Oh, das wird sein aufgeblähtes Ego nicht verkraften.« Becky freute sich offensichtlich diebisch. »Der ist viel zu arrogant, zu hübsch, zu selbstverliebt, geschieht ihm recht.«

»Ich weiß auch nicht. Ich war dermaßen überrumpelt. Das war irgendein Automatismus, ich hatte keine Zeit zum Nachdenken.«

»Dein Wegschiebe-Autopilot, nicht schlecht. Es sah nach viel Kraft aus, die du plötzlich hattest. Sonst bist du ja eher so ein Elfchen.« Bella zwickte sie in die Seite.

»Sag nicht immer Elfchen, du Zwölfchen.«

Becky ließ nicht locker. »Aber hey, vielleicht willst du ihn ja gar nicht wirklich? Willst ihn nur, weil er so angesagt ist. Könnte sein, oder?«

»Doch! Schon. Bisschen Rumknutschen wäre nett gewesen. Aber es kam zu plötzlich! Ich war bisher in keinen einzigen Jungen verliebt, mit dem Küssen so richtig schön war. Schön war es immer nur mit den anderen. Denen, in die ich nicht verliebt war. Ich hab ein bisschen Schiss, dass es sich wieder nicht gut anfühlt.«

»Echt?«

»Echt! Vielleicht mach ich irgendwas falsch beim Küssen?« Bella suchte Beckys Blick. »Zeigst du es mir?«

»Aber klaro. Komm her!« Sie rückten auf dem Bett zueinander. »Schließ die Augen«, war Beckys erste Ansage. Bella senkte folgsam die Lider. »Gib dich hin«, flüsterte die Freundin weiter. Bella roch Beckys frischen Atem, dachte an ihr rosa Zahnfleisch und entspannte sich. »Und jetzt gib all deine Wärme und Sanftheit in deine Lippen.«

Bella strengte sich an, war bereits mit der ersten Anweisung heillos überfordert, aber diese hier ... Dann fühlte sie die Lippen ihrer Freundin auf ihren und hielt die Luft an.

»Entspann dich, lass los.« Becky nahm ihre Zunge dazu und ließ sie von außen über Bellas Lippen fahren. Immer wieder, immer wieder. Doch Bellas Mund blieb steinhart. Fast taub.

»Lass los, Sweety!«, hauchte Becky geduldig und strich mit der Hand sanft über ihre Wange.

»Ich kann das nicht. Ich denke die ganze Zeit, dass ich entspannen muss. Muss!« Resigniert wischte sie sich übers Gesicht.

»Vielleicht muss der Richtige erst noch kommen?«

»Siehst du, ganz schön viel muss!«

Becky dachte laut nach. »Und damals, als du mit Mike zusammen warst, in den warst du doch total verknallt und ihr saht zusammen so cool aus!«

Bella schüttelte den Kopf. »War alles so. Aber es war ähnlich wie bei allen anderen Jungs. Ich kann es halt gut überspielen, stöhne bisschen hier, bisschen da und die Jungs glauben, sie sind die Größten. Ich fühle da einfach nur das Anatomische. Mund trifft Mund. Total unspektakulär. Kein Kribbeln, keine Blümchen im Bauch.«

Becky grinste. »Heißt das nicht Schmetterlinge im Bauch?« Sie dachten kurz nach.

»Stimmt. Blümchen, Schmetterlinge, Flugzeuge. Nichts davon ist in meinem Bauch.« Bella verdrehte die Augen bis zum Weißen und alberte herum. »Ich bin eine Außerirdische mit nix-feeling-by-Knutschkram.«

»Und beim Sex?«

»Genauso. Schwanz trifft Muschi.«

»Oder auch nicht.« Sie prusteten gemeinsam los, doch ihre Analyse führte sie immer wieder in eine Sackgasse.

»Doof. Vielleicht ist das bei manchen so oder es kommt später.« Bella wusste, dass Becky Sackgassen verabscheute. Für ihre Freundin gab es zu jedem Problem eine Lösung, mindestens eine.

»Bist du denn in Finn verknallt?«, Becky versuchte es weiter.

»Ich glaube, ja. Aber, ehrlich gesagt, ich weiß es noch nicht. Er fasst mich komisch an, so nervös trommelnd, das mag ich nicht. Das nächste Mal küsse ich ihn einfach! Er wird Augen machen!«

»Wenn er sich noch mal in deine Nähe traut.«

»Tja, wenn. Mal sehen.«

Becky wühlte sichtlich aufgeregt in ihrem Rucksack. »Tata! Hast du das schon gesehen?« Sie wedelte mit dem Tagesblatt der hiesigen Lokalpresse vor Bellas Nase herum. »Wir sind das *Foto des Tages*. Wir beide! Schau!«

»Wow, wusste gar nicht, dass es das gibt. *Foto des Tages*.« Bella drehte die Zeitung hin und her. »Wahnsinnsblatt, meinst du, das liest jemand? Tausend Anzeigen und Annoncen.«

»Hallo, mein Vater ist Stammleser! Er hat es mir gezeigt.«

»Na dann ist ja alles in Butter!« Bella nickte ernst.

Beide hingen mit den Nasenspitzen über dem Bild, bestaunten und sezierten es in aller Ausführlichkeit und waren stolz, als hätten sie einen Halbmarathon gewonnen, für den sie lange trainiert hatten.

»Auf so etwas brauchst du dir nichts einzubilden. Dafür hast du nichts geleistet! Gar nichts, Frollein!« Bella erschrak, wie gut Becky ihre Mutter imitieren konnte. Selbst der Blick mit der ganzen Missbilligung aller entrüsteter Mütter dieser Welt, den eigentlich nur Frieda draufhatte, gelang ihrer Freundin perfekt.

»Puh. Nicht schlecht. Schau, ich hab Gänsehaut.« Sie zeigte Becky ihren Arm.

»Dabei mag ich deine Mutter, sie ist nur neidisch.«

»Aber worauf denn?«

»Auf deine Jugend.«

Bella verstand nicht, worauf ihre Freundin hinauswollte.

»Na, deine Jugend«, erklärte Becky. »Du sprudelst vor Leben und Frieda ist neidisch, weil sie alt wird. So hab ich das mal gelesen. Mütter können auf ihre Töchter ziemlich eifersüchtig sein.«

»Aber ist das nicht der Lauf der Dinge? Bei dir und deiner Mutter ist es doch nicht anders, oder?«

Becky runzelte die Stirn, dachte nach. »Ich hab's! Bruno hat trotzdem nur Augen für seine Rosi. Er ist nur ein einfacher Taxifahrer mit blöden Sprüchen, aber er vergöttert sie.«

Bella wollte das Thema wechseln. Sie hatte keine Lust, über ihre Eltern nachzudenken und schnappte sich wieder das Foto, legte es auf das Bett zwischen sich und ihre Freundin, beide versanken in der Betrachtung.

Auf dem Foto sah man Isabellas lange rote Haare, die wie aufgefächert fast waagerecht um ihren Kopf flogen. Durch sie hindurch brach sich das Licht, sodass ein bizarres Muster entstand. Ihr Gesicht war entspannt, die Augen geschlossen.

»Guck, das ist Hingabe, so gehen Küssen und Sex. Du kannst es ja!«, flüsterte Becky voller Respekt. Hatte sie nun doch noch eine Lösung für das Sackgassenproblem gefunden.

Sie schauten weiter. Beckys Körper war gefährlich weit nach hinten durchgebogen, ein Bein stand senkrecht nach oben. Ekstase pur. Sie lachte ansteckend und brachte die Tanzfläche zum Zündeln. Man sah ihre weißen Zähne, selbst die kleinen Abstände zwischen ihnen, und das gesunde Zahnfleisch. Becky strahlte Bella übers ganze Gesicht an und verströmte fast greifbar ihre gute Laune. Sie berührten sich mit den Fingerspitzen, ganz zart, nur sichtbar, wenn man sehr genau hinschaute.

»Wow, diese Farbe. Dein Kopf leuchtet auf dem Foto.« Die Freundin griff in Bellas Haare. »So weich und gleichzeitig fest, ich weiß auch nicht, wie man das beschreibt.« Bewundernd strich Becky ihr über den Kopf, zupfte an einzelnen Strähnen.

Bella liebte ihre Mähne auch und hatte auf alten Fotos gesehen, dass alle Frauen in der Familie lange, wellige Haare hatten. Lotti in einem glänzenden Blond, ihre Mutter fast schwarz. Nur Bella hatte diesen irischen Rotton. Jupp behauptete felsenfest, dass das Rothaarige aus seiner Familie kam, wusste aber nicht mehr, von wem genau.

Sie nahm noch einmal das Foto in die Hand, kniff die Augen zusammen und versuchte sich vorzustellen, dass sie die beiden jungen Mädchen auf dem Foto nicht kannte. Es blieb dabei, es war ein irrsinnig guter Schnappschuss. Der Fotograf hieß Karl Marcy, der Name war so klein gedruckt, dass sie ihn kaum entziffern konnten.

8.

Karl liebte das Foto mit den zwei jungen Schönheiten aus diesem Drei-Seelendorf. Besonders die Rothaarige hatte er in einem sehr intimen Moment erwischt. Die Sinnlichkeit, die von ihr ausging, schien sie nicht zu bemerken. Alle Blicke im Saal blieben an den beiden jungen Mädchen hängen und Karl, der schon eine Weile den Finger am Auslöser hatte, wartete auf den perfekten Klick.

Erst hatte er keine Lust auf dieses Faschingsevent gehabt, zwei Stunden nördlich von Berlin. Dorffasching, jeder kannte jeden und Karl kannte nur Ralle. Doch sein Kumpel blieb hartnäckig, er würde sogar ein bisschen Geld für die Fotos bekommen, denn Ralle wollte danach eine Fotoausstellung in seinem Club organisieren.

Aufgrund des anhaltenden Schneefalls und der glatten Straßen nahm er den Zug, ein quatschender Taxifahrer holte ihn ab und in weniger als einer halben Stunde kannte er alle Dorfneuigkeiten.

Zurück in Berlin hängte er sich das vergrößerte Foto an seinen Schreibtisch und nahm sich vor, es Jessica aus der Agentur zu zeigen. Sie war immer auf der Suche nach Nachwuchsmodels, Mädchen mit einer natürlichen Ausstrahlung und die hatten beide.

Karl duschte ausgiebig, stellte die Heizung im Schlafzimmer etwas höher und bereitete ein deftiges Essen für sich und Caro vor. Als es klingelte, war er fast fertig. Caro, die in den letzten zwei Wochen geschmollt hatte, war bereit, wieder mit ihm zu reden.

Kaum saßen sie, drehte sie verlegen an einer Haarsträhne.
»Tut mir leid, Karl.«
»Was genau«, fragte er nach.
»Dass ich immer mehr von dir will, als du geben kannst. Oder willst.«
In Caros Wesen konnte Karl lesen wie in einem offenen Buch. Der ganze Plot passte auf einen kleinen Bierdeckel. Wann immer er nein zu einer ihrer Ideen sagte, war sie verletzt. Fühlte sich zurückgewiesen, nicht genug geliebt.
»Du kennst unseren Deal«, sagte er sanft. »Solange es uns beiden gut geht, verbringen wir Zeit miteinander. Wenn einer leidet, müssen wir aufhören.« Er sah ihr Nicken und die kleine Flamme ihrer nie enden wollenden Hoffnung, dass doch noch alles intensiver werden würde. Wie ein kleines olympisches Feuer trug Caro die Flamme stets in sich. Von Null auf Hundert konnte sie umschwenken, streifte ihr Unglücklichsein ab wie eine alte Haut und strahlte ihn an.
»Ich weiß. Und ich weiß auch, dass du mich nicht glücklich machen kannst. Das muss ich selbst hinbekommen. Was hast du gekocht?« Sie schnupperte und versuchte zu raten. Dreimal lag sie falsch. »Ehrlich? Rotkohl, Klöße und Gulasch.« Sie klatschte in die Hände und war für einen Moment die Frau, in die er sich verliebt hatte. Unbeschwert, gut gelaunt, den Moment genießend.
»Kleine Wiedergutmachung, da wir Weihnachten nicht zusammen sein konnten.«
Lächelnd fiel sie ihm um den Hals. Ihr Gesicht nah an seinem. Der Versöhnungskuss ließ sie die Herdplatten runterdrehen und im Schlafzimmer verschwinden.

9.

Bella konnte es immer noch nicht fassen, dass ihre Mutter einfach ausgezogen war. Sie fand es feige, so zu verschwinden und wusste nicht, ob sie sich deswegen schlecht fühlen sollte oder nicht. Lag es daran, weil sie sich so über sie aufregte? Oder über Jupp? Wen wollte sie damit bestrafen?

Jupp und Bella richteten sich im Haus ein und es fühlte sich seltsam vertraut an, mit ihrem Vater allein zu leben. Dennoch, ein Hauch von Unvollständigkeit und Melancholie breitete sich wie Nebel überall im Haus aus. Kroch in jede Ritze. Ihr Vater, der dem Schweigen schon immer näher war als dem Sprechen, wurde noch stiller.

»Bleibt sie länger weg?«, war Bellas einzige Frage nach jenem Abend an ihren Vater.

»Sie ist erst mal bei Lotti«, antwortete er und da er es so selbstverständlich erwähnte, als würde er sie erinnern, die Handschuhe nicht zu vergessen, war sie beruhigt. Denn *Bei-Lotti-Sein* war in ihrer Familie grundsätzlich etwas Gutes. Alle waren bereits mal *Bei-Lotti*. Selbst Andreas und Thomas, ihre Zwillingsbrüder, die den Ruf hatten, niemanden mehr zu brauchen als sich selbst, waren schon in den Genuss gekommen, bei ihrer Tante zu leben. Damals gab es irgendeinen Vorfall mit Marco. Bella kannte die alten Familiengeschichten nicht so genau. Oft hatte sie das Gefühl, ein Einzelkind zu sein, obwohl sie drei ältere Brüder hatte. Marco war nie da und die Zwillinge lebten in der Schweiz. Demnach hatte sie kaum Kontakt zu ihnen, da sie in einer völlig anderen Lebensphase waren als sie selbst. Sie mochte ihre großen Brüder, aber sie hatten sich nicht viel zu sagen. Der Altersunterschied zu den Zwillingen betrug neunzehn Jahre. Es fühlte sich an, als hätte sie ein zweites Paar Eltern.

»Was essen wir heute?« Jupp riss Bella aus ihren Gedanken.

»Ähm?« Sie kratzte sich am Kopf. »Vielleicht Nudeln?« Sie konnte in atemberaubender Zeit Nudeln mit einer leckeren Tomatensoße zaubern, das war es dann aber. Jupp schaffte es in ähnlich rasanter Zeit, perfekte Rühreier zubereiten. Mehr hatte er leider auch nicht auf Lager.

»Mädchen, wir müssen uns mal zwei andere Gerichte zulegen. Nudeln und Eier hängen mir langsam zum Hals raus.«

Jupp saß am Tisch und blätterte in einem Hochglanzkunstmagazin. Bella erhaschte einen Blick auf das Titelbild, sah eine junge Frau, umringt von diversen Skulpturen aus Holz. Fast alle deutlich größer als die Frau selbst.

»Wer ist das?« Sie wollte ihn aufheitern, ihn in ein Gespräch über seine Sehnsüchte verwickeln, sich als Künstler einen Namen zu machen. Sein Wissen über das Herstellen von Holzskulpturen anzapfen.

»Kenn ich nicht.« Gespräch beendet. Lustlos blätterte er um und wirkte wie ein Dreijähriger, der sich einen Traktor gewünscht, aber ein Buch geschenkt bekommen hatte.

Schwieriger Abend heute, dachte Bella. Fand, dass der Vater plötzlich alt aussah. Zusammengesunken. Sie rutschte zu ihm an den Tisch und legte ihren Kopf auf seine Schulter. »Weißt du, Paps, ich mach uns einen schönen Teller mit belegten Broten, Käse, Wurst und Tomaten.«

Jupp entknitterte sein Gesicht, setzte sein Jupp-Lächeln auf. »Und den kleinen Gurken?«

Bella stand auf, suchte in allen Schränken nach den eingelegten Essiggurken und fand ein letztes Glas. Triumphierend hielt sie es hoch.

»Juhu. Und den kleinen Gurken!«

Glücklich wie eine Mutter, die ihrem Kind diesen einen bescheidenen Wunsch erfüllen konnte, machte sie sich daran, für sie beide Brote zu schmieren.

Nach der Mahlzeit hängte sie sich von hinten über Jupps Schultern, schlang die Arme um ihn und fuhr ihm mit der flachen Hand zärtlich über den Kopf. Sie liebte es, über seine Glatze zu streichen. Zuerst langsam und sanft, aber am Ende rubbelte sie stets die ganze Hand auf seinem Kopf hin und her, bis er »Aua« sagte und den Kopf wegdrehte, weil es ihm zu heiß wurde.

»Freche Göre, du. Das gibt's doch nicht. Es tut höllisch weh!«

Bella war erleichtert, er lachte wieder. Als er aufstand, trat er, wie gefühlt jeden zweiten Tag, in die gefüllten Katzennäpfe und kippte alles dabei um.

»Verdammt nochmal, diese saublöden Näpfe!«

Nun lachte Bella über ihn. Er drehte sich mit entrüstetem Blick um und tat, als würde jemand hinter ihm stehen, der diese Riesenschweinerei veranstaltet hatte. Sie hielt sich den Bauch. »Jeden verdammten Tag trittst du in die Näpfe. Die stehen seit sechs Jahren immer genau dort. Wieso merkst du dir das eigentlich nicht?«

»Nicht jeden Tag!« Gespielt empört zog er die nassen Hausschuhe aus. »Mindestens hundert Jahre standen sie nämlich nicht dort, weil wir gar keine Katzen hatten. Mindestens!«

Das Trockenfutter rollte unter den alten Holztisch, den er selbst restauriert hatte, und saugte sich in provozierender Langsamkeit mit dem verschütteten Wasser voll. Jupp nahm den gelben Abwaschlappen aus der Spüle und versuchte, den braunen Brei aufzuwischen.

»Nicht! Den! Abwaschlappen!« Stakkato.

Jupp zuckte kurz zusammen und Bella konnte sich gar nicht wieder beruhigen. Er wedelte albern mit dem Lappen.

»Du kannst deine Mutter verblüffend gut nachmachen. Pass mal lieber auf, vielleicht bist du ihr ähnlicher, als du denkst. Du hast die gleiche Stimmlage wie sie, wenn du schimpfst. Ich dachte für eine Sekunde, sie wäre zurück.«

»Niemals werde ich so wie Frieda und schon gar nicht, wenn es um Spüllappen geht. Oh, pass auf!«

Zu spät, Jupp stand mit beiden Füßen im Trockenfutterbrei. Hans und Hilde, die beiden Katzen, schnupperten neugierig an Jupps Füßen und leckten zärtlich, mit geschlossenen Augen, an seinen dunklen Altherrensocken.

»Weg da!« Er trat aus dem Brei und hinterließ überall auf dem Küchenboden Dreckspuren. Die Katzen flüchteten auf den Küchentisch und schauten ihm nun von oben interessiert zu, wie er alles aufwischte.

Katzenfutter, Abwaschlappen schrieb Bella ergänzend an die große Küchentafel, auf der schon *Brot, Milch, Kaffee, Wein, Bier* stand. Immerhin hatte ihr Vater heute gelächelt. So froh, wie sie über Friedas Auszug zunächst war, so traurig war sie über Jupps Stille.

»Vermisst du sie?«, fragte sie aus heiterem Himmel.

Er blickte aus seinem Schlamassel zu ihr auf. »Ja.« Schrubbte weiter.

Sie nahm die Küchenrolle und half ihm. Nun wischten beide auf den Knien den Boden.

»Wäre es dann nicht besser, wenn ich zu Lotti ziehe? Ich war noch nie *Bei-Lotti*«, sprach Bella ihren Gedanken aus.

Jupps Antwort platzte eruptiv wie ein vorwitziger Sektkorken aus ihm heraus. Er richtete sich für sein Statement auf und ließ den Dreck Dreck sein.

»Nein. Auf keinen Fall! Ich habe schon mal ein Kind weggeschickt. Du bleibst.«

10.

Mit dem März lichtete sich der Himmel und es gab bereits Tage, an denen es nach Frühling roch. Der schmutzige Schnee türmte sich noch an den Wegrändern, aber Jupps grüne Bank vor der Werkstatt wurde wieder von den Katzen belagert. Bella beobachtete aus dem Fenster ihres Zimmers, wie sich ihr Vater einen wackligen Stuhl neben die Bank stellte, weil er wohl die Katzen nicht stören wollte, die in der Sonne dösten.

Sie liebte den Blick aus ihrem Zimmer in den Innenhof und auf die Werkstatt, in der sie als Kind jede freie Minute verbracht hatte. Jupp hatte ihr alles gezeigt, was es über Holz und Maserungen zu lernen gab, alles kommentiert, womit er sich beschäftigte. Oder sie spielte mit etwas anderem und er werkelte vor sich hin. Still, zufrieden. Es war wie ein gemeinsames Summen.

Doch inzwischen wurde Bella der heimische Radius zu klein. Das Dorf, in dem sie lebten, hatte nur wenige Häuser. Jeder kannte jeden. Sie hatte andere Pläne für ihr Leben. Größere, mit etwas mehr Glamour und Weite. Es sollte anonymer sein, pulsierender, mehr Achterbahnfahrt als Kinderkarussell. Mehr Leidenschaft als Routine. Mehr Abenteuer als Gewohntes. Mehr Primadonna als Backgroundsängerin. Sie wollte Schönes in die Welt bringen. Schlimmes gab es genug. Ihr Inneres rauschte, wenn sie davon träumte.

Nur eine gute Woche nach dem Erscheinen des Faschingsfotos in der hiesigen Lokalpresse kam sie ihrem Lebenstraum einen Siebenmeilenschritt näher. Karl Marcy, der Fotograf aus der Faschingsnacht, hatte ihre Adresse ausfindig gemacht. Wahrscheinlich über jemanden aus dem Dorf, der gerade gemütlich auf dem Fensterbrett hing oder über Bruno, den geschwätzigen Taxifahrer. Sie hatte Post von Jessica Bräuer bekommen, der Inhaberin einer Modelagentur, und die bezog sich in ihrem Schreiben auf diesen Karl und das Foto.

Wir vermitteln deutschlandweit Models für Fotoshootings, Modeljobs, Fashionshows und Haarshows. Bellas Hand zitterte, als sie die Einladung zu einem Casting las. Sie setzte sich, ihre Beine fühlten sich an wie weichgekochte Spaghetti. *Fotoshooting ... Haare ... Shampoo ... Werbung* las sie weiter.

Ihr Herz jubilierte. Ganz langsam. Sie las es noch mal. Die interessierten sich nur für den Kopf, nicht den ganzen Körper? Egal: Ja! Ja! Ja! Das will ich, das ist ein Anfang! Damit würde sie ihrer Mutter beweisen, dass sie ihren eigenen Weg gehen konnte. Den Weg mit der Schönheit. Bella würde sich nicht in irgendeinem Büro verstecken oder den ganzen Tag in einem Laden stehen wie die Frauen ihrer Familie.

Am Abend weihte sie Jupp ein. Sie polterte die Treppe hinunter. »Paps, lies, lies!«

»Woher kennen sie dich?« Misstrauisch drehte er die Einladung um, wieder zurück, die Schrift nach oben.

Bella erzählte ihm von dem Faschingsfoto, rannte in ihr Zimmer, um es zu holen, zeigte es ihm. Wenn sie noch klein wäre, würde sie einfach mal kurz hochhüpfen, auf seinen Arm springen und sich von ihm durchkitzeln lassen. Er blieb so ruhig, so gelassen. Nur an seinem zuckenden Mundwinkel erkannte sie, dass er sich mit ihr freute. Ihre Familie wäre nicht ihre Familie, wenn es bei zu viel Freude nicht irgendeine Bedingung gäbe. Nichts war umsonst. Bei zu viel Glück im Leben musste gebüßt werden. Wenn, dann.

»Meinen Segen hast du, aber ich bestehe darauf, dass du ein gutes Abitur hinlegst. Alle diese Fototermine müssen nach der Schule sein. Oder am Wochenende. Warte!«

Umständlich suchte er in den Schubladen nach einem Zettel und einem Stift. Manchmal wirkte es, als kenne er sich hier überhaupt nicht aus. Nur zu Besuch, auf der Durchreise und es lohne sich nicht, ihm das ganze Haus zu zeigen. Dabei war es sein Elternhaus, hier hatte er die Kindheit verbracht.

Unvorstellbar für Bella, auch als Erwachsene noch da zu leben, wo man aufgewachsen war.

Schließlich legte Jupp ihr einen Zettel hin, der aussah, als hätte er ihn aus einem uralten Auftragsbuch gerissen. War er zwischendurch in der Werkstatt gewesen, ohne dass sie es mitbekommen hatte?

Bella war gerührt, als sie die grobe ernsthafte Handschrift ihres Vaters sah und den unbeholfenen Text las.

10.3.2002
Hiermit verspreche ich meinem Vater, Jupp Haberland, und meiner Mutter, Frieda Haberland, den Schulabschluss zu machen. Bis zum Ende!

Ohne eine Sekunde zu zögern, unterschrieb sie den Text und strahlte Jupp an. Natürlich! Das Lernen fiel ihr leicht, sie hatte nach der vierten Klasse die fünfte übersprungen, und ihr Abitur wollte sie auf jeden Fall machen. Daran gab es nie einen Zweifel.

Offenbar zufrieden faltete Paps den Bogen liniertes Papier zusammen und steckte ihn in seine Hosentasche. »Morgen gehe ich damit zu deiner Mutter. Wichtige Entscheidungen haben wir immer zusammen getroffen.«

»Sie wird nicht begeistert sein. Das ist in ihren Augen nichts Vernünftiges.«

»In meinen auch nicht, deshalb das Abitur, da kannst du später oder nebenbei studieren, wenn es dir langweilig mit dem Schönheitskram wird. Und glaub mir, dir wird es irgendwann zu langweilig sein. Ich kenne meine Tochter. Du rebellierst nur gegen deine Mutter.«

»Ich will es wirklich. Schau mal, andere haben die Begabung für Musik oder Rechnen oder Sport in die Wiege gelegt bekommen. Sie alle würden doch mit ihrem Talent etwas anfangen. Mir wurde mein gutes Aussehen in die Wiege gelegt. Wieso sollte ich es nicht zeigen?«

Jupp hatte ihr zugehört. Dafür liebte sie ihn, er hörte immer bis zum Ende zu und hatte nicht sofort einen Vorschlag dagegen. Bei ihrer Mutter wäre sie nur bis zum zweiten Satz gekommen. Er nickte.

»Das stimmt, deine Anmut ist dir in die Wiege gelegt worden und schöne Menschen haben vielleicht die Pflicht, vor die Tür zu treten und anderen Menschen ein Lächeln ins Gesicht zu zaubern. Ich hoffe nur, dass du deinen guten Charakter nicht verlierst.«

»Und mit deinen Skulpturen, die bisher immer weiblich, rund und ziemlich reizvoll aussahen, gestaltest du auch etwas Schönes.« Sie zwinkerte ihm zu.

»Nur, dass ich niemals damit vor die Tür gehe.«

»Jammerschade, Paps. Du hast Angst vor Kritik.«

»Nicht nur das. Vor der Zerfleischung.«

Hilde, die schlankere der beiden Katzen, hüpfte auf seinen Schoß, automatisch kraulte er ihren Nacken. Sie schloss die Augen, schien das kleine, kurze Glück zu genießen, ohne ein: wenn, dann. So einfach, Bella versetzte das einen Stich.

»Habt ihr euch seit ihrem Auszug nicht mehr gesehen?«
Jupp schüttelte den Kopf. »Ich bin sauer.« Er sagte es so, wie man sagte ›Ich bring Brot mit‹. »Aber ich gehe zu ihr, mach dir keine Gedanken. Wir haben schon Schlimmeres überstanden.«
Bella horchte auf. »Was denn?«
Doch Jupp war schon in die Werkstattschuhe geschlüpft, setzte seine fleckige Baskenmütze auf und verschwand nach draußen.

Zufrieden mit der Welt setzte sich Bella an ihre Hausaufgaben. Sie hatte Finn eine lange Mail mit einer Entschuldigung geschrieben. Seit zwei Tagen wartete sie auf eine Antwort und hoffte darauf, er würde einfach sagen, dass alles wieder gut sei. Doch er schwieg. Na gut, wer nicht will, der hat schon. Genervt fuhr sie den Computer wieder runter.

11.

Jupp schob gleich zwei seiner scharfen Pfefferminzbonbons in den Mund. Er verabscheute Mundgeruch, schon allein die Möglichkeit, dass es welchen gab, fand er abstoßend. Wenn er Frieda nach mehr als zwei Wochen wiedersehen würde, wollte er nach frischer Minze riechen. Ihre neue Handynummer anzurufen, war ihm unmöglich. Obwohl er die Nummer fast eingetippt hatte, fühlte es sich falsch an. Als stünde er nackt in ihrem Schlafzimmer, ohne vorher angeklopft zu haben. Es blieb ihm nur, eine Nachricht mit seinem Kommen auf Lottis Anrufbeantworter zu sprechen.

Nun war Jupp überrascht, wie aufgewühlt er war. In seinem Magen rumorte es dermaßen, dass er glaubte, man könne es hören. In ihm tobte eine Mischung aus Liebe und Wut. Liebe, weil Frieda nun mal die Frau war, mit der er sich wohlfühlte. Sie war sein Zuhause und ohne sie kam er sich unvollständig vor. Wie damals nach Margas Tod, als er nicht mehr wusste, ob er noch lebte oder auch gestorben war.

Jupp fand Frieda schon beim ersten Hinschauen wunderschön, obwohl sie ihre Weiblichkeit verbarg wie einen Goldschatz, der der höchsten Geheimhaltungsstufe unterlag. Doch er sah ihren Liebreiz, erkannte das Glänzende unter den vielen Schutzschichten. So oft stand er in den gemeinsamen Jahren mit einem Bein am Abgrund, aber sie zog ihn immer wieder auf den Boden. Egal, wie dunkel es um ihn wurde, sie rettete ihn. Wieder und wieder. Jupp hatte nie aufgehört, seine Frau zu lieben. Doch Hand in Hand mit der Liebe hatte sich seit einigen Jahren eine neue Wut dazugesellt, denn Frieda war im Laufe der Zeit zu einer unzufriedenen, ungerechten Frau geworden, die ihn oftmals nervte. Vorhaltungen, Zurechtweisungen, Vorwürfe, Strenge. Das Helle, das er so an ihr liebte, verblasste allmählich. Schleichend, aber in aller Härte übernahm sie das Motto ihrer Eltern: Das Leben ist kein Zuckerschlecken! Vor Isabellas Geburt flogen täglich die Fetzen und Jupp verduftete von früh bis in die Nacht in die Werkstatt, ertränkte alles, was er nicht fühlen wollte, im Alkohol und flüchtete von Zeit zu Zeit in die Arme einer willigen Frau. Frieda konnte er schon lange nichts mehr recht machen. In ihrem Inneren wohnte ein Wicht namens Groll, und der hatte es auf ihn abgesehen. Was auch immer sie über die Jahre an Ärger angesammelt hatte, sie hatte noch lange nicht alles ausgespuckt. Doch er wollte jetzt nicht an das Trennende denken. Sie fehlte ihm, als würde ihm ein Bein fehlen, und er fühlte täglich den Phantomschmerz.

Schritt für Schritt näherte er sich Lottis Haus und träumte sich in einen Lieblingstraum. Vielleicht würden sie sich zur Begrüßung küssen und umarmen. So wie früher. Bei dem Gedanken an einen zärtlichen, innigen Kuss mit Frieda wurde es ihm warm im Bauch. Er lächelte gutgelaunt vor sich hin. Obwohl schon ein Hauch von Frühling in der Luft gelegen hatte, war es nun wieder eisig kalt. Eiskalte Frühlingsgefühle, dachte er über sein Wortspiel nach und rieb sich die Hände warm. Selten war er so lange von Frieda getrennt gewesen. Seit ihrer Jugend war sie stets und wie selbstverständlich an seiner Seite. Im Leben und im Bett. Auch wenn es andere kleine Geschichten mit Frauen gab, Frieda war seine Königin. Unumstößlich. Ihr Thron war der Ankerplatz in seinem Leben, auf dem er ihr huldigte.

Mit dem flatternden Hochgefühl von wieder entdeckter Liebe im Gepäck stand er vor Lottis Tür, um seine Frau zu sehen. Er schob ein weiteres Pfefferminzbonbon hinterher und frischte den Atem auf. Fuhr sich nervös über die Glatze, den Dreitagebart, verkrampfte die Zehen, entspannte sie wieder und klingelte, nachdem er noch einmal durchgeatmet hatte. Es dauerte lange, Adrenalin schoss mit fliegenden Fahnen durch seinen Körper. Und dann hörte er, dass sich der Schlüssel im Schloss drehte.

Frieda öffnete, und obwohl ihr Gesicht streng, der Mund zusammengekniffen und der Blick kühl waren, staunte er, wie hübsch sie sich zurechtgemacht hatte. Entgegen ihrem über die Jahre zementierten Lebensmotto bloß nicht aufzufallen, fiel sie heute auf: Sie trug Farbe.

Verblüfft schaute er sie an, bewunderte ihre ansprechende Verwandlung und suchte nach passenden Worten. Sie trug keins der üblichen praktischen Poloshirts, die sie in mehreren gedämpften Farben vorrätig hatte, keine erdfarbene Stoffhose, die ihre Shirts oder Blusen vervollständigten. Auch mit den Haaren war irgendwas neu, er kam nur nicht so schnell drauf, was es war. Wenn er sich nicht täuschte, trug sie eins von Lottis körperbetonten Kleidern. Wahrscheinlich war es Lotti inzwischen zu eng geworden. Weinrot! Wenn sie ihre Lippen noch etwas entspannen könnte, käme die dezente Farbe, die sie aufgelegt hatte, viel deutlicher zur Geltung.

Jupp registrierte alles und sein »Oha, schöne Frau« ließ sie erröten. Anerkennend pfiff er durch die Zähne und Frieda schaffte es nicht, weiter böse zu gucken. Mit der Zärtlichkeit einer Ehefrau im Blick wurden ihre Lippen weicher, die aufgelegte Farbe dehnte sich aus.

»Darf ich dich küssen?« Er beugte sich andeutungsweise zu ihr und sie streckte ihm ihren zugespitzten Mund entgegen.

Die letzten Jahre hatten sie sich eher flüchtig auf den Mund geküsst, doch heute wollte Jupp auf ihren Lippen verweilen.

Eine kleine Pause einlegen. Frieden spüren. Er wagte es, mit seiner Zunge nach ihrer zu suchen. Frieda stockte kurz und gab für einen Moment nach. Ein erster Kuss, nach vielen Jahren Pause. Jupp war gerührt und er spürte auch Friedas Verlegenheit. Er ergötzte sich an ihrem Gesichtskino, beobachtete, wie es in ihr arbeitete. Freundlich sein oder abweisend? Küssen oder streiten? Lächeln oder streng gucken? Die Ambivalenz stand ihr gut.

»Dieses Kleid, deine Haare, deine Lippen ...« Er hielt ihre Hand hoch, ließ sie darunter eine langsame Pirouette drehen und betrachtete sie entzückt. »Wir sollten uns öfter mal trennen, tut uns gut.«

Frieda, die noch kein Wort gesagt hatte, lächelte nur wissend. Die Waffen der Frau, wie recht Lotti doch hatte. Mach dich bisschen hübsch, betone deine schwindenden Kurven und sei geheimnisvoll. Bisschen unnahbar. Dieser Punkt erschien Frieda zu schwer. »Wie mach ich mich denn geheimnisvoll und unnahbar? Er kennt mich in- und auswendig?«

Lotti gab ihre Erfahrungen gern weiter. »Schweig einfach und lächle. Egal, was er sagt.«

Schweigen und lächeln, wie absurd. »Dann komme ich schon bisschen dümmlich rüber, oder? Das nimmt er mir nie im Leben ab.«

Lotti seufzte. »Probier es einfach mal aus!«

So simpel, Frieda konnte es immer noch nicht glauben. Doch das Ergebnis war verblüffend. Ihr Jupp war butterweich und wenn sie es darauf anlegen würde, könnte sie gerade alles von ihm haben, inklusive seiner Werkstatt.

»Komm rein. Willst du einen Kaffee?«

»Gerne, es ist zwar schon März, aber immer noch recht kalt

da draußen. Kaffee klingt wunderbar.« Er rieb sich die Hände und Frieda bediente das Monstrum von italienischer Kaffeemaschine dermaßen geschickt, als hätte sie im Leben nie etwas anderes gemacht. Immer noch scheu, als hätten sie sich gerade erst kennengelernt, saßen sie sich gegenüber. Der Kuss hing zwischen ihnen wie ein verheißungsvoller Sommertag am Meer. Noch war die weitere Richtung ihres Treffens unklar, alles schien möglich. Selbst, dass sie im Bett landeten. Frieda wurde es ganz heiß bei der Vorstellung, nackt in Jupps Armen zu liegen.

»Wie geht's deiner Prinzessin? Meiner Tochter? Fütterst du die Katzen? Was esst ihr überhaupt?«

Themenwechsel, registrierte Jupp enttäuscht. Frieda schien vertrautes Terrain zu suchen, Boden, über den sie schon tausend Mal gelaufen waren. Sicheren Boden, der sie tragen würde. Er gab alles, um die erotische Stimmung, die bis eben noch wie ein Netz aus fein gesponnenen Fäden zwischen ihnen hing, zum Verweilen zu animieren.

Er legte eine Hand auf ihre und strich zärtlich über Friedas Finger. Suchte ihren Blick. »Komm nach Hause, Friedel. Ich vermisse dich.«

Zu schnell schaute sie weg, schlüpfte in ihren gewohnten Das-Leben-ist-hart-Gesichtsausdruck und ein schmerzhafter Riss der Enttäuschung machte sich in seinem Inneren breit. Das zarte Netz war gerissen, die losen Fäden schwangen unverbunden hin und her.

Doch dann: »Ich vermisse dich auch.« Leise erzählte sie mehr. »Aber ich erhole mich gerade, bin froh, Isabellas Provokationen mal nicht täglich ausgesetzt zu sein. Gib mir noch Zeit. Ich weiß ja, dass ihr beide klarkommt.«

Jetzt lag Friedas Hand über seiner. »Ihr seid schon öfter allein zurechtgekommen, erinnerst du dich?«

»Ja, natürlich. Sogar zwölf Wochen, als sie zwei Jahre alt war. Es geht auch nicht darum, dass ich das alles nicht schaffe.« Jupp wollte sich nicht an diese entsetzliche Zeit erinnern, als Frieda sich selbst in die Psychiatrie eingewiesen hatte. »Ich vermisse dich. Sehr.« Frieda schaute weg. »Dann vielleicht nächste Woche?«

Sie schüttelte den Kopf und jetzt sah er, dass ihre Haare locker hin und her schwangen. Da sie ihre Haare in den letzten Jahren meistens streng nach hinten gekämmt hatte, oft in einem Zopf oder Knoten versteckt trug, hatte er gar nicht wahrgenommen, wie lang sie inzwischen gewachsen waren. Jetzt wusste er, was anders war. Ihre Haare waren offen, was sie weicher ausschauen ließ. Gott, wie hübsch sie ist, dachte er.

»Nächste Woche ist auch zu früh. Jupp«, jetzt schaute sie ihn klar an und er spürte ihre Vorsicht, »ich weiß noch nicht, wann ich zurückkomme.«

Wie aus weiter Ferne hörte er ihre Worte und packte das Gehörte geschwind beiseite. Das war es nicht, was er hören wollte. Das nicht. Es war einsam ohne sie. So einsam wie nach Margas Tod. All die Jahre hatte er den Verlust seiner Zwillingsschwester erfolgreich kompensiert. Durch Frieda, die Kinder, die Tischlerei, das vollgepackte Leben.

Um die gemeinsame Zeit weiter auszudehnen, erzählte er ihr vom ruhigen Haus, den Katzen, um die er sich die meiste Zeit kümmerte und von Isabellas neuer Agentur, der nötigen Unterschrift der Eltern. Frieda erstarrte sichtlich. Tapfer redete Jupp immer weiter. Natürlich wusste er, dass Frieda es nicht guthieß, mit so etwas Banalem wie Attraktivität Geld zu verdienen. Das mit dem Fotoshooting würde all seine Überzeugungskraft brauchen. Jupp wappnete sich, denn Friedas Gewehr war nicht nur geladen, es war angelegt. Sie zielte.

»Deshalb bist du gekommen? Wegen ihr?« Schnell nahm sie ihre Hand von seiner, richtete sich auf, lehnte sich zurück und strich den Rocksaum glatt nach unten. Mund und Augen zusammengekniffen. Alles auf Anfang. Sie verschloss sich von Neuem und er konnte die Rückwärtsentwicklung im Zeitlupentempo verfolgen. Ärgerlich darüber, wie ungeschickt er sich angestellt hatte, vergaß er fast zu atmen. Krümmte die Zehen, entspannte sie wieder und fuhr fort. Er musste es zu Ende bringen.

»Lass sie doch ihren Weg gehen. Sie hat versprochen, die Schule zu Ende zu machen. Hier!« Unbeholfen zog er den Bogen Papier aus seiner Hosentasche. »Ich habe es mir unterschreiben lassen. Die Fotoshootings macht sie nebenbei, nach der Schule, am Wochenende, in den Ferien. Ein erster Schritt in die Richtung, in die sie doch sowieso gehen will. Mode, Werbung und was weiß ich.« Schlagartig hörte er auf zu argumentieren.

Frieda sah aus, als hätte sie in ihrem Kaffee eine Spur Essigessenz entdeckt und würde sie gleich in sein Gesicht spucken. »Alles! Alles! Bekommt! Sie! Geschenkt!« Stakkato. Sie steigerte sich von Null auf Hundert in ihre hysterische, abgehackte Sprache. Als hätte sie zu wenig Luft für das Thema. »Nie! Nie muss sie etwas leisten, sich mal durchbeißen oder sich gar bewerben. Es ist so ungerecht. Unsere Jungs hatten es so viel schwerer.«

Sie verschränkte die Arme vor der Brust und kaute auf ihren schönen Lippen. Zerkaute sie. Quälte sie. Wurde von einer Sekunde auf die andere wieder unzufrieden, unattraktiv. Hässlich.

Jupp hatte sich nun ebenfalls zurückgelehnt, sein Blick ruhte auf ihrem Mund. Eben fand er ihn noch schön. Weich, begehrenswert, zum Küssen. Jetzt war er wieder spitz, die Lippen hart. Keine Kusslippen mehr. Selbst die letzten losen Fäden des zart gesponnenen Netzes der Liebe, das kurz zwischen ihnen war, waren zerrissen. Kaputt. Fortgeweht.

»Manchmal denke ich, du redest von dir. Du, Frieda, hast im Leben nichts geschenkt bekommen. Du musstest so viel kämpfen, hast deine Abschlüsse nachgeholt, hast unsere Kinder beschützt, um mich und unsere Ehe gekämpft. Ich weiß es doch. Deine Tochter ist nun mal anders. Kannst du das nicht endlich akzeptieren? Nicht alle Menschen müssen sich durchs Leben kämpfen. Gönn es ihr doch einfach. Wieso müssen es immer alle so schwer haben wie du?«

Er erkannte, wie sie mit den Tränen kämpfte, aber ehe seine Frau weinte, wurde sie stahlhart. Riss sich zusammen! Das kannte er schon.

»Ich unterschreibe nichts. Sie soll warten, bis sie volljährig ist und ihr Abitur in der Tasche hat. Dann kann sie machen, was sie will. Sag ihr das!« Das Gespräch war beendet und Jupp wusste, dass man einem Stahlnagel nicht beibringen konnte, weicher zu sein.

12.

»Frieda hat nicht unterschrieben, stimmt's?« Erwartungsvoll bis in die Haarspitzen schaute Isabella ihren Vater an. Sie standen sich in ihren mopsigen Winterklamotten in der Küche gegenüber. Isabella, auf dem Sprung zu Becky, hatte schon ihren grobgestrickten bunten Schal um den Hals gewickelt und ihre gefütterte Jacke übergezogen. Die Haare waren zu einem dicken Pferdeschwanz gebunden, der lang über den Rücken hing. Von wegen Frühling, der Winter schickte einen neuen eiskalten Gruß.

»Stimmt.« Jupp wickelte langsam seinen langen gelben Schal ab. »Du sollst erst achtzehn werden und dein Abitur machen.« Resigniert schüttelte er den Kopf. »Geh trotzdem zu diesem ersten Termin, ich rede mit denen von der Agentur. Vielleicht reicht ja eine Unterschrift.«

»In wenigen Monaten bin ich doch achtzehn.« Wie als kleines Mädchen rechnete sie es ihm mit den Fingern vor. »April, Mai, Juni, Juli. In vier Monaten! Sie will einfach nur dagegen sein. Gegen mich. Ich hasse sie! Von mir aus kann sie für immer bei Lotti bleiben.« Jupp bekam einen Kuss auf seine Wange gedrückt. »Trotzdem danke, Paps. Du hast es versucht. Becky wartet schon, ich muss los. Auf dem Rückweg gehe ich einkaufen und: Lass dich überraschen! Beckys Mutter hat mir ein neues Rezept für eine Gemüsesuppe verraten. Die koche ich heute Abend für uns.«

Jupp nickte, freute sich auf das Abendessen, das mal nicht aus Eiern, Nudeln oder einfachem Brot bestehen würde und fühlte sich schwer. Wie wir leben, das stimmt so nicht, dachte er. Es ist falsch.

Er verzog sich in die Werkstatt. Drehte sein altes Stern-Kofferradio an, das die DDR-Zeiten überlebt hatte, und stellte den Jazz Sender, der sich wie von Zauberhand ständig veränderte, zum hundertsten Mal neu ein.

Früher war es Marco, der, widerspenstig wie er war, alle Sender verstellt hatte, sobald er in der Werkstatt auftauchte. Das waren eher die kleinen Reibereien zwischen Jupp und seinem mittleren Sohn. Trotzdem hatte er den Jungen dafür, dass er ihm ständig den Sender verstellte, geohrfeigt. Aus dem Affekt, aus dem Fundus von angestauter Wut. Weil es ihm reichte. Weil der Junge ihn nervte. Weil Frieda ihn immerfort in Schutz nahm. Es gab damals tausend Gründe, Marco zu ohrfeigen.

Der rannte dann schreiend zu seiner Mutter und alle im Ort hätten bei dem Gebrüll denken können, Jupp hätte Marco zusammengeschlagen. Was er nie getan hatte. Wenn er an Marco dachte, regte sich sein schlechtes Gewissen und fast immer, sobald er sich in der Werkstatt aufhielt, dachte er an ihn. Damals war er wenigstens noch mit Frieda vereint, manchmal lachten sie gemeinsam über ihre Kinder. Alberten herum, liebten sich. Ein Bild aus jener Zeit hatte sich ihm besonders eingeprägt, weil er mit Frieda nach dieser Episode erstmalig wilden, beinahe aggressiven Sex hatte.

Marco war vielleicht fünf Jahre alt gewesen. Ein dünner, fast durchsichtiger kleiner Junge, der stets die Nähe seiner Mutter suchte. Ganz anders als die Zwillinge, die sich rauften, die bei jedem Wetter draußen unterwegs waren, verdreckt vom Kopfhaar bis zu den Zehenspitzen. Zwei glückliche Kinder, ganz in Jupps Sinne. Marco dagegen lachte so selten, dass sie sich Sorgen machten, was mit ihm nicht stimmen könnte. Aber außer, dass er nie lachte oder herumalberte, fiel er nicht weiter auf.

Manchmal tauchte er wie ein Schatten in der Holzwerkstatt auf und Jupp erschrak beinahe zu Tode, wenn er plötzlich den strubbligen Wuschelkopf seines Jüngsten sah. Ganz still saß der in einer Ecke und beobachtete ihn.

»Junge! Wie bist du reingekommen? Die Tür quietscht doch wie eine Jungfrau beim ersten ... Kuss!«

Stumm hob Marco nur die Schultern, beobachtete seinen Vater und blätterte leise in dem mitgebrachten Buch. Er sprach wenig, aber anhand der Finger, die langsam den Zeilen im Buch folgten und der Bewegung seiner Lippen wussten sie, dass er lesen konnte.

Später hörte Jupp, wie der Junge Frieda fragte: »Mama, was ist eine Jungfrau?«

Belustigt schaute sie auf Marco. »Woher hast du denn dieses Wort?«

Mit ausgestrecktem Arm und Zeigefinger zeigte er auf Jupp wie auf einen Angeklagten.

Frieda schüttelte nur den Kopf und versuchte sich an Erklärungen. »Das ist eine junge Frau, die ...« Angestrengt überlegte sie.

»Oder auch eine ältere ...«, unterbrach Jupp sie amüsiert.

Frieda ließ sich nicht aus der Fassung bringen. »Ruhe in den hinteren Reihen! Also eine Frau, die ganz sauber ist. Rein.«

Jupp haute sich vor Lachen auf die Schenkel und holte sich ein Bier aus dem Kühlschrank. »Genau, mein Junge, eine richtig saubere Frau!«

Marcos Gesicht blieb todernst, er glaubte ihnen kein Wort und ließ sich von der Albernheit seiner Eltern nicht eine Sekunde anstecken.

Jupp drängte sich von hinten an Frieda und wisperte: »Nicht so schmutzig wie meine Frau.«

»Jupp!«, flüsterte sie zurück, errötete und schob ihn mit dem Hintern weg, was ihn sehr erregte.

Als hätte Marco das erotische Spiel seiner Eltern kapiert, streckte er die Hände nach Frieda aus. Zog ein weinerliches Gesicht und wollte auf ihren Arm. Sofort! Sie nahm ihn hoch, bevor sein knatschiges Geschrei beginnen konnte. So war es oft. Marco war bereits da, ehe Jupp zum Zug kam. Keine Chance. Jupp bildete sich ein, dass dieser Rotzlöffel ihn dabei triumphierend anschaute. Fast reflexartig zeigte er ihm den ausgestreckten Mittelfinger, so, dass Frieda es nicht sehen konnte, und marschierte zurück in die Werkstatt.

Doch nur kurze Zeit später kam Frieda zu ihm, schloss ab, damit keins der Kinder stören konnte, legte den Finger auf seinen Mund und flüsterte: »Fick mich.«

13.

In Bella summte es wie auf einer Wildblumenwiese. Anschwellend, abschwellend, wieder anschwellend. Da war sie, die Welt, von der sie nur geahnt hatte, dass es sie geben musste. Eine Welt außerhalb ihres Zimmers, der Schule, des *Kowalskis*, des alten Dorfkonsums.

Sie fand sich in einem abgedunkelten Raum mit einer Handvoll gut aussehender Menschen wieder. Umgeben von Kameras, Reflektoren, Leinwänden, Lampen und dem Duft von Cremes, Shampoo, Spray. Ein unaufhörliches Vibrieren und Schwingen durchzog den Raum, steckte sie an und ließ sie Teil dieser Welt werden. Wie in einem großen, gemeinsamen Atmen schwang Bella wie selbstverständlich mit.

Ihre Aufregung war kaum zu bändigen, ihr war flau im Magen und sie hatte Angst, sich vor der kompletten Riege aus Stylisten, Visagisten und Fotografen vor Nervosität zu übergeben. Andererseits glühte sie, wollte mehr, wollte alles. Jede Pore ihrer jungen Haut pulsierte. Bereit, sich in dieses Leben zu stürzen.

Nachdem alle Formalitäten erledigt waren, wurde sie fotografiert, pur wie sie war, in aller Natürlichkeit, in den Klamotten, die sie trug. Später wurde sie geschminkt und gestylt, ihre Haare wurden hochgesteckt, geflochten, wieder geöffnet. Auf große Wickler gedreht, wieder glattgezogen. Mal gab es Wind von hinten, mal von links, mal von vorn. Sie sollte für ein Shampoo und eine Spülung werben, also waren ihre Haare und ihr Gesicht im Fokus des Fotografen. Sobald die Kamera auf sie gerichtet wurde, flog ihre Nervosität ins Nirwana. Eine buddhistische Ruhe breitete sich in ihr aus und umfing sie wie eine wärmende Umarmung. Die knappen Korrekturanweisungen des Fotografen setzte sie spielnd um.

»Bella, Süße, schau mehr nach links. Nicht so weit. Ja, ja, so ist es gut. Perfekt, Mädchen, und jetzt zu mir schauen, ja, öffne die Lippen, lass sie weich werden. Du hast einen bezaubernden Mund ... Ja! Im Kasten, Leute.«

Das Lob des Kameramannes ließ sie größer werden, sich aufrichten, obwohl der Kommentar ihrer Mutter nicht aus ihren Ohren verschwand. »Auf dein Aussehen brauchst du dir nichts einzubilden, dafür hast du nichts, aber auch gar nichts leisten müssen!« Wie ein Handyklingelton, bei dem niemand abnahm, klingelte der Satz während des ganzen Shootings vor sich hin. Sie hatte gehofft, auf Karl Marcy zu treffen, den Fotografen des Pressefotos. Fehlanzeige.

»Rudi«, so hatte er sich vorgestellt. »Ich bin Rudi, der Fotograf hier.« Rudi war ein Mann im gleichen Alter wie ihr Vater, nur in schick, mit einem rot getupften Tuch um den Hals. So etwas würde Jupp nie im Leben tragen, eher würde er sterben.

Die Frau, die ihre Haare bearbeitete, hieß Swantje, war jung und redete, als wären sie schon lange befreundet und hätten sich seit zehn Jahren nicht gesehen. Sie war voller Fragen. »Wenn du ausgewählt wirst, wirst du viel reisen müssen, bekommst du das hin? Hast du einen Freund? Na, hoffentlich ist der nicht eifersüchtig, der braucht ein dickes Fell. Ist das deine Freundin da draußen, schade, dass sie so kurze Haare hat, schlecht für Shampoowerbung. Aber ihr Gesicht ist hübsch, frech.« Swantje holte kaum Luft und es war auch nicht wichtig, ob Bella antwortete oder nicht. Wie eine gut temperierte Dusche ließ sie die Worte über sich laufen, während die Frisörin ihren Kopf bearbeitete.

Das Shooting dauerte fünf Stunden. Fünf Stunden, in denen Bella auf watteweichen Wolken schwebte und sich in eine spätere Version von sich selbst träumte. Sie würde reisen, ihr Gesicht, ihre Haare wären in großen Städten auf Plakaten abgebildet. Die Menschen dürften kurz ihre Sorgen vergessen. Vielleicht lächeln. Ein aufregendes Leben wie im Film würde sie führen. Genug Geld verdienen. Kein Dorfleben mehr. Ein Model. Sie könnte vor Freude in eine Pfütze hüpfen, sich darin wälzen und erinnerte sich, dass Becky ihr einmal das isländische Verb *hoppipolla* gezeigt hatte, es bedeutete in Pfützen hüpfen. Becky hatte vor, alle Länder dieser Welt zu bereisen. Damals interessierte sie sich für Island und Bella hatte das Wort seitdem nie wieder vergessen. Ihr war nach *hoppipolla*.

Becky, die draußen geduldig auf sie gewartet hatte, wollte alles ganz genau wissen und freute sich mit ihrer Freundin. »Cool, aber komm, jetzt lass uns mal was Normales machen.«

»Was denn?«

»Weiß nicht, was essen, bei dir oder bei mir rumhängen, Film gucken ... was essen?«

Beckys Mutter hatte gekocht, man roch es schon im Hauseingang. Ihre Eltern hatten eine ähnlich große Wohnküche wie Bellas und der Tisch war bereits gedeckt.

»Bella, schön, dass du mitgekommen bist. Hunger?« Im Handumdrehen stand ein fünfter Teller auf dem Tisch.

»Und wie!«

Beckys Mutter nahm sie zur Begrüßung so selbstverständlich in den Arm wie ihre eigenen Töchter.

Jedes Mal, wenn Bella diese Umarmung genoss, dachte sie an den fehlenden Körperkontakt mit ihrer Mutter. Da war einfach nichts. Als wäre eine wichtige Verbindung gekappt worden.

Sie konnte Frieda nicht berühren und Frieda ihre Tochter auch nicht. Vielleicht war es ganz früher mal anders gewesen? Innerlich verneinte sie ihre Hoffnung sofort. Auf alten Fotos klebte sie immer an Jupp.

Bruno, der gerade keine Taxifahrt hatte, kam mit Beckys kleiner Schwester Lilly an der Hand dazu. »Wann kommt deine Mutter wieder nach Hause?«, fragte er Bella.

Seine Frau vergaß zu schlucken und Becky sprang in die Bresche. »Papa, das geht dich nix an. Punkt.«

Bruno lugte verwundert in die Runde. Seine buschigen Augenbrauen wurden fast lebendig. »Man wird ja wohl noch fragen dürfen!«

»Schon gut, Bruno. Ich weiß es sowieso nicht. Keine Ahnung. Sie braucht Pause.«

»Wo ist deine Mama?«, fragte Lilly.

»Sie ist für eine Weile bei ihrer Schwester. Bei Lotti.«

In Lillys sechsjährigem Kopf schien es zu rattern. Nach einer Weile brach es aus ihr heraus. »Wenn ich groß bin und zu Becky gehe, bin ich dann auch bei meiner Schwester?«

Alle lachten freundlich.

»Genau, dann bist du auch bei deiner Schwester.« Mit erhobenem Zeigefinger ergänzte Becky: »Aber nur, wenn deine Schwester Zeit hat und das auch will.«

Lilly nickte verständnisvoll. Ihre große Schwester war bekanntermaßen ihr Idol, und wenn sie groß wäre, wollte sie genauso werden wie sie, nur mit Bellas Haaren. Dies verkündete Lilly ständig.

Als sich Bella verabschiedete, dachte sie wehmütig, dass sie so eine lockere Stimmung am Tisch mit ihren Brüdern nie erlebt hatte. Beckys Mutter gab ihr noch ein Päckchen mit. »Für Jupp, der muss auch was zwischen die Rippen bekommen. Grüß ihn, war sowieso zu viel, was ich gekocht habe.« Sanft schob sie Bella mit dem Fresspäckchen in der Hand aus der Tür. »Nun geh schon, Mädchen, bis bald.«

14.

Frieda und ihre Schwester hingen über den neuen Dildos, die Lotti für ihren Erotik-Shop geliefert bekommen hatte. Mehrere Schachteln lagen ausgepackt im Wohnzimmer verstreut. Die kleine Truhe, die Lotti als Abstelltisch nutzte, war drapiert mit Dildos aller Größen und Farben.

Frieda verzog ihr Gesicht, als müsste sie kleine glitschige Tiere anfassen, um eine Dschungel-Wette zu gewinnen. Es ist nur Spielzeug, Spielzeug, nur Spielzeug, murmelte sie in Gedanken vor sich hin. Ganz im Gegenteil zu Lotti, die jeden künstlichen Penis mit beiden Händen berührte, prüfte, wie er in der Hand lag, die Batterie anschmiss, um die Beweglichkeit zu testen, um sie dann, höchst zufrieden, zurück in die bunten Schachteln zu legen. Vorher wischte sie mit einem feuchten Lappen darüber und das alles mit einer Hingabe, die Frieda faszinierte und gleichzeitig abstieß. Alles, was mit Sex zusammenhing, war ihr eher zuwider und sie freute sich, dass Lotti mit diesem Thema so unbeschwert umgehen konnte. Wenigstens eine in der Familie, dachte sie.

Während der Dildo-Prozedur, wie Frieda es nannte, erzählte sie von Jupps Besuch, seiner aufflackernden Liebe in den Augen, dem Kuss und der Enttäuschung, als sie herausfand, dass es wieder nur um Isabella ging.

»Mit Zunge?«, fragte Lotti, ohne ihr Dildotesten zu unterbrechen.

»Was?«

»War der Kuss mit Zunge?«

»Äh, ja.« Friedas Hals schmückten sofort rote Flecke. So was durfte nur Lotti fragen.

»Hättest du es nicht mal dabei belassen können? Ein Kuss mit deinem Mann, den du wiederhaben willst. Das wolltest du doch!«

»Ja, aber ...«

»Papperlapapp, ja, aber ... immerzu dein Aber. Ich sag dir eins: Isabella wird alles geben, um zu diesem Fotoshooting zu gehen. Egal, ob es deine Unterschrift gibt oder nicht. Hätte ich übrigens auch so gemacht, hätte es jemals eine Chance gegeben.«

»Hätte, hätte«, äffte nun Frieda ihre Schwester nach. Traf aber nicht ihren Ton. »Hätte unsere Mutter niemals erlaubt, unser Vater schon gar nicht!«

Lottis dünne Augenbrauen rutschten hoch. »Eben!«

Frieda schaute sie irritiert an. »Das Gegenteil von dem zu machen, was die Eltern wollen, ist doch fast normal, oder?«

Sanfter ergänzte die Schwester. »Lass los, sie wird tun, was sie für richtig hält. Egal, ob mit oder ohne deine Zustimmung.«

Im Eifer des Wortgefechts hielt Frieda nun schon länger den hellblauen Dildo in der Hand und strich immer wieder behutsam darüber. Als sie Lottis Grinsen sah und auf ihre Hände schaute, warf sie das Teil in hohem Bogen weg, als glühe es plötzlich. Einfach weg. Sie wischte sich die gefühlt verbrannten Hände an ihrer Hose ab und stimmte in Lottis Lachanfall ein.

»Zu köstlich, Friedel. Du bist der Wahnsinn!«

Frieda wischte die Lachtränen weg. »Lotti, wieso lebst du eigentlich allein? Wieso hast du keinen Mann?«

»Na ja, keinen Mann würde ich das nicht nennen? Keinen Mann zu Hause, vielleicht.«

»Sag doch!«

Lotti setzte an, mehr zu erzählen, doch es klingelte an der Tür. Frieda hörte die Stimme ihres Sohnes Marco.

In hohem Tempo schmiss sie alle Dildos hinter die kleine Holztruhe, hinter das Sofa, unter die Kissen. »Wir ... testen, für Lottis Laden.« Wieder wurde sie knallrot, sie fühlte die Färbung. »Ich helfe ihr.« Es wurde nicht besser.

Marco, seine Mutter und Silikon-Penisse in einem Raum waren keine gute Kombination, wie Frieda vernahm, denn er sagte mit einem Grinsen: »Guck an. Falls Jupp mal verhindert ist ...«

»Marco!« Sie huschte, eine Entschuldigung murmelnd, ins Bad. Klatschte sich eiskaltes Wasser ins Gesicht und sammelte sich. Nicht in den Spiegel schauen, ermahnte sie sich und atmete tief ein und aus.

»Der Grüne ist gut«, hörte sie Lotti sagen.

Die konnte echt nichts aus der Ruhe bringen. Als Frieda zurückkam, zeigte die Schwester dem Jungen gerade ihr Lieblingsexemplar. Unglaublich.

»Schon gut, schon gut.« Marco wehrte Lottis Eifer mit erhobenen Händen ab, lachte. »Ich war gerade in der Nähe und wollte schnell meine Geburtsurkunde abholen.«

Friedas Herz schlug allmählich wieder im gewohnten Takt. Sie sah ihren Sohn an und war überrascht. »Wieso bist du so braun?«

»Ich lebe jetzt auf Gomera.«

»Wo? Ich kenne nur Sodom und Gomorrha. Zwei Städte, die den Mittelpunkt einer Erzählung in der Bibel bilden. Dort lebten gottlose Menschen, die ein lasterhaftes Leben führten.« Lotti grinste. »Da staunt ihr, was?«

»Eigentlich nicht. Alles Lasterhafte fand schon immer irgendwie zu dir«, konterte Frieda.

»Lotti, du wieder.« Marco erklärte den beiden, wo er jetzt lebte. »La Gomera ist eine kleine Insel, die zu der kanarischen Inselgruppe gehört.«

Frieda wusste nicht, wo sich die Inselgruppe befand, nahm sich jedoch vor, baldmöglichst nachzuschauen. »Und, was machst du da? Wie verdienst du dein Geld? Und wofür benötigst du deine Geburtsurkunde?« Besorgt schaute sie ihren Sohn an. Er war zweiunddreißig, so langsam musste er doch mal erwachsen werden, eine Familie gründen, Geld verdienen, in die Rentenkasse einzahlen.

»Ich verkaufe Kaffee und Kuchen am Strand. Meine Geburtsurkunde will ich einfach nur bei mir haben. Sie gehört zu mir, nicht in eure Kommode. Ich bin erwachsen.«

»Hört, hört. Mein erwachsener Sohn. Hast du dort eine Strandbar aufgemacht?«

Marco lachte. »Du wieder? Dafür bräuchte ich Geld, hab ich aber nicht. Ich lebe momentan mit Annalena zusammen in einer der Höhlen, da, wo viele wohnen, die ausgestiegen sind. Nennt sich Schweinebucht, da, wo die Höhlen sind.«

»Ausgestiegen? Woraus?« Frieda wollte es genauer wissen.

»Nun lass ihn doch mal erzählen, Friedel. Du warst bei den Höhlen und Annalena stehengeblieben.« Lotti warf ein majestätisches Handzeichen für weiter, weiter in die Runde.

Marco raufte sich die Haare. »Sie backt bei einer Freundin, die einen Herd und eine Küche hat, den Kuchen und ich verkaufe alles an die Touristen. Für den Kaffee habe ich einen kleinen Gaskocher. Ist eher so was wie ein Bauchladen, mit dem ich die Strände ablaufe.«

Frieda hörte nur Bauchladen, Höhle und Schweinebucht. Dachte weiter an seine Post, Meldeadresse, Rente. Mein Gott, so kann man doch nicht leben. Was, wenn er krank wird? Hat er eine Krankenkasse? Er zeigte ihr Fotos auf seinem Handy. Immerhin besitzt er noch das alte Handy, stellte sie halbwegs zufrieden fest.

Auf den Bildern blinzelte ihr ein braungebrannter Marco mit wildem, lockigem Wuschelkopf zu. Seine Haare waren von der Sonne und dem Salz ausgebleicht, fast weißblond. Er trug eine Art Lendenschurz und ein Tablett, dessen drei Streben oben in einem großen Henkel zusammenliefen. War er nackt? Waren da etwa alle nackt? Über einige Fotos wischte er zu schnell drüber.

»Das ist Annalena.« Sichtlich stolz zeigte er Frieda das Mädchen, in das er augenscheinlich verliebt war. Sie sah warme braune Augen, verfilzte lange Haare, ein buntes Sommerkleid. Viele bunte Ketten und silberne Armreifen. Eine kleine Zigeunerin. Immerhin hat sie etwas an, dachte Frieda beruhigt.

»Abends zelebrieren wir mit den anderen den Sonnenuntergang mit einer Feuershow, trommeln und tanzen. Da bekommen wir auch Geld zugesteckt. Ich gehöre dazu, wir sind eine Gruppe von acht Leuten und mir geht's endlich gut. Genau das will ich machen.«

Erschlagen von den neuen Informationen schaute Frieda prüfend in Marcos Gesicht. Verglich es mit dem zarten, ernsten Kindergesicht und musste zugeben, dass sie ihn niemals so unbeschwert gesehen hatte. Fast glücklich. Sollte doch noch alles gut werden?

»Zeig mal.« Lotti wollte alles genau sehen und rutschte an seine Seite. »Sehr cool und ein sehr sympathisches, wunderschönes Mädchen, deine Annalena. Ihr seht zusammen ein bisschen wie Tarzan und Jane aus. Wild und romantisch. Ganz nach meinem Geschmack. Seid ihr da etwa alle nackt?« Lotti sprach aus, was Frieda vor Verlegenheit schnell weggedrückt hatte, setzte die Brille auf und zoomte das letzte Foto heran. Jemand mit guten Augen hätte die selbstverständliche Nacktheit der Menschen schon auf den Fotos davor erkannt.

Jetzt, so vergrößert, hatte das Bild etwas Anrüchiges.

Marco entzog Lotti sein Handy mit einer schnellen Bewegung. Sie war ihm offenbar zu neugierig. »Ja, dort ist es erlaubt. An bestimmten Stränden sind alle nackt.«

Die beiden Frauen schauten sich an.

»Frieda, vielleicht sollten wir da auch mal hin. Stell dir vor, wir legen uns in den warmen Sand, so wie Gott uns schuf.«

»Nie im Leben!«, antwortete Frieda prompt, nestelte unangenehm berührt an den Knöpfen ihrer Bluse und schloss den oberen Knopf.

»Alle Ritzen werden mal durchgepustet und von der Sonne beschienen.« Lotti haute sich auf die Schenkel und lachte ihr dreckiges, freies Lachen. Als sie in Marcos entsetztes Gesicht sah, lenkte sie ein. »Keine Sorge, Junge. Wir bleiben hier. Sodom und Gomorrha!«

15.

Ehe sie sich versah, hatte Frieda einen Abschiedskuss ihres Sohnes auf die Wange gedrückt bekommen. Schnell schnappte er die Geburtsurkunde und zog wieder ab in ein Leben, das Frieda eher unheimlich als willkommen war.

Lotti, die neben ihr stand, schloss ihn fest in die Arme und flüsterte beim Abschied: »Du siehst umwerfend aus, Junge. Mach einfach weiter so.«

Er strahlte sie daraufhin so herzlich an, dass es Frieda einen Stich ins Herz versetzte.

Während Lotti die im ganzen Zimmer die von ihrer Schwester versteckten Dildos einsammelte und sorgsam verpackte, schaute ihr Frieda gedankenleer zu. Marcos Besuch hatte sie angestrengt, so wie sie momentan alles in ihrem Leben anstrengend fand. Ihren Job, ihre Ehe, ihre Kinder. Alles. Himmel, war sie müde.

»Leg dich doch hin«, hörte sie Lotti noch sagen.

Da rutschte sie bereits in die Waagerechte und fiel in eine Art Halbschlaf. Lottis Geräusche zeugten unmissverständlich von der Gegenwart, ihr leises Rascheln mit Papier, das Zukleben der Dildo-Päckchen. Die Halbschlafbilder katapultierten Frieda jedoch in eine Zeit, in der sie ähnlich müde war wie jetzt. Wegen Marco. Wegen Jupp. Wegen des Lebens. Müde von all den Anforderungen. Müde von den unendlich vielen Entscheidungen, die es täglich zu treffen gab.

»Bleib einfach liegen. Ich räum ganz leise auf.«

Frieda fühlte, wie Lotti sie zudeckte und diese kleine Geste rührte sie zu Tränen. Dünnhäutig, wie sie momentan war, hatten es die Bilder von damals nicht schwer. Bahnten sich ihren Weg, umschifften die Schutzmauer.

Gleich zu Beginn des Schuljahres 1980/81 wurden Jupp und Frieda in die Schule im Nachbarort bestellt. Die neuen Nachrichten prasselten auf die Eltern ein wie tausend Nadelstiche. Jeder Satz des Klassenlehrers, der ihnen hölzern gegenübersaß, tat höllisch weh. Sein ständiges Räuspern machte die Situation nicht besser.

»Marco hat ein jüngeres Mädchen auf dem Schulhof in die Ecke gedrängt und sie gezwungen, seinen, hm, also seinen Penis anzufassen.« Schnell sprach Herr Tölz den Satz zu Ende, als wäre er selbst der Übeltäter. Ohne aufzuschauen, las er weiter von seinem Blatt ab. »Gleich am dritten Schultag kam er mit einer toten Katze in die Schule und brüstete sich damit, sie selbst getötet und ...« Räuspern. »... ausgenommen zu haben. Er hört auf keinen Erwachsenen mehr, träumt vor sich hin, geht mitten im Unterricht hinaus. Kurz und gut, er ist an unserer Schule nicht mehr tragbar.« Räuspern.

Frieda spürte, wie es in Jupp, der neben ihr saß, gewaltig rumorte. Wie seine cholerische Wut, die ihn manchmal heimsuchte, Anlauf nahm. Sprungbereit war. Zielte. Sie konnte nicht mit Sicherheit behaupten, wohin sie treffen würde.

Rasch nahm sie seine Hand, knetete sie mit viel Druck und übernahm das Gespräch. »Was heißt das? Er muss doch zur Schule gehen, oder?«

Herr Tölz antwortete schnell. »Wir mussten das Jugendamt einschalten. Die Eltern des betroffenen Mädchens verlangen, dass er nicht mehr an der Schule sein darf. Wir hätten einen Schulplatz für ihn, zwei Orte weiter. In Lehnsdorf.« Betreten kritzelte er irgendetwas auf seinen Block.

Friedas Gehirn ratterte. »In Lehnsdorf gibt es nur drei Häuser und ein Kinderheim für Schwererziehbare.« Räuspern, jetzt sie. »Ja. Genau. Da. Sie möchten es mit ihm probieren. Und Frau Haberland, Herr Haberland. Ihr Sohn Marco ist definitiv schwer erziehbar.«
Ihre Gedanken kamen nicht mehr hinterher, die Gefühle galoppierten voraus, zügellos.
»Frieda. Gib ihn endlich weg. Er macht uns das Leben zur Hölle. Wir schaffen das nicht mehr.«
Hatte sie sich verhört? Das waren Jupps Worte, nicht die des Lehrers. Die Wuttränen schossen mit einer ungeahnten Wucht nach oben. »Niemals!« Sie stand auf, schob den Stuhl nach hinten, drehte sich zu Jupp. »Du bist schuld! Du hasst ihn viel zu sehr!«
Fluchtartig verließ sie die Schule. Rannte los, wusste nicht wohin und schlug den Weg nach Hause ein. Zehn Kilometer, sie musste sich bewegen. Nachdenken. Sich bewegen. Atmen. Sich bewegen. Sie war außer sich.
Kurze Zeit später fuhr der alte 311er Wartburg im Schritttempo neben ihr her. Jupp bettelte. »Frieda. Steig ein, komm. Lass uns reden. Es wird eine Lösung geben.«
Mit wildem Blick schaute sie in den Wagen. Marco saß vorn neben seinem Vater, was er sonst nie durfte. Sein Fahrrad lugte unter der Kofferhaube hervor. Jupp hielt an. Der Junge testete ein schüchternes Lächeln in ihre Richtung.
Mit einem Ruck öffnete Frieda die Beifahrertür, zerrte ihren Sohn aus dem Wagen und verprügelte ihn mit der berstenden Kraft ihrer Fäuste. Übermannt von der wutschäumenden Energie, die sich in ihr aufgestaut hatte, war sie in einem ganz eigenen Film. »Nie! Wieder! Fasst! Du! Ein! Mädchen! An!« Blindlings haute und trat sie überall hin, schrie sich ihre Verzweif-

lung aus der Seele.»Verstanden? Nie wieder! Du bist ein Monster! Ein Sex-Monster!«

Marco lag auf dem Boden, hatte sich zusammengerollt und schützte seinen Kopf. Jupp zog sie von ihm weg, schob den Jungen zurück ins Auto und beschützte ihn vor seiner Mutter.

Das erste Mal, dass er seinen Sohn überhaupt beschützte, dachte sie, noch eine Spur aggressiver.

Nein, sie stieg nicht ein und gab Jupp zu verstehen, dass er nach Hause fahren sollte. Ihr war nach Laufen, nichts als Laufen. Frieda sah sein Zögern, doch sie nickte ihm zu.»Fahrt, fahrt. Schaff ihn mir aus den Augen!« Entschlossen zog sie ihre Jacke zurecht, heilfroh, ihre praktischen Turnschuhe angezogen zu haben, und marschierte los.

Der leichte Nieselregen, der einsetzte, unterstrich ihre Grundstimmung. Alles verschwamm zu einem endlosen Grau. Sie wusste einfach nicht mehr weiter. Ihre ganze Liebe galt diesem Jungen. Sie liebte ihn wie sonst niemanden in der Familie und dann das! Das Schlimmste, was passieren konnte.

Zuhause legte sie sich in ihr Bett und stand die nächsten Tage nicht mehr auf. Weinte und schlief. Duschte nicht, zog sich nicht um und wollte kein Tageslicht sehen. Jupp versorgte sie mit Essen und Trinken, aber sie nippte nur an allem, was er ihr hinstellte. Wie aus einer anderen Welt drang seine Alkoholfahne zu ihr durch, sofort erbrach sie sich auf den Bettvorleger. Ohne zu zögern, wischte Jupp alles auf.

Frieda schluchzte laut auf.

»Was ist los?« Rasch war Lotti neben ihr. Setzte sich auf die Sofakante und quetschte Frieda an die Lehne.

»Ich musste daran denken, wie schlimm ich Marco damals verprügelt habe. Weißt du noch?«

»Das erste oder das zweite Mal?«

Frieda erschrak. Das zweite Mal hatte sie durch und durch ausgeblendet, diese Mauer stand so stabil, wie eine Zementmauer nur stehen konnte. »Das erste Mal.« Schnell wechselte sie zu der erzählbaren Geschichte. »Ich war wie von Sinnen. Eine hysterische Furie. Es war das allererste Mal, dass Jupp sich danach um Marco gekümmert hatte. Weißt du noch?«

»Ich weiß. Ich war in jener Zeit oft bei euch. Bin in dein Bett geschlüpft, obwohl es da roch, als hätte ein Braunbär Dünnschiss, und hab auf dich eingeredet, zu duschen.«

Frieda lächelte. »Und du hast zu mir gesagt: ›Weine ruhig, Süße. Ist ja auch gerade alles Scheiße.‹ Trotz all der Tragik musste ich grinsen, wie du es wieder auf den Punkt gebracht hast. Alles war eine einzige große Scheiße.«

Sie lachten bei der Erinnerung und Lotti musste es wieder übertreiben: »Ja! Dein Leben war ein richtig, richtig großer Braunbär-Dünnschiss-Haufen. Dein Mann soff, war meistens in der Werkstatt oder sonst wo, Marco befummelte jüngere Mädchen und wusste nicht, wohin mit sich, seinen Aggressionen, seiner aufkeimenden Sexualität. Und du hast versucht, die Familie zusammenzuhalten und den Schein zu wahren.« Nach einer kurzen Pause ergänzte sie: »Ich glaube, damals habe ich beschlossen, keine Kinder zu bekommen. Du hast mir so verdammt leidgetan.«

»Ja. Den Schein wahren. Das war schon immer eine meiner vielen Aufgaben. Die Leute sollten nicht schlecht von uns denken.«

»Die Leute, wenn ich das schon höre!«

Beide schwiegen und Frieda erinnerte sich an ihre Familie. Lotti schien es ebenso zu ergehen; ihr Gesicht sprach Bände.

Sie lebten mit einer schwachen wunderschönen Mutter, einem cholerischen, viel zu lauten Vater, der schlug oder liebkoste, wie es ihm gerade in den Kram passte. Unberechenbar für jedermann. Frieda war immer auf der Hut, seine Stimmungen abzufedern, stellte sich ihm für seine Launen zur Verfügung, um ihre Mutter und die kleine Schwester zu schützen. Sie verabscheute es, an früher zu denken. Normalerweise umschiffte sie alles, was mit der Herkunftsfamilie zu tun hatte, und die Erinnerungen schienen ihr ebenfalls aus dem Weg zu gehen.

Lieber hielt sie sich an der Zukunft fest. Wenn die Kinder aus dem Haus sind, wenn die Schulden abbezahlt sind. Wenn wir mehr Zeit haben. Wenn …

»Ich war damals fast froh, dass du auch mal nicht weiterwusstest«, sagte Lotti nun. »Meine große Schwester, die ausnahmsweise keinen Plan hat. Ich wusste in meinem Leben nie weiter als bis zum nächsten Mittagessen und dachte immer, mit mir stimmt was nicht. Und dann lagst du da, in diesem stinkenden Schlafzimmer.« Sie verstummte.

»Und du bist trotzdem in mein Bett gekommen, obwohl ich mich nicht mehr gewaschen oder umgezogen habe. Du hast dein Würgen unterdrückt, aber ich hab's mitbekommen. Und dann hast du es nicht mehr ausgehalten und mich angepflaumt. ›Du riechst wie ein alter Käse. Schläft dein Mann eigentlich noch neben dir?‹, hast du gesagt. Frontal wie immer.«

»Und du hast wieder Rotz und Wasser geheult und geantwortet: ›Ja, neben mir. Aber nur noch neben mir‹, und ich dachte, kein Wunder. Wenn ich dein Mann gewesen wäre, hätte ich längst woanders geschlafen.«

»Hat er ja dann auch.«

16.

Jupp gewöhnte sich an, Frieda regelmäßig zu besuchen. Er *datete* sie, wie es neudeutsch hieß. Als er nach dem letzten Besuch zwei Abende später unangemeldet vor ihrer Tür stand, konfrontierte er sie mit ihren eigenen Worten. »Du hast zwar deine Mutterschaft gekündigt. Nicht aber deine Ehe. Also, hier bin ich. Dein Mann.«

Ihre Sprachlosigkeit gab ihm recht, es gefiel ihr. Frieda war nie, niemals sprachlos. Sie zeigte ihm wieder das unsichere Rattern in ihrem Gesicht. Soll ich? Oder lieber nicht?

Er ließ ihr keine Zeit für ihre Zerrissenheit. »Bekomme ich noch einmal einen Kaffee aus dieser tollen Maschine? Mit Milchschaum?« Vor lauter Vorfreude rieb er sich die Hände an seinen Jeans ab.

»Ist es nicht bisschen spät für Kaffee? Denk an dein Herz.«

Jupp winkte großspurig ab. Er wollte jetzt nicht an Krankheiten denken. Sein Vater und sein Onkel starben jung an einem Herzinfarkt. Jupp war jetzt schon älter, als die beiden wurden. Er war sich sicher, den Fluch gebrochen zu haben, dass die Männer in seiner Familie früh sterben müssen. »Passt schon.«

Frieda, die plötzlich hochrote Wangen hatte und das Küchenfenster aufriss, machte sich an der Kaffeemaschine zu schaffen. Als der Kaffee durchgelaufen war, drehte sie sich wieder zu Jupp, inzwischen klatschnass geschwitzt. »Weibliche Hitze«, stammelte sie nervös. Nach einer Pause korrigierte sie sich. »Nicht, was du denkst. Guck nicht so!«

»Was denke ich? Wie gucke ich?« Er amüsierte sich köstlich und erinnerte sich an ihre früheren Zweideutigkeiten, die sie sich auch über die Köpfe der Kinder hinweg nie nehmen ließen.

»Weibliche Hitze klingt schon sehr verlockend.«
»Eben! Ist es aber nicht. Glaub mir, nichts daran ist verlockend. Ich muss mich umziehen.« Blitzschnell verschwand sie im Bad. Er hörte die Dusche und als sie wiederkam, leuchtete alles an ihr wie neu poliert. Das Ganze dauerte keine fünf Minuten. Frieda war die einzige Frau weit und breit, die in kürzester Zeit duschte, Zähne putzte und auf der Toilette war. Er kannte das nur von Männern.

Und so spazierte er jeden dritten Tag ins Nachbardorf, klingelte an Lottis Tür, um seine Frau zu sehen, und versuchte auf dem Weg zu ihr, diesen launischen April zu genießen. Trug immer noch seinen gelben Schal, zog die Baskenmütze ins Gesicht und prüfte, ob er genügend Pfefferminzbonbons vorrätig hatte.

Isabellas Stimmung schien sich jedes Mal, wenn sie ihn bei den Vorbereitungen für die Treffen mit Frieda beobachtete, zu erhellen. »Du riechst wunderbar nach Holzwerkstatt und Pfefferminz. Bleib am Ball, Paps!«

Schon mehr als einmal hatte er Frieda durch seine Hartnäckigkeit zurückerobert und auch nun schien der Erfolg in Sichtweite zu rücken. Sie verabredeten, eine Isabella-Redepause einzulegen, da sie bei Gesprächen über ihre Tochter mit hundertprozentiger Sicherheit in einen Streit rumsten.

Das war eine von Lottis besseren Ideen, und sie hatte so recht. Seit sie die Themen um ihre Tochter aussparten, schwangen wieder andere Geschichten zwischen ihnen hin und her, wie eine Gondel auf dem Riesenrad bei sanfter Brise. Leichter, müheloser, nicht gefährlich. Wie in ihren besten Zeiten. Das Dorf, das Nachbardorf, der Bürgermeister, Politik, Jupps Skulpturen, seine Angst vor Ausstellungen, Lotti, die Zwillinge, ihre Enkel und Marco.

Selbst über Marco zu reden, gelang ihnen besser als über ihre Tochter oder die unbekannte Zukunft.

»Übrigens war Marco vor Kurzem bei mir. Also bei Lotti und mir.« Jupp wartete, ob Frieda mehr erzählen würde, denn so, wie sie Schwierigkeiten mit ihrer Tochter hatte, war Marco eine schwierige Nuss für ihn. Nicht knackbar, fest verschlossen.

»Er sah gut aus, aber frag mich nicht, wie er lebt. Das wäre nichts für mich.« Frieda nahm den Gesprächsfaden wieder auf, obwohl er bisher nichts gesagt oder gefragt hatte.

»Was macht er denn?«

»Lebt mit einem Hippiemädchen auf einer kleinen Insel im Meer.«

Jupp grinste. »Sind Inseln nicht immer im Meer?«

»Stimmt, bin völlig durcheinander, alter Besserwisser. La Gomera. Kanarische Inseln.«

»Da hat er viel Sonne.«

Frieda erzählte ihm, was sie wusste. »Weißt du noch, damals, als ich nicht mehr konnte. Wegen ihm und auch wegen dir und deiner Verbohrtheit. Als ich nur noch im Bett lag und du meine Kotze weggewischt hast?«

Er nahm ihre Hand. Warm lag sie in seiner. »Das werde ich nie vergessen. Ich hatte Angst, dass du nie mehr aufstehen würdest. Plötzlich war ich mit den drei Jungs allein und hatte keinen Plan von ihrem Alltag, vom Einkaufen und Essenkochen. Schule, mein Gott, nichts wusste ich. Ich wusste nicht mal, wann sie morgens losgehen mussten.«

Frieda schien bereit, alles über diesen ersten dreiwöchigen Ausfall in ihrem Leben zu hören. Vielleicht könnten sie auch irgendwann über den zweiten Ausfall sprechen, der, von dem sie nie redete. »Erzähl mir mehr von damals. Ich hab ja nicht viel mitbekommen. Ich war wie ausgeschaltet.«

»Oh ja. Du hast alles verweigert. Warst außer Gefecht, also musste ich das Kommando übernehmen. Die Zwillinge, wie alt waren sie damals? Sechzehn, glaube ich, schlichen um mich herum und fragten, was mit dir los sei. Sie ist krank und sehr ansteckend, antwortete ich. Lasst sie in Ruhe. Sie muss ganz viel schlafen und sich auskurieren. Wir dürfen nicht zu ihr. Ohne zu diskutieren halfen sie mir. Immerhin hatte mein alkoholumnebeltes Hirn eine adäquate Geschichte für die Zwillinge zustande gebracht. Sie lernten, die Waschmaschine zu bedienen und brachten einfache Gerichte zuwege. Jeder eins, so hatten wir jeden dritten Tag etwas Neues auf dem Tisch stehen. Bisschen wie jetzt mit Isabella.«

Frieda hüstelte.

»Okay, nicht über Isabella reden. Schon gut. Marco, der mit seinen zwölf Jahren eher wie elf aussah, saß die meiste Zeit in seinem Zimmer oder wie früher, fast unsichtbar in irgendeiner Ecke und war mucksmäuschenstill. ›Vater, Marco muss in eine Schule. Er kann nicht ewig hier rumhängen. Wir können mit ihm hingehen.‹ Tommi sprach damals aus, was nicht zu übersehen war. Etwas musste passieren. Ich vertröstete ihn, mich, die ganze Welt auf morgen. Morgen. Immer hoffte ich, dass du aufstehen würdest. Morgen.«

Jupp fuhr sich über die Augen, ihm wurde übel, als er an diese Zeit dachte. Er war heillos überfordert. Damals und auch jetzt, trotzdem redete er weiter. »Marco war nur noch ein Schatten seiner selbst. Er nickte zu allem, was man ihm vorschlug. Seit du ihn verdroschen hattest, da auf der Straße, hatte er kein einziges Wort mehr gesprochen. Ich sah, wie er den Nagel seines rechten Daumens immer wieder in seine Handinnenfläche bohrte, bis es schmerzte, bis er zusammenzuckte. Später bemerkte ich Schnittstellen an seinen Armen und viel später an den Oberschenkeln. Der Junge war mir immer ein Rätsel. Er fühlte sich unwohl nur mit mir, nur mit seinen Brüdern. Am liebsten hätte er sich wohl in unser Schlafzimmer zu dir geschlichen und wäre unter deine Decke gekrochen. Er wirkte wie ein Vögelchen, das aus dem Nest gefallen war. Schutzlos. Du hast ihm so gefehlt, warst immer seine Verbündete, seine Sicherheit.«

Frieda schaute ebenso ernst wie Jupp. »Und dann hat ihn seine einzige Verbündete in der Familie und überhaupt im Dorf nach Strich und Faden verdroschen. Alle redeten über uns. Ein Albtraum.«

Schweigen.

»Lotti. Lotti war auch eine Freundin für ihn«, erinnerte sich Jupp. »Sie war da.«

»Das stimmt. Als wir ihn nicht finden konnten, hat er bei ihr Zuflucht gesucht. Und gefunden.«

Jupp drängte es, die Geschichte weiter zu erzählen. »Meine plötzliche Freundlichkeit war für ihn fremd. Ich muss ihm unheimlich gewesen sein. Ich weiß noch, wie Lotti ständig fragte, ob sie etwas tun könne. Ich erzählte ihr, dass mir Marco inzwischen leidtat, so verloren, wie er war. Ich wollte es schaffen, dass er bei uns bleiben konnte, nicht in dieses Heim musste, sonst wäre alles noch schlimmer geworden. Ich hatte dich noch nie so energielos gesehen. Meine Angst, das alles nicht zu schaffen, war riesig.« Kurz hielt er inne. »Ein bisschen wie jetzt. Wenn du nicht mehr funktionierst, nicht mehr da bist, bleibt für mich die Zeit stehen. Als würde ich im Moor stehen und ganz langsam sinken. Ins Bodenlose verschwinden.«

Frieda ging nicht darauf ein. Er ahnte, dass sie sich sicher manchmal gewünscht hatte, dass er in irgendeinem Moor versunken wäre.

Über so vieles hatten sie nie gesprochen, immer nur weiter gemacht, ohne dem anderen wirklich zuzuhören.

»Und dann?«, fragte sie. »Erzähl weiter.«

»Lotti drängte mich, dass ich endlich mit Marco reden sollte. Also redete ich mit ihm. Marco, ich und Reden. Ha!« Erneut rieb er sich übers Gesicht. »Nun gut. Ich versuchte es.«

»Das kann ich mir allerdings auch nicht vorstellen.« Ein Lächeln huschte über ihr Gesicht, nur eine Sekunde, dann war sie wieder ernst. Ihre Haare hatte sie erneut im Nacken zu einem einfachen strengen Dutt gedreht. Er vermisste das sanfte Schwingen. Jupp erinnerte sich an dieses Gespräch glasklar. Denn danach hatte er seinen Sohn mehr denn je verabscheut. Zögernd bat er um ein Glas Rotwein. Es war inzwischen dunkel geworden und er überlegte, wie viel er von dem Vater-Sohn-Gespräch von vor mehr als zwanzig Jahren preisgeben sollte. Marco, der nie über etwas redete, hatte auch nie über diese Zeit gesprochen, weder mit seiner Mutter noch mit Lotti noch mit einem Psychologen, zu dem er geschleppt wurde. Das wusste er genau. Der Sohn schwieg einfach. Das konnte er bestens und brachte die Erwachsenen damit zur Weißglut.

Kurzentschlossen entschied sich Jupp für die halbe Wahrheit.

17.

Frieda spürte, dass er zögerte. Sich wand, und es wunderte sie gar nicht, dass er nach mehr Wein verlangte. Sie kannte ihren Mann in- und auswendig. Gerade, als er weitersprechen wollte, klingelte sein Handy. Er ging ran und sein Gesicht hellte sich auf. Wie eine Lampe, die die ganze Zeit runtergedimmt war und nun endlich in voller Kraft leuchten durfte. Isabella, garantiert.
Er stand auf und ging ein paar Schritte von ihr weg. Bemühte sich um ganz kurze Antworten, was seiner Natur gerecht wurde. Sie hörte nur seine Antworten.
»Ich komme bald.«
»...«
»Ich habe sie gefüttert ...«
»...«
Er lachte. »Kannst du dir warm machen.«
»...«
»Bis dann.«

Schon immer schwangen die beiden in ihrer eigenen Melodie, einer Melodie, in der sie nicht vorkam. Es war ein Duett.
Emotional aufgeladen, aus einer Melange aus Eifersucht, Ungerechtigkeitsgefühlen und einer riesen Portion Wut wäre sie fähig, ihn zu vernichten. Mühsam presste sie den nächsten Satz hervor. »Was ist damals weiter geschehen?«
Jupp trank den Rotwein wie Kirschsaft. In einem Zug. »Ist ja gut. Ich erzähle es dir doch.« Er übernahm ihre Stimmung, und wie so oft in den letzten Jahren lagen Hochspannung und Nervosität in der Luft. Keiner von beiden wusste, wo sie dieses

Gespräch hinführen würde. Ärgerlich darüber, wie schnell ihre Stimmung kippen konnte, hörte Frieda ihm weiter zu. Wenn sie nur endlich gelassener sein könnte. Sich seiner sicherer.

Sie kannte Jupp zur Genüge, aber auch ihren Sohn Marco, und als sie ihrem Mann zuhörte, tauchten die dazugehörigen Bilder wie von selbst vor ihrem inneren Auge auf.

Jupp lief im Zimmer herum und gab wie in einem Filmdrehbuch wieder, was damals geschehen war; vielleicht um selbst Abstand zu gewinnen? Frieda schloss die Augen, hörte still zu und versuchte, ruhig zu bleiben.

»›Marco!‹, rief ich. ›Komm rüber in die Werkstatt.‹ Der Junge steckte seinen Wuschelkopf kurze Zeit später durch die Tür. Ich bearbeitete gerade einen alten Tisch und schliff die Oberfläche ein zweites Mal. In den letzten Jahren hatte ich mich darauf spezialisiert, alte Möbel wieder herzurichten, seitdem liefen die Geschäfte, du erinnerst dich. Dein Komplettausfall brachte mich in Schwierigkeiten, ich hinkte mit den Bestellungen völlig hinterher. Nebenbei, nur für mich, bearbeitete ich weiter die alten Holzstämme zu Skulpturen. Nie wusste ich, wenn ich einen unbearbeiteten Baumstamm vor mir hatte, was daraus werden würde. Aber ich will nicht abschweifen. Marco stand da und wartete darauf, dass ich ihn ansprach. Ich wollte mit ihm reden. Sollte. Musste. Musste mit ihm reden. Sagte: ›Junge. Setz dich und hör mir zu. Wir beide müssen ein Team werden, ob wir wollen oder nicht, sonst ist deine Mutter kreuzunglücklich.‹ Erwartungsvoll schaute er mich an und ich traute mich weiterzufragen. ›Wieso hast du das getan? Das mit dem Mädchen, mit der Katze und all das?‹

Marco knetete seine Hände, blickte nach unten, als wäre ihm das unangenehm. ›Weiß nicht.‹

›Aber du musst doch wissen, wieso du zum Beispiel morgens eine tote Katze in deine Tasche gepackt hast. Wo hast du die überhaupt her?‹

›Sie lag auf der Straße und lebte noch ein bisschen, dann hab ich sie erlöst.‹

Ich schauderte und dachte, mich verhört zu haben. ›Du hast sie getötet?‹

›Aber ja, sie hat gelitten. Ich hab sie erlöst.‹

›Und dann?‹

›Hab ich sie aufgeschnitten, um zu sehen, wie sie von innen aussieht. Ich wollte es auch den anderen zeigen. Sie war doch schon tot.‹ Ich musste ihn ziemlich entsetzt angeschaut haben, hatte keine Worte mehr. Was sollte ich noch sagen? Dieser Junge war mir fremder als Nachbars Hühner und er war naiver als ihre Kühe.

›Und das mit dem Mädchen?‹

›Sie hat einmal gesagt, wenn ich eine Katze mit in die Schule bringe, fasst sie meinen Pimmel an. Wir hatten gewettet, dass ich es schaffe. Sie hat nicht Wort gehalten. Wieso sagt sie es dann überhaupt?‹

Glaub mir, Friedel, ich versuchte, ruhig zu bleiben, obwohl ich ihm kein Wort glaubte.

›Sie hat das mit der Katze gesagt und dann hast du zufällig eine halbtote Katze am Straßenrand gesehen? Für wie blöd hältst du mich eigentlich?‹, wütend stapfte ich vor die Tür, zählte bis zwanzig, ging zurück. Marco hat nicht gewagt, sich vom Fleck zu bewegen. ›Ich will nicht wissen, wie du die Katze gefunden und getötet hast. Es widert mich an, aber lassen wir das. Machst du Blödmann eigentlich alles, was andere sagen?‹ Ich wollte ihn herausfordern, wollte, dass er mir zusammenhängend die vollständige Geschichte erzählte.

Ich hatte das Gefühl, dass er mich die ganze Zeit belauerte.
Aber Marco schüttelte energisch den Kopf, ›nö, ich mache nicht alles.‹
›Und wieso gehst du einfach aus dem Unterricht und machst in der Schule, was du willst? Bist du so was wie der Klassenclown?‹
›Nur, wenn es langweilig ist. Sonst bleib ich da.‹
Ich musste mich in den Griff bekommen, mein Adrenalin war am Kochen. Meine alten Strategien reichten nicht aus. Ich pfiff durch die Zähne, um Druck abzulassen, verkrampfte meine Zehen, um mich zu erden und lutschte wie wild meine scharfen Pfefferminzbonbons, um mich auf diese Schärfe im Mund zu konzentrieren. Nutzte nichts. Das latente Gefühl, dass der Junge mich verarschte, blieb. Mir riss die Geduld. ›Pass auf, ab morgen gehst du in diese neue Schule! Ich bring dich hin. Und zwar jeden Tag, du machst, was die Lehrer sagen! Verstanden?‹
Marco verschränkte die Arme vor der Brust. Von einer Sekunde auf die andere wechselte er seinen Gesichtsausdruck und seine Haltung. Er war im Angriffsmodus, sagte: ›Nein!‹
›Wie? Nein? Seit wann bestimmst du das?‹, kurz meldete sich mein Herz mit einem Stechen. Du kannst dir sicher vorstellen, wie ich innerlich gepumpt habe.
›Da gehe ich nicht hin. Du hast mir gar nichts zu sagen.‹ Endlich zeigte der Junge auch mal eine Regung. Er wand sich und suchte nach Worten. Und aus der Hüfte, mit aller Verachtung, die er für mich finden konnte, knallte er mir entgegen, dass ich aufhören sollte, mich mit der Deutschlehrerin zu treffen. Er schrie mir den letzten Satz entgegen, ›erst, wenn du aufhörst, sie zu ficken!‹ Aus dem Affekt schlug ich mit aller Kraft zu. Marco flog einen Meter zurück, fiel hin und hielt sich die Wange. Erschrocken schaute er mich an.

Bis dahin hatte ich ihn noch nie so fest geschlagen. ›Und du meinst, du hast mich in der Hand, oder was? Bis eben dachte ich noch, ich könnte dich vielleicht doch mögen. Aber du bist so eine miese Ratte.‹ Ich ließ von ihm ab, drehte ihm den Rücken zu und fingerte nach dem Schnaps. Pfefferminz reichte nicht mehr. Mein Puls raste, mein Herzschlag ratterte viel zu schnell. Was bildete sich dieser Rotzlöffel ein. Ich hätte nicht erwartet, dass er mich liebt, aber bisschen mehr Respekt wäre ja wohl angebracht gewesen. Zwei Gläser kippte ich auf Ex und fragte mich, was der Junge alles wusste.

›Mama ist unglücklich wegen dir! Du säufst und betrügst sie!‹ Marco schrie mich an, kaum zu verstehen zwischen seinem Heulen und Schluchzen. Für einen Moment registrierte ich seine Hilflosigkeit.

›Das geht dich einen feuchten Scheiß an, was ich mache. Geh mir lieber aus den Augen, sonst vergesse ich mich. Ich hab zu tun.‹

Marco blieb. Sein Körper war angespannt wie der eines Panthers vor dem Sprung. Er griff an. ›Okay, dann geh ich jetzt zu Mama und sag ihr alles!‹ Er gab nicht auf. Dein Sohn, Frieda, er kämpfte für dich wie ein Löwe und wenn ich nicht der Schuldige gewesen wäre, hätte ich ihm für seinen Mut wohlwollend auf die Schulter geklopft. Doch damals war ich nur voller Aggression gegen ihn. Spürte seine Wahnsinnswut auf mich und seine Liebe zu dir. Es ging nur um dich, die ganze Zeit.

Ich war völlig zerrissen und wusste mir nicht zu helfen. Ein erwachsener Mann, der nicht mit seinem Sohn fertig wurde. Ich war so jämmerlich. Du lagst seit Tagen in diesem stinkenden Zimmer. Ich wusste nicht, ob du je wieder aufstehen wirst und ich dachte, wenn du jetzt noch erfährst, dass ich dich betrüge, gebe ich dir den Rest. Ich musste ihn mundtot machen.

Dir zuliebe. Ich dachte, es wäre klug, ihm zu zeigen, dass ich der Erwachsene bin, sagte: ›Du scheinst nicht zu verstehen, dass ich am längeren Hebel sitze: Wenn du nicht zur Schule gehst, werde ich dafür sorgen, dass du in dieses Heim für Schwererziehbare kommst. Klar?‹ Marco steckte die Hände in die Hosentasche, flüsterte diabolisch ›Mach doch!‹ und verschwand.«

Als Jupp sich umdrehte, saß Frieda inzwischen sehr aufrecht neben ihm. »Du hast ihn nochmals verprügelt? Oh mein Gott. Das mit der Deutschlehrerin wusste ich doch längst. Sie hat mit allen rumgemacht, die nur einen lahmen Funken Interesse zeigten. Was rede ich, pah, Funken, da reichte ein Krümelchen Glut. Du warst einer dieser glühenden Volltrottel.«

»Du hast es gewusst?«

»Ich bin deine Frau. Natürlich. Du hast dich noch mehr zurückgezogen. Hast plötzlich Hemden getragen, nicht mehr deine geliebten Ringel-T-Shirts. Du hast anders gerochen. Du hattest dieses dämliche Was-bin-ich-für-ein-Bock-Grinsen im Gesicht. Natürlich hab ich es gewusst.« Friedas Feuer drang durch alle Poren, so leidenschaftlich hatte er sie lange nicht erlebt.

Jupps Mundwinkel verzogen sich zu einem Grinsen.

»Was!?«

»Du hast geiler Bock gesagt. Solche Worte kamen bisher nie aus deinem Mund. Du hast in den letzten Jahren allerhöchstens von *intimwerden* gesprochen, das war der Gipfel unserer *dirty talks*.«

Frieda schaute ihn spöttisch an, die Arme vor der Brust verschränkt. Hochrot im Gesicht. »Einmal habe ich Fick-mich gesagt.«

Sie schien wieder mit der weiblichen Hitze zu kämpfen zu haben. Riss das Fenster auf.

Es zog wie Hechtsuppe und schmetterte ihm ihr »Na und? Zeiten ändern sich, Sprache auch« entgegen.

»Ich glaube, das ist Lottis Einfluss. Lotti und ihr schlüpfriger Erotikshop.«

»Lenk nicht ab!« Wütend schaute sie ihren Mann an. »Unser Sohn wurde innerhalb von wenigen Tagen zweimal von Mutter und Vater verprügelt. Was für eine Schande. Was waren wir für furchtbare Eltern.«

Jupp verschwieg, dass er ihn danach für mehrere Stunden in einer Holztruhe eingesperrt hatte, das konnte er ihr nicht sagen. Er schämte sich. Etwas wie Reue kroch durch seinen Körper und setze sich überall fest.

18.

Es war Anfang Mai und der Frühling hatte nun endgültig Einzug gehalten. Wieder einmal saß Bella mit Becky im *Kowalski* am Tresen und beobachtete, wie sich Finn und die Jungs aus der Band startklar machten. Heute ohne ihre Backgroundsängerinnen. Seit dem Faschingsdesaster im Februar hatte sie ihn nicht mehr gesehen. Auf ihre Entschuldigungsmail hatte er nie reagiert, er war wie vom Erdboden verschluckt. Zwischenzeitlich hatte sie durch ein kleines Techtelmechtel mit einem Jungen aus der Parallelklasse versucht, Finns Abwesenheit zu verschmerzen.

Als sie hörte, dass die *Seven Souls* wieder im *Kowalski* auftreten würden, war klar, dass sie hingehen musste.

Nun stand er auf der Bühne, nur wenig erhöht vom Publikum. Finn nahm das Mikrofon in beide Hände, schloss die Augen und Ruhe legte sich über den Saal. Diesen Moment liebte er, das wusste sie. Zum Auftakt das Lichtspiel, danach das Dimmen der Saalbeleuchtung, dann der Spot auf ihn, die knisternde Stille. Er sah verdammt gut aus, wie er da so ruhig und abwartend stand. Ganz in Schwarz. Obercool. Ein Rockstar.

Optisch wären sie beide definitiv ein Traumpaar. Bella und Finn. Seine Stimme war dunkelblauer Samt. Melancholisch satt. Sie liebte es, wenn er mit seiner Stimme eins wurde, alles mit ihr durchdrang und niemanden mehr wahrnahm. Schon den ganzen Abend suchte sie seinen Blick, doch er wich ihr aus. Nach dem Konzert wollte sie sich persönlich bei ihm entschuldigen und sich den Kuss, den sie letztens verwehrt hatte, holen. Aktivsein war ihr abendlicher Plan.

Becky redete schon die ganze Zeit mit einer stylischen Japanerin, die sich aus Versehen in ihr Dorf verirrt haben musste.

Also probierte Bella Lottis Tipp: Fokussiere deine ganze Aufmerksamkeit auf den Jungen deiner Wahl. Lass ihn glauben, er hat dich entdeckt und dann spiel mit ihm das alte Spiel der Liebe. Locke ihn, wende dich ab, gib ihm ein Fünkchen deiner Aufmerksamkeit, entfache sein Jagdfieber.

Sie konzentrierte sich auf Finn, alles andere blendete sie aus, dachte an ihn. Hochkonzentriert. Versuchte sich vorzustellen, wie er sie küsste, wie es vielleicht endlich mal in ihrem Körper kribbeln würde wie auf der Schaukel als Kind, wenn sie ganz oben war und volle Kanne zurückschwang. So stellte sie sich das dazugehörige Körpergefühl zu einem Kuss oder Sex vor. Das, wovon Becky und Lotti ihr vorgeschwärmt hatten. Finn, Finn, Finn summte es in ihr. *The Seven Souls*. Seine Soul-Stimme, die sie irgendwo in ihrem Innersten stark berührte.

Nach dem Konzert würde es noch eine Zugabe geben, dann das Zusammenpacken, erst danach käme er an den Tresen. Bella konnte es kaum abwarten.

Als sie sich zu Becky drehte, blieb ihr fast das Herz stehen. Zwei Pink-Köpfe, die sich küssten. Was? Lesbisch? Becky? Sie hatten sich auch geküsst, aber das sah nicht annähernd so sinnlich aus wie zwischen der Japanerin und Becky. Ein Stich der Eifersucht meldete sich. Becky war ihre Freundin! Sie drehte sich zu Ralle und bestellte einen Cocktail.

»Welchen denn?«, brüllte er über den Tresen.

»Egal, irgendeinen!«, schrie sie ungeduldig zurück. Kurze Zeit später nippte sie an einem sehr bunten, sehr süßen Getränk und konzentrierte sich wieder auf Finn.

Letzter Song. Applaus. Aufräumen. Jetzt! Sie setzte sich in Position, ohne viel Zutun rutschte das zu große T-Shirt von ihrer rechten Schulter, während Bella ihre Haare auf die linke Seite streifte. Komm schon! Jag mich! Dann sah sie ihn, er schaute zu ihr. Danke, Lotti, es hat geklappt!, jubilierte sie innerlich. Sie rutschte vom Barhocker und ging ihm einen Schritt entgegen. Immerhin hatte sie was gutzumachen, also lag es an ihr einzulenken. Er kam auf sie zu und ehe sie ihre Entschuldigung aussprechen konnte, hing Anna an seinem Arm und eine Sekunde später an seinen Lippen. Anna! Nein! Ausgerechnet sie.

Anna war bis vor einigen Jahren eine ihrer besten Freundinnen gewesen, gleich nach Becky. Doch seit ihrem dreizehnten Geburtstag waren sie Konkurrentinnen, Feindinnen. Irgendwann wollten Anna und ihre Clique nicht mehr, dass Bella mit denselben Jungs zu tun hatte wie sie. Bella wurde nicht mehr eingeladen oder absichtlich an falsche Orte zu falschen Zeiten geschickt. Ein perfides Spiel der Ausgrenzung. Aus. Vorbei. Ausgeschlossen. Nur Becky blieb bei ihr.

Was für ein Schock! Anna.

Bellas Haut kribbelte unangenehm. Instinktiv drehte sie sich weg, schwang sich wieder auf den Barhocker und bestellte bei Ralle ein weiteres sehr buntes, sehr süßes Getränk. Sie hielt den Blick gesenkt, ihre Hände umkrampften das leere Glas. Neben ihr die knutschende, neuerdings lesbische Becky. Hinter ihr der knutschende Finn mit seiner neuen Flamme Anna.

Austrinken und weg!, bellte ihre Schaltzentrale die Kommandos. Bella schluckte den Cocktail in einem Zug hinunter. Ralle stellte ihr unaufgefordert Wasser hin. Auch das trank sie auf Ex.

Austrinken und weg!, wiederholte die Schaltzentrale penetrant. Lauter inzwischen.

19.

Als sie gegen Mitternacht nach Hause kam, lag ihr Vater schlafend auf dem großen Sofa. Die Katzen hatten sich an seinem Fußende eingerollt und der Fernseher lief unmöglich laut. Sein blau-weiß geringeltes T-Shirt war hochgerutscht, die Brille hielt er tapfer in der Hand, und Bella dachte das erste Mal, dass ihre Mutter endlich heimkommen sollte. Er wirkte so verloren ohne sie. Vorsichtig setzte sie sich zu ihm, zog sein Shirt nach unten und deckte ihn mit der wollenen Sofadecke zu. Stellte den Ton leiser, strich ihm sanft über die Glatze und kuschelte sich vor seinen Bauch, rollte sich zusammen, wie früher. Ihre Kinderseele erinnerte sich. Jupp bewegte sich kaum, legte sanft die großen Hände auf ihren Körper. Ganz ruhig. Beruhigend. Beschützend. Paps. Dann konnte sie endlich weinen. Finn war Geschichte.

Ihr Schluchzen weckte ihn. Verwirrt schaute Jupp um sich.
»Isabella? Mädchen, was ist denn passiert?« Er versuchte, in eine halbwegs sitzende Position zu kommen.
»Eigentlich nichts Besonderes. Finn hat …«, sie schluchzte nun heftiger als zuvor, wollte es nicht aussprechen.
»Wer ist Finn?«
»Er hat 'ne andere.« Sie schluchzte wie früher, als kleines Mädchen.
Jupp legte sich entspannter wieder hin.
Er war beruhigt, nur Liebeskummer. Der erste war oft der Schlimmste, wusste er. Voller Mitgefühl strich er über ihren Kopf. »Ach so. Lass ihn ziehen. Diesen Finn. Dummkopf, blöder!«

»Vielleicht stimmt was nicht mit mir. Ich hatte noch nie einen festen Freund.«

Er setzte sich nun endgültig auf, stopfte ein dickes Kissen in den Rücken und lehnte sich an. »Ich glaube, die Jungs haben Angst vor dir. Sie sind zu jung für dich. Du bist hübsch, klug und selbstbewusst. Gefährliche Mischung für diese Dorf-Dödel. In diesem Alter haben Jungs nur eins im Sinn.«

»Was denn?«, sie schniefte und schaute ihn an wie damals, als sie das erste Mal von einem anderen Kind geschlagen wurde. Entsetzen in den Augen. Die kleine Isabella war es gewöhnt, dass die Menschen lächelten, wenn sie sie sahen. Vor Entzücken über ihre Haare strichen.

»Deine Mutter würde sagen *intimwerden*. Lotti würde sagen ficken und ich sage Sex, Sex, Sex. Überall, jederzeit.«

Isabella schaute ihren Vater unglücklich an, drehte die Augen nach oben, bis alles weiß wurde und sprach abgehackt wie ein Roboter: »Ich will nicht mit dir über Sex reden.«

Jupp lachte. »Du hast gefragt. Ich habe geantwortet. Komm her, mein Mädchen. Du bist so was von in Ordnung. Lass dir nie etwas anderes einreden!« Er umarmte sie und gab ihr einen Kuss auf die Stirn. »Dein alter Vater muss jetzt ins Bett.«

Umständlich wühlte er sich aus dem riesigen Ecksofa nach vorn an den Rand, um aufzustehen. Irgendwas knackte zu laut. Mit schmerzverzerrtem Gesicht rieb er sich das Knie.

»Morgen besuche ich Frieda«, hörte er seine Tochter sagen, was ihn einen Moment vom knackenden Körper ablenkte. »Sie muss wieder nach Hause kommen.«

Jupp hielt kurz inne. »Ich weiß nicht, ob das eine gute Idee ist. Oder vielleicht doch? Ach, ich weiß nicht. Ich bin saumüde.« Er trug das Geschirr vom Sofatisch in die Küche, stolperte über die Katzennäpfe, fluchte auf die Katzen und machte sich auf den Weg ins Schlafzimmer. Als er sich noch einmal umdrehte, hatte Isabella sich bereits in die Sofadecke gewickelt und war eingeschlafen. Hans und Hilde, die mit halboffenen Augen in die Runde schauten, suchten sich ein kuschliges Plätzchen bei seiner schlafenden, unglücklich verliebten Tochter.

20.

Bella wühlte ihre kurze Jeans und ein knappes Top aus den Tiefen ihres Kleiderschrankes, schlüpfte hinein, schnappte sich das Fahrrad, brachte es augenblicklich zurück und entschied, bis zu Lottis Haus zu laufen. Langsam. Schritt für Schritt. Ihr Magen war schon den ganzen Morgen in Aufruhr und das Rumoren wurde eher mehr als weniger. Trotz der geringen Entfernung zwischen den beiden Häusern war sie Frieda seit ihrem dramatischen Auszug vor vier Monaten nicht mehr begegnet. Isabellas Entschlossenheit der letzten Tage, mit ihrer Mutter zu sprechen und sie zu bitten, nach Hause zu kommen, schmolz schneller als eine Eiskugel in der Sonne. Nichts fühlte sich mehr so klar an wie noch vor einigen Tagen. Ein grauer Schleier legte sich über ihre Sinne, trübte ihr Empfinden. Als sie vor Lottis Tür angekommen war, übernahm ihr vertrautes Duo das Kommando: Trotz, gepudert mit Wut.

Sie hob die Hand, streckte den Finger aus und war unfähig zu klingeln. Ihre gesamte Anspannung bündelte sich in ihrem Klingel-Finger. Der versteifte sich, knickte ein, wollte nicht. Wenn sie mich nicht will, will ich sie auch nicht, geisterte es durch ihre Gedanken. Und überhaupt! Warum muss ich zu ihr gehen? Wieso kommt meine Mutter nicht zu mir? Ich bin doch die Tochter! War das schon wieder ein Machtkampf? Wer zuerst kommt, hat verloren? Weshalb war Frieda überhaupt weggegangen? So schlimm bin ich doch gar nicht! Fragen über Fragen türmten sich vor ihr auf und versperrten ihr den Weg.

Beckys Mutter blitzte in ihrem Kopf auf. Eine Mutter, die ihre Tochter einfach so in den Arm nehmen konnte, die niemals weggehen würde. Niemals!

Bella machte auf dem Absatz kehrt. Mit großen Schritten entfernte sie sich wieder vom Haus. Es ging nicht. Eine erste Träne suchte sich ihren Weg, schnell wischte sie sie weg. Nein! Nicht weich werden, dann heul ich den ganzen Tag.

»Isabella.« Sie hörte die Stimme ihrer Mutter, drehte sich zu ihr. Hatte Frieda ihren inneren Kampf vor der Tür beobachtet? Hatte sie laut ausgesprochen, was sie dachte? Die Mutter sah anders aus, hatte die Arme nach ihr ausgestreckt und war ... freundlich. Bella zögerte. Zerrissen zwischen Sehnsucht und Ablehnung, Liebe und Hass ging sie phlegmatischer als eine sehr alte Dame auf ihre Mutter zu. Friedas Arme blieben ausgestreckt, auch wenn ihr Blick missbilligend an Bellas kurzen Hosen und dem Top hängenblieb. Die offenen Arme signalisierten Freundlichkeit, der Blick Missfallen. Worauf sollte sie reagieren?

Das letzte Stück konnte Bella nicht überwinden, wie festbetoniert blieb sie stehen, sodass ihre Mutter gezwungen war, auf sie zuzukommen. Frieda zog ihre Tochter mühelos an ihre Brust. Das erste Mal, seit Bella denken konnte.

Sie schluchzte kurz auf, gab sich ihrer Sehnsucht hin und fühlte den warmen Körper ihrer Mutter. Ihre Arme hingen schlaff nach unten, Frieda drückte sie für einen Moment an sich. Beide hielten die Luft an und Bella versteifte sich augenblicklich. Ein Reflex. Nichts kam ins Fließen, weder ihre Tränen noch ihre Bewegungen. Wie zwei Minuspole, die sich mit aller Kraft abstießen, standen sie in der saftlosen Umarmung. Bella beobachtete die Situation wie ein Adler von oben, war voller Misstrauen. Wartete darauf, dass die Stimmung kippte. Gleich. Traute dem Frieden keine Sekunde. Wie so oft, dachte sie kurz. Eigentlich könnte alles gut sein, doch ich erstarre. Werde zum

Eisklotz, obwohl die Junisonne schon viel Kraft hat. Obwohl meine Mutter die Arme für mich geöffnet hat.

Friedas Arme lockerten sich, lösten sich von Bellas Körper. Beide waren spürbar unsicher, beklommen.

»Komm rein.« Frieda übernahm die Führung, sie folgte ihr in die Küche. Sie kannte Lottis Haus, deren Türen für die Familie ihrer Schwester immer offenstanden, in- und auswendig. Sie lugte in alle Zimmer und registrierte, dass ihre Mutter sich eingerichtet hatte. Sie bewegte sich im Haus, als wäre es ihr neues Heim.

»Komm nach Hause. Paps braucht dich. Bitte.« Schnell stieß Bella hervor, was sie sagen wollte. Vermied eine Anrede, da sie es, seit sie sich erinnern konnte, noch nie über die Lippen gebracht hatte, Mama, Mutter oder Mum zu sagen. Diese Nähe gab es zwischen ihnen nicht. Das, was auszusprechen ging, war lediglich ihr Vorname. Frieda.

»Setz dich erst mal.« Frieda hantierte mit der Kaffeemaschine.

Bella hatte Zeit, ihre Mutter in Ruhe anzuschauen. Sie sah anders aus, hatte längere Haare mit einer neuen Farbe und trug ein Kleid. »Die Haarfarbe steht dir«, versuchte sie ein versöhnliches Kompliment.

»Aubergine«, antwortete ihre Mutter prompt und hantierte weiter. Es schepperte, irgendein Teil der Kaffeemaschine fiel herunter. »Mistding, komm schon.« Friedas Hände wirkten fahrig.

»Soll ich mal?« Bella hakte den Kaffeezubereiter problemlos ein.

Während sie auf ihre Milchkaffees warteten und nebeneinander an der Spüle standen, versuchten sie, irgendwas zu reden. Den tiefen Graben des Unverständnisses zu umschiffen.

»Was macht dein ... Modeln?«

Bella hörte das Verächtliche in der Stimme ihrer Mutter, auch wenn die sich Mühe gab, es zu verbergen.
»Woher weißt du?«
Frieda winkte ab. »Du warst bestimmt ohne meine Unterschrift dort. Hast du jemals auf mich gehört? Ich weiß es nicht, aber ich nehme es an. Richtig?« Der Ton kippte. Frieda sah wieder aus wie eine Mutter, die ihre Tochter nicht ausstehen konnte.
Bella war unsicher, was sie antworten sollte. »Es läuft ganz gut«, murmelte sie.
Beide standen bereits wieder knietief im vertrauten Graben der Misstöne. Ihre Mutter war niemand, mit der man über das Modeln reden konnte.
Erneut lenkte Bella ab: »Du siehst echt gut aus. Komm nach Hause. Wenn du mich nicht ertragen kannst, gehe ich eben zu Lotti.«
Frieda schwieg, dachte vermutlich nach. Der Kaffeeautomat gab Geräusche von sich, als würde er gleich explodieren. Sie wischte mit der Hand über die blitzsaubere Arbeitsplatte, sagte schließlich: »Dein Vater und ich haben gerade eine gute Zeit. Wir treffen uns, reden, wie früher. Wenn ich jetzt nach Hause käme, wäre schnell wieder alles wie davor. Wenn du zu Lotti umsiedelst, wird Jupp todunglücklich sein. Da bin ich mir sicher. Ich weiß gerade auch nicht, was das Richtige ist.«
Bella glaubte, sich verhört zu haben. Ihre Mutter wusste gerade nicht, was richtig war? Das hatte sie noch nie erlebt und sofort erschien sie ihr eine Spur sympathischer. Sie versuchte ein Lächeln.
Frieda stellte die zwei Tassen Kaffee mit aufgeschäumter Milch hin, schweigend lehnten sie an der Arbeitsplatte, rührten in ihren Tassen, der Kaffee und die Köpfe qualmten.

Die Herzen waren in Aufruhr und die Füße hingen noch immer im Bodenlosen.

»Ich hab mir ab Anfang Juli frei genommen und werde die Jungs besuchen. Erst die Zwillinge, dann Marco. Er lebt jetzt auf einer Insel. La Gomera.«

Bella verbrannte sich an dem heißen Kaffee, hielt es tapfer aus. »Du hast Angst vorm Fliegen. Wie willst du da hinkommen?«

»Gute Frage. Vielleicht traue ich mich. Irgendwann ist immer das erste Mal.«

»Vielleicht kommt Paps mit, dann fliegt ihr das erste Mal zusammen?«

Frieda schüttelte traurig den Kopf. »Er und Marco, das funktioniert nicht. Jupp hasst Fliegen und er hasst zu viel Sonne.«

Bella überlegte, ob sie weiterfragen durfte. Wenn es um Marco ging, verstummten alle in der Familie. Aber ja, sie wollte fragen. »Was ist mit Marco? Wieso mögen die beiden sich nicht?«

Frieda seufzte. »Eine lange Geschichte. Lass sie dir von deinem Vater erzählen. Ihr habt doch viel Zeit miteinander.«

Abfuhr. Schweigen. Sie setzten sich. Auch wenn ihr Gespräch nicht in die Gänge kommen wollte, Bellas Herz die ganze Zeit angespannt pochte, ihr Gaumen verbrannt war und Frieda verkrampft die Hände aneinander rieb, sie versuchten es.

Sie wird die Jungs besuchen, dachte Bella und beneidete ihre Brüder um die Natürlichkeit, mit der ihre Mutter das sagte. Gäbe es mich nicht, wäre sie glücklich. Könnte zu Hause bei ihrem Mann wohnen. Müsste nicht mit diesem unzufriedenen Gesicht durch die Welt laufen.

Automatisch verschränkte Bella die Arme vor der Brust und nahm ihre trotzige Ich-bin-nun-aber-mal-da-Haltung ein.

»Wieso hast du eigentlich nicht verhütet, wenn du kein Kind mehr wolltest?«

»Aber ich wollte ihn doch!« Empört schoss ihre Mutter die Antwort zurück.

Bella stand auf, legte die Hände auf die Stuhllehne und wartete, ob ihre Mutter die Frage begriff. Tat sie nicht. Sie rieb die Handinnenflächen an ihrer knappen Jeans. »Ich meinte mich.«

»Oh, das war was ganz anderes.« Friedas letzter Satz waberte haltlos im Raum. »Jupp wollte dich. So unbedingt«, war das Letzte, was Bella vernahm.

Zum Glück hatte sie sich vorsorglich mit Becky verabredet, sodass sie schnell von hier wegkonnte.

»Und, wie war's?«, fragte ihre ungeduldige Freundin, kaum war Bella angekommen. »So, wie du guckst, nicht so prickelnd, oder?«

»Na ja, ich will nicht ungerecht sein. Sie hat sich schon auch Mühe gegeben, aber irgendwie ist es zwischen uns immer verkrampft. Jede lauert auf die Worte der anderen. Die falschen Worte natürlich, um dann darauf zu reagieren. Ich gebe mir so oft Mühe, heiße Themen zu umschiffen. Sie mag mich einfach nicht. Punkt.«

»Kommt sie denn zu euch zurück nach Hause?«, fragte Becky weiter. Zwischendurch umarmte sie Bella spontan.

»Nein. Sie sagt, sie hätte gerade eine gute Zeit mit Jupp. Sie muss nachdenken. Lass uns das Thema wechseln. Über meine Mutter zu reden, macht mich nur traurig. Triffst du dich eigentlich noch mit der Japanerin?«

Becky schüttelte den Kopf. »Sie war nur auf der Durchreise, irgendeine Freundin hat sie mit ins *Kowalski* geschleppt. Sie ist auf Weltreise. Macht *work and travel*, das würde mir nach dem

Abitur auch gefallen. Um die Welt reisen, da, wo es mir gefällt, bleibe ich länger, arbeite, um genug Geld zu haben, und dann ziehe ich weiter. Unterwegs küsse ich die Menschen, die es schaffen, mir lange genug in die Augen zu schauen, bis es kribbelt.«

Bella hörte neugierig zu. Wenn Becky von ihren Träumen redete, war da kein Platz mehr für sie beide. Becky zog es weit weg, Bella wollte keine Rucksackreisende sein.

»War es so mit dieser Frau, die du geküsst hast? Hat sie dir lange genug in die Augen geschaut?«

»Ja, sehr lange. Ganz tief in meine Seele habe ich sie gelassen. Mit Küssen, Gesten und wenigen Worten.«

Bella seufzte und beneidete Becky um diese Erfahrung. »Du bist also nicht lesbisch?«

»Nein, oder doch. Wer weiß das schon. Guck nicht so ernst, Sweety, sonst bleibt die Falte zwischen deinen Augenbrauen.« Becky kam ganz nahe an sie heran, für einen Moment glaubte Bella, sie wolle sie wieder küssen. Doch sie flüsterte nur »Für immer« und küsste sie zwischen die Augenbrauen. Sie balgten sich, kitzelten sich durch, bis Bella schrie: »Aufhören! Aufhören!«

21.

In den letzten Monaten hatte Bella sich Finn strategisch klug zurückerobert. Wo immer er mit Anna auftauchte, war sie bereits da. Gut gelaunt. Unnahbar. Geheimnisvoll. Sie heizte Finns Jagdinstinkt an und ließ ihn glauben, dass er sie erobern könnte.

Lotti, mit der sie regelmäßig telefonierte, war ihre weise Ratgeberin im Hintergrund, spornte sie an, als wäre die Quintessenz des Lebens das Spiel aus ›Komm her und geh weg! Ich will, ich will nicht!‹, und Bella spielte, so gut sie konnte. Lachte, flirtete auf Teufel komm raus und behielt Finn dabei im Blick. Anna war bereits eifersüchtig und hätte Bella wahrscheinlich am liebsten auf den Mond geprügelt.

Eines Abends war es so weit. Sie hatte Finn an der Angel. Am Zigarettenautomaten hinter dem Tresen passte er sie ab. Zog sie mit einem derben Griff am Oberarm in eine dunkle Nische.

»Bella, du machst mich wahnsinnig!« Er keuchte, sprach gedämpft in ihr Ohr. War erregt. Ein prickelnder Schauer jagte über ihren Rücken, ihre Brustwarzen zogen sich sogleich zusammen und sie wusste, dass er es wusste.

»Aber wieso?«, hauchte sie. »Ich schulde dir höchstens noch einen Kuss, da hast du recht. Ansonsten sind wir quitt.«

Ihr Mund war nur einen Millimeter von seinem entfernt. Sie roch ihn, spürte sein Zögern und öffnete ihre Lippen wie eine Einladung ins Paradies. Beide atmeten schnell, im Hintergrund wurde geklatscht, gepfiffen und laut nach Zugabe gerufen. Ein Zeichen dafür, dass die Liveband pausierte und der DJ übernahm. Kurzerhand packte Finn sie, hielt sie wie ein Raubtier im Nacken fest, sodass sie nicht mehr wegkonnte, und holte sich seinen Kuss. Nass, wild und voller Gier. Bella schloss die Augen und ließ sich auf diesen Kuss ein, so wie Becky es ihr gezeigt hatte. Gib dich hin, gib dich hin, gib dich hin. Doch obwohl sie das heimliche Berühren genoss, es sie sogar erregte, registrierte sie alles, was um sie herum geschah. Sämtliche Antennen waren nach außen gerichtet. Sie waren nicht komplett unbeobachtet, Leute gingen vorbei, und Bella wettete mit sich selbst, dass irgendjemand die Neuigkeit bis zu Anna tragen würde. Sanft schob sie ihn weg.

»Geh zu Anna, sie wird dich sonst vermissen.«

Wieder schaute Finn sie an wie ein Matrose mit einem aufgeklebten Bart. Verwirrt, als tauche er aus einer Parallelwelt auf. Als hätte er vergessen, dass Anna seine Freundin war.

Bella verschwand auf die Toilette, zog ihren Lidstrich nach, leckte sich über die rosa Lippen und ging wieder tanzen. Aus dem Augenwinkel sah sie Annas empörtes Gesicht, einen schuldbewussten und genervten Finn und wusste, sie hatte gewonnen.

Der Rest war ein Kinderspiel, nur nicht mehr so aufregend und schon gar nicht erregend. Noch am selben Abend trennte sich Finn von Anna oder sie sich von ihm, das blieb unklar. Bella wusste, dass sie ihren Stolz hatte und sich nicht so einfach veräppeln ließ. Sie vermutete, dass sie den Schlussstrich gezogen hatte. Man durfte sie nicht unterschätzen, auch Anna kannte alle Register, sich die Männer gefügig zu machen. Fast konnte Finn einem leidtun, ausgerechnet zwischen sie beide geraten zu sein.

Bella und Finn blieben nach diesem Abend unverbindlich. Sie führten eine mehr oder weniger offene Beziehung. Sie wusste nie so genau, was Finn in ihrer Abwesenheit trieb und er fragte nie bei ihr nach. Manchmal übernachtete sie in seiner Wohnung, doch jedes Mal hatte sie ein schlechtes Gewissen, weil ihr Vater dann allein in dem großen Haus war. Frieda war unterwegs, wusste sie von Lotti und Jupp. Sie besuchte die Zwillinge in der Schweiz. Jupps Tage fanden in der Werkstatt oder auf seiner grünen Bank davor statt, wo Bella ihn stets antraf, wenn sie nach Hause kam.

Manchmal, wenn sie Finn nicht erreichte, sein Handy tagelang ausgestellt war, verfluchte sie ihn, da sie sich in einer verhassten Warteposition wiederfand. Regelmäßig nahm sie sich vor, ihre seltsame Verbindung zu beenden, stürzte sich in ein Abenteuer mit Peter, Tom oder wer immer ihre Wege kreuzte und wurde schwach, sobald sie wieder Finns Stimme hörte. Dann gab sie sich ihm hin, auch wenn sie nicht wahnsinnig viel dabei fühlte. Störte sich nach wie vor an Finns ewig trommelnden Händen und der ungeschickten Art zu küssen. Immer zu nass, immer zu gierig.

Was sie verband, war der Hang zu schönen Dingen, die Sehnsucht nach einem Leben in der Öffentlichkeit und immer wieder: Finns Stimme. Spätestens wenn sie ihn singen hörte, wurde etwas in ihr butterweich. Manchmal auch nur, wenn er ihren Namen hauchte. »Bella.«

Vielleicht war es doch Liebe? Vielleicht sollten sie endlich zusammenziehen.

Der coole Seven-Soul-Sänger und das hübsche Model. Öffentlich traten sie nur noch im Doppelpack auf. Partys hier, Auftritte dort, Shootings hier, Aufträge dort. Bellas Agentin, Jessica, war klug und effizient. Sie legte die Termine so, dass sie mit ihrem Stundenplan kooperierten. Ferien und Wochenenden waren vollgestopft mit Fototerminen. Sie liebte dieses pralle, satte Leben, die Stimmung am Set, die zukünftige Version ihrer selbst. Kaum konnte sie es erwarten, noch mehr durchzustarten, den nächsten notwendigen Schritt zu gehen.

Die Nacht vor ihrem achtzehnten Geburtstag verbrachte Bella bei Finn. Sie schlief unruhig, träumte absurde Sachen, als hätte sie am Abend davor einen Horrorfilm gesehen und müsste ihn nun verarbeiten, doch dem war nicht so. Leise stand sie auf. Sechs Uhr morgens zeigte die zart tickende Küchenuhr, viel zu früh für alles. Da sie ihre genaue Geburtszeit nicht kannte, wusste sie gar nicht, ob es schon so weit war. War sie nun achtzehn Jahre auf der Welt oder erst gegen Nachmittag? Sie würde die Mutter nach ihrem genauen Eintritt in die Welt fragen.

Ihr laut pochendes Herz beruhigte sich nicht, während sie still in Finns Küche saß. Sie entschied, zu ihrem Lieblingsbäcker zu fahren und frische Brötchen zu holen.

Der Ort schlief noch, sie stellte ihr Moped ab und hielt die Nase schnuppernd in die Luft. Der Duft von frisch gebackenem Brot und Brötchen mischte sich mit dem Geruch des mecklenburgischen Sommers. Obwohl die meisten Menschen noch schliefen, waren die Vögel und Insekten um sie herum sehr aktiv. Sie lauschte dem emsigen Summen, Schwirren und Zwitschern. Beim Bäcker traf sie Beckys Mutter, Rosi.

»Isabella, Mädchen. Was machst du denn hier, so früh? Heute ist doch dein Geburtstag. Du müsstest Brötchen und Kaffee ans Bett gebracht bekommen. Völlig verdrehte Welt. Komm her!« Beckys Mutter nahm sie ohne Zögern in die Arme und redete weiter. »Alles Liebe, mein Mädchen. Becky ist schon ganz aufgeregt und freut sich auf eure Party heute Abend. Bruno fährt euch natürlich, wenn ihr wollt.« Sie ließ Bella wieder los.

»Weinst du etwa?«

Sie sah in das liebevolle runde Gesicht von Rosi. Nichts als Wärme strahlte ihr entgegen und Bella wurde bewusst, wie sehr sie sich nach einer Mutter sehnte. Nach ihrer Mutter. Wenigstens heute, an ihrem Geburtstag.

Beckys Mutter hatte nebenher zwei Kaffee und zwei Stück Kuchen bestellt, die Bäckersfrau hatte eine kleine Kerze herbeigezaubert und das Tischchen vor dem Laden hergerichtet.

»Setz dich und trink mit mir deinen ersten Kaffee heute. Du vermisst deine Mutter, stimmt's?«

Bella nickte, sie wollte auf keinen Fall losheulen. Reden ging einfach nicht.

»Soll ich mal mit ihr sprechen?«, fragte Rosi ernsthaft.

»Nein, nein. Auf keinen Fall. Das müssen wir beide allein hinbekommen. Aber danke, auch für all das.« Sie zeigte auf den Kaffee und den Kuchen. »Ich muss wieder los, Finn ist sicher schon wach.«

»Ach, der Finn. Geh, Mädchen. Geh ruhig.«

Finn hatte ihren Bäckerbesuch erst mitbekommen, als er den frischen Brötchengeruch registrierte, der ihn weckte. Er überraschte sie mit einem selbstgebackenen Rührkuchen. Das Angebrannte hatte er mit weißem Puderzucker übertüncht und achtzehn kleine Kerzen darauf untergebracht. Kreuz und quer.

»Danke, Finn.« Ganz gerührt ließ sie sich von ihm hochheben und einmal im Kreis drehen. Ihre Tränen hatte sie unter Kontrolle, und er setzte sie erst ab, als sie auf seinen Rücken trommelte. »Lass mich runter, du Verrückter.«

Lachend ließ er sie herunter. »Willkommen im Club der Erwachsenen. Ab jetzt kannst du deine Verträge selbst unterschreiben! Und hier, noch ein kleines Geschenk.« Er überreichte ihr einen Briefumschlag. Sie riss ihn auf und fand darin einen Untermietvertrag zu seiner Wohnung.

»Echt? Soll ich bei dir einziehen?«

Er nickte übertrieben und schwang den Kopf vor und zurück, als wäre bei ihm eine Schraube locker.

»Aber mein Vater, er ist dann ganz allein.« Sie wischte den Gedanken weg. Das könnte sie später entscheiden.

Endlich, endlich war sie volljährig. Bella raste nach dem Frühstück nach Hause.

In alter Tradition hatte Jupp ihr einen Geburtstagstisch gedeckt, als würde sie elf werden. Mit viel Rosa und Glitter. Er nahm sie fest in die Arme. »Herzlichen Glückwunsch, meine Große. Jetzt noch das Abi und dann mach, wovon du träumst.«

»Danke, Paps. Das mache ich!« Sie schaute sich um und frühstückte ein zweites Mal an diesem Tag. Pappsatt sprang sie auf, schnappte sich das größte Geschenk vom Geburtstagstisch, zerriss das Papier und hielt ein selbstgemachtes honigfarbenes Gewürzregal mit kleinen Schubladen in den Händen.

»Das erste Möbelstück für deine eigene Wohnung.«

Bella küsste ihren Vater, der noch am Tisch saß, auf die Glatze. »Danke, es ist wunderschön!« Wie früher setzte sie sich auf seinen Schoß, legte ihm den Arm um den Nacken, auch wenn sie schon viel zu groß dafür war, und neckte ihn. »Ist das ein Wink mit dem Zaunpfahl? Soll ich etwa ausziehen!«

Jupp lachte. »Bleib, solang du willst. Ich wollte nur, dass du etwas Handgefertigtes von deinem Vater hast und egal, wohin das Leben dich trägt, es ist so klein, das kannst du immer mitnehmen.«

Bella war schon wieder gerührt.

Sie redeten noch eine Weile, neckten sich und hatten nicht bemerkt, dass Lotti und Frieda mit zwei Koffern in der Tür standen. Geschwind rutschte Bella vom Schoß ihres Vaters. Frieda machte auf dem Absatz kehrt und verschwand in dieselbe Richtung, aus der sie gekommen war.

Lotti, der selten die Worte fehlten, stotterte. »Sie ... sie wollte heute wieder zu Hause einziehen. Bella zum Geburtstag gratulieren. Was macht ihr da eigentlich?«

Beschämt und ertappt standen Jupp und Bella neben dem üppigen Geburtstagstisch. Ertappt wobei, fragte sich Bella? In ihr tobten die unterschiedlichsten Gefühle. Ihre Mutter war gekommen, um ihr zu gratulieren, und gleichzeitig interpretierte sie alles, was sie gesehen hatte, völlig falsch. Glaubte sie etwa, sie hätte mit ihrem Vater ein Verhältnis? Wie konnte sie nur?

Wütend schleuderte Bella Lotti an den Kopf: »Weißt du was? Ich saß in einem Anfall von Sehnsucht auf Jupps Schoß, wie damals als kleines Mädchen. Ohne eure bescheuerten Hintergedanken. Was ist eigentlich mit euch los, das wäre die richtige Frage!«

Lotti ließ sich schwer auf den alten Küchenstuhl plumpsen. »Da hast du wohl recht. Was ist nur mit uns los? Gibt es eigentlich Geburtstagssekt?«

Jupp zeigte zum Kühlschrank. Lotti goss drei Gläser ein. »Auf dich, meine Schöne! Ich hoffe, du machst es besser als wir.«

»Wer ist wir?«

»Frieda und ich.«

Bella trank den Sekt, verdrehte die Augen und küsste Lotti auf ihre pralle Wange. »Mach ich! Ist nicht so schwer.«

22.

Völlig unerwartet rauschte Bella durchs Abitur. Ungläubig starrte sie auf die Ergebnisse. Ihre Glückssträhne zeigte eine erste dunkle Färbung und Bella entschied sofort, dass sie das blöde Abitur nicht wiederholen würde. Noch ein weiteres Jahr in die Schule zu gehen, das schaffte sie nicht. Sie hatte sich so zusammengerissen, um die beknackten Prüfungen hinter sich zu bringen, hatte Werbeaufträge abgesagt, sich deswegen mit Jessica angelegt, nur, um zu lernen. Und jetzt das!

Becky hatte ihr aus einer todsicheren Quelle geflüstert, was in Geschichte und Mathe drankäme. Genau darauf hatte sie sich konzentriert. Genau das war falsch, nichts davon war Abiturthema. Hatte Becky ihr die falschen Themen gegeben? Absichtlich? Sie schob den Gedanken beiseite. Nein, nicht Becky. Bitte nicht, sie war seit Jahren ihre einzige Freundin. Nein, entschied sie. Niemals.

Bella dachte an Jupps handgeschriebenen Wisch, der seit der Unterschrift zu Hause am Kühlschrank hing wie ein ewiges Mahnmal. Ihr großes Versprechen an ihn, auf das er sich hundertprozentig verlassen hatte, weil er an sie glaubte.

Innerhalb von drei Sekunden entschied sie, nun doch zu Finn zu ziehen. Es drängte sie ins Leben, weg von zu Hause, in die Welt der Werbung, des Films, der Kreativen. Mit einem Bein war sie bereits in der Zukunft.

»Hi Finn. Ich bin's, Bella.«

»Ich weiß, ich sehe, wer mich anruft. Alles gut? Du klingst so anders?«

»Alles bestens. Sag mal, was hältst du davon, wenn ich dein Angebot annehme und nun doch bei dir einziehe?«

»Na endlich! Das wäre toll, wirklich. Ich versuche ja schon seit einiger Zeit, dich zu überreden. Du wolltest immer dein Abi abwarten. Hast du es?«

»Ich hab es!« Erste Lüge, dachte Bella.

»Dann komm sofort her, den Schlüssel hast du ja. Lass uns heute Abend darauf anstoßen!«

»Danke, Finn. Bis später.« Sie schickte noch ein paar Luftküsse durch das Telefon und machte sich auf den Weg nach Hause. So viele Entscheidungen heute.

Niemand da. Sie sah ihren Vater in der Werkstatt hantieren. Von ihrer Mutter keine Spur. Lotti schien alles gegeben zu haben, Frieda von der Harmlosigkeit des Bildes zu überzeugen, was sie durch die Küchentür gesehen hatte. Ihr Vater war schwer gekränkt, was sie ihm eigentlich unterstellte. Sie hatten lautstark gestritten, Jupp blieb unerbittlich. Mehr als einmal konnte Bella das Geschrei am Telefon mitverfolgen. Ihr Vater sprach laut, wütend und legte einige Male auf, was er sonst nie machte.

»Alles kannst du mir unterstellen, aber nicht das! Dann lass uns getrennte Wege gehen«, war das Letzte, was sie hörte.

Irgendwann mussten sie sich alles an den Kopf geschmissen und wieder versöhnt haben.

Seit ein paar Tagen war ihre Mutter wieder zu Hause, Jupp und sie wirkten harmonisch wie zwei Frischverliebte. Frieda, ihre stolze Mutter, musste sich bei Jupp entschuldigt haben, anders konnte Bella es sich nicht erklären. Auch zu Bella war Frieda ungewöhnlich sanft. Hatte ihr noch zum Geburtstag gratuliert und sich auch bei ihr entschuldigt. »Hier, das ist mein Geschenk«, sagte sie leise.

Bella packte einen Gutschein für eine Städtereise nach Paris zur Fashion-Week aus. Ungläubig starrte sie ihre Mutter an.

»Wir beide? Allein nach Paris und dann noch zu einer Haute-Couture-Schau?«

Frieda nickte verlegen.

Nervös drehte Bella die Karten in ihren Händen hin und her. »Ich weiß gar nicht, was ich sagen soll. Danke, danke. Du magst das doch gar nicht.« Sie schwankte zwischen Freude, Versöhnung und Skepsis.

»Ich versuche, es zu mögen. Dir zuliebe. Es ist dein Traum. Ich versuche, mich damit anzufreunden.«

Fassungslos rief Bella Becky an und erzählte ihr davon. Sollte doch noch alles gut werden?

Das war vor drei Tagen, dachte Bella angstvoll. Heute war alles wieder anders, kein Abitur und es war allein ihre Schuld.

Die beiden Katzen schnurrten um ihre Beine und da sie nie widerstehen konnte, wenn sie um Futter bettelten, gab sie ihnen eine kleine Portion zwischendurch. Streichelte über die samtenen Rücken und verschwand in ihrem Zimmer. Ohne sich weiter aufhalten zu wollen, packte sie die wichtigsten Sachen ein. Unten klappte die Tür.

»Bella, bist du da?«

»Ja«, antwortete sie ihrem Vater. »Ich komme gleich.«

Sie wappnete sich für ihre zweite Lüge und hörte ihre Mutter kommen. So unbeschwert wie möglich ging sie zu ihnen.

»Na? Alles bestanden?« Das war Paps.

»Ja, alles bestanden. Ich hab mit Finn beschlossen, dass wir nun ganz zusammenziehen. Ich wollte es euch nur sagen. Ist doch okay für euch, oder? Ich war ja sowieso kaum noch hier.«

Frieda, die dem Gespräch nur still folgte, nickte.

Bella spürte, trotz aller Annäherung, durch jede Pore, wie froh ihre Mutter insgeheim war, dass sie endlich ausziehen würde. Ihr Vater war ungewöhnlich ruhig.

»Was ist?« Bella schaute ihn fragend an.

»Geh nur, Mädchen. Ich muss kurz verdauen, dass nun unser letztes Kind auszieht.« Er setzte sich zu Frieda, die still seine Hand nahm.

Ein rührendes Bild, ihre Eltern, Hand in Hand. Manchmal irritierte Bella der neue Frieden zwischen ihnen. Ihre tobende, nie zufriedene Mutter und ihr stiller, sich raushaltender Vater waren ihr fast lieber.

»Du lügst, dass sich die Balken biegen.«

Erschrocken setzte Bellas Herzschlag für einen Moment aus. Wen meinte Frieda?

Genüsslich hatte die sich zurückgelehnt und kostete den Moment der Überlegenheit aus. Kalt schaute sie zu Bella. Fehlten nur noch ihr ausgestreckter Zeigefinger, ihre frühere Stakkato-Sprache und die Furchen der Missbilligung in ihrem Gesicht. »Du lügst, ohne mit der Wimper zu zucken! Du bist durchgefallen. Ich weiß es!«

Wissen ist Macht. Jetzt verstand Bella endlich diesen Satz.

Die Wackersteine in ihrem Bauch wurden noch schwerer, als sie mitansehen musste, wie ihr Vater das Gehörte allmählich verstand. Wie es zu ihm durchsickerte.

Mit Augen, die er vor Ungläubigkeit von ihr abwenden musste. Sie hatte ihn enttäuscht, maßlos enttäuscht. Das schlechte Gewissen traf Bella mit der Wucht eines Kinnhakens. Sofort schossen ihr die Tränen in die Augen. Entsetzt darüber, wie hilflos und ausgeliefert sie sich fühlte, konnte sie dieses Mal ihre Tränen nicht aufhalten. Hemmungslos schwappten sie über den Rand. »Es tut mir so leid, Paps.«

Sie ignorierte ihre Mutter, rannte in ihr Zimmer, schnappte sich die gepackten Taschen und machte sich grußlos auf den Weg in die Stadt, zu Finn.

23.

Jupp saß einfach da. Ein eisiger Ring hatte sich um seinen Brustkorb gelegt, er schaffte es nur, flach zu atmen. Als Frieda etwas sagen wollte, hob er die Hand. »Sei still!« Er sah die Schadenfreude, die überbordende Genugtuung in ihren Augen und verachtete sie dafür. Wollte nichts sehen, nichts hören. Wollte einfach nur seine Ruhe. Aber Frieda wäre nicht Frieda ohne das letzte Wort. »Ich hab es dir ja gleich gesagt. Du hast sie verwöhnt. Nichts kriegt sie auf die Reihe. Lotterleben. Und jetzt? Kein Abschluss. Eine Schande für die Familie. Was werden die Leute sagen.« Sie schaute ihn lang an, setzte zum letzten Schlag aus. »Und dann belügt sie dich, ihren geliebten Paps, der immer für alles Verständnis hat.«

Jupp stand auf, sein Herz schlug wild. Leicht beugte er sich nach vorn, um den stechenden Schmerz abzudämpfen. Vorsichtig atmete er weiter. Ganz kurz glaubte er, ohnmächtig zu werden und umzukippen. Sicherheitshalber hielt er sich an der Stuhllehne fest.

»Halt einfach mal deinen Mund!« Abweisend schaute er Frieda an, rückte von ihr weg. »Sei nur still!« Drehte sich um und ging hinüber zu seinen Skulpturen, dem Schrank, der noch abgeschliffen werden musste. Ging weg. Gebeugter als je zuvor in seinem Leben.

Aus dem Augenwinkel sah er noch, wie Frieda wutentbrannt aufstand. Hörte, wie sie ihm nachrief: »So redest du nicht mit mir! Du nicht ... und niemand sonst!« Hörte auch, wie sie ein »Arschloch, hau doch ab!« hinterherschob.

Die Harmonie der letzten Tage zerfiel zu Staub und verfing sich in den machtvollen Wellen der Aggressionen, die durchs Haus wehten.

Jupp schloss die Werkstatt von innen ab, nahm sich einen frischen Bogen Schleifpapier und fuhr über die üppigen Rundungen seiner neuen Skulptur. Mechanisch, meditativ, endlos. Er konnte nicht glauben, dass von seinen vier Kindern nur zwei einen vernünftigen Schulabschluss hinbekommen hatten. Ausgerechnet die Zwillinge, um die er sich am wenigsten gekümmert hatte. Beide waren Ärzte geworden und hatten ein gutes Einkommen.

Marcos Scheitern war fast vorhersehbar gewesen, aber Isabella? Sie hatte all seine Liebe bekommen, er wäre für sie gestorben. Hätte kompromisslos ihr Leben gegen seines getauscht. Sein Herz piesackte ihn, er fasste immer wieder dahin, der dumpfe Schmerz kroch förmlich überallhin, kroch in ihn hinein. Klopfte von innen an und nahm ihm die Kraft, klar zu denken.

Und dann die Lüge. Sie hatte ihm in die Augen geschaut und gelogen. Mit keiner Wimper gezuckt, nichts an ihrem Ausdruck hatte sie verraten. Jedes Wort hatte er ihr geglaubt. Nicht nur heute. Immer, denn die Grundlage ihrer Beziehung war Vertrauen. Wie oft hatte sie ihn eigentlich schon angelogen? Jupp zweifelte an allem. Lutschte Pfefferminzbonbons, wechselte zu einem ersten Schnaps, um seinen Kummer zu ertränken. Tauschte auch das Schleifpapier, nahm einen Bogen von dem gröberen und fuhr sich damit kräftig über den linken Arm bis die Haut rot und aufgerissen war. Bis es schmerzte. Bis es blutete. Dann über den rechten Arm, seine linke Hand war nicht ganz so geschickt. Das Blut tropfte auf die neue Skulptur, färbte das Holz.

Er arbeitete die nächsten Stunden weiter, färbte die schöne Holzfrau mit seinem Blut ein und versuchte nicht daran zu denken, dass Isabella weg war. Feige abgehauen. Den nächsten neuen Sandpapierbogen rieb er sich durch das Gesicht.

Gegen Mitternacht hielt es Frieda nicht mehr aus. Sie hatte sich abreagiert und hoffte, dass Jupp endlich wieder zu ihr käme. Vom Fenster in Isabellas Zimmer aus beobachtete sie ihn. Von hier oben hatte sie den besten Blick. Die Schatten der Werkstattlampen verrieten ihr seine Bewegungen. Er arbeitete immer noch. Setzte sich zwischendurch hin, stand wieder auf, lief hin und her, schliff an irgendetwas. Sie kannte den Körper ihres Mannes und seine Bewegungen gut. Früher hatten sie wie zwei Puzzleteile nahtlos ineinander gepasst, um dann ein vollendetes Ganzes zu ergeben. Inzwischen passten andere Puzzleteile zwischen sie. Es gab freie Stellen, Enden, die übereinander lappten, nichts passte mehr zum anderen.

Entschlossen, ihn zu holen, schlüpfte sie in ihre Straßenschuhe, zog sich eine leichte Strickjacke über und flitzte über den Hof. Erst klopfte sie zaghaft.

»Jupp, lass uns reden. Es tut mir leid, ich wollte nicht so gehässig sein.« Nichts. Sie drückte die Türklinke hinunter. Abgeschlossen. Schließlich klopfte sie lauter, hämmerte mit aller Kraft an die Tür. »Mach auf. Ich geh hier nicht weg. Ich hab doch gesagt, es tut mir leid. Jupp! Sei nicht so stur. Rede mit mir! Schrei mich an!«

Er bewegte sich nicht zur Tür. Sie hörte sein Schleifen und plötzlich bekam sie Angst. Meistens hatte er eingelenkt, irgendwann. Spätestens, wenn sie sich ernsthaft entschuldigt hatte.

»Jupp«, flüsterte sie. »Bitte. Mach die Tür auf.« Ein ungutes Gefühl kroch von den Beinen aufwärts, ihr wurde eiskalt. Sie blieb an der Tür stehen, lehnte den Kopf gegen das Holz und wartete.

Wenige Minuten später hörte sie den Schlüssel im Schloss. Hatte er aufgeschlossen? Vorsichtig drückte sie die Türklinke hinunter. Schlüpfte zu ihm, sah seinen gebeugten Rücken und die neue Skulptur, die vor ihm lag.

»Hilf mir, sie aufzurichten«, sagte Jupp tonlos.

Sie ging um ihn herum, sah die Skulptur und sein zerschundenes Gesicht. Ein markerschütternder Schrei war alles, wozu sie fähig war. Ihr Mann sah aus wie Dracula und die Skulptur war eine blutverschmierte junge Schönheit. Isabella.

24.

Als Bella Hals über Kopf ihr Elternhaus verließ, ahnte sie nicht, dass es mehr als ein Jahr dauern würde, bis sie wieder nach Hause kommen sollte.

Nach dem vermasselten Abitur stürzte sie sich mit Vollgas in ihr Modelleben. Unternahm nichts anderes, als für ihren Job da zu sein und das Leben zu genießen. Manchmal konnte sie beides vereinen, da es nach den Werbespots oder anderen Shootings auch Spontanpartys gab. Jedes Hotelzimmer, jede Hotelbar, jeder neue Ort waren für Bella ein Erfolg. Sie eroberte sich die Welt, ihre Welt, dehnte sich aus und war nachgefragt wie kaum ein anderes Model aus der Agentur. Sie zeigte Ehrgeiz, Disziplin und Biss, auch wenn sie hundemüde war. Ihre Jugend und Natürlichkeit, die sie auf den Fotos vermittelte, waren gefragt und so reiste sie unermüdlich quer durch Europa. Obwohl Bella der Ruf einer unkomplizierten jungen Frau ohne jedwede Starallüren vorauseilte, schaffte sie es nicht, neue Freundinnen zu finden. Die anderen Mädchen mieden sie, schlossen sie aus, neideten ihr den Erfolg. Bella, die bereits durch Annas bittere Lehre während der Schulzeit gegangen war, blieb ruhig, sonst wäre sie spätestens jetzt daran zerbrochen. Sie hielt sich an die Männer der Crew und besonders an Karl. Bei Karl fühlte sie sich sicher, denn er nahm sie so, wie sie war.

Becky, die sie heute vom Set abholte, ließ sich Karl zeigen. Schnurstracks lief sie zu ihm und zog Bella am Arm hinter sich her. »Hi, ich bin Becky. Ich wollte mich für das tolle Foto, das du von uns geschossen hast, bedanken. Du hast einen guten Blick und mein Vater, als Stammleser des Tagesblattes, hat es sofort entdeckt. Sehr cool!«

Karl lachte. »Gerne doch. Ihr seid beide sehr fotogen. Wenn ihr wollt, mache ich mit euch eine Freundinnen-Serie.«

Becky boxte Bella in die Seite. »Wollen wir, oder?« Erwartungsvoll schaute sie ihre Freundin an und plapperte weiter. »Das können wir dann später unseren Kindern zeigen. Wir beide, in unserer Jugend, mitten im Leben.« Becky war nicht zu bremsen und steckte Karl und Bella mit ihrer Fröhlichkeit an.

Die Stimmung war ungezwungen, wie schaffte Becky das nur? Bella hatte in Karls Nähe immer einen Kloß im Hals. Alles, was sie sagte, klang ihr zu kleinmädchenhaft. Bei ihm gab sie sich Mühe, eine Frau zu sein, eine erwachsene Frau.

Karl riss sie aus ihren Gedanken. »Sorry, ihr zwei. Aber jetzt muss ich los, bin schon spät dran. Nächster Auftrag.« Mit einem Augenzwinkern verabschiedete er sich und schaute dabei hauptsächlich Bella an, die sprachlos, aber lächelnd zurückblieb.

Karl Mercy, der Fotograf, der damals den Schnappschuss von Bella und Becky im *Kowalski* geschossen hatte, war inzwischen ihr Lieblingsfotograf. Wenn sie ihn sah, rauschten wild gewordene Hormone durch ihren Körper, die sie glühen ließen. Karl war ein Charmeur, der die Crew am Set im Nullkommanichts in gute Stimmung versetzte. Ein Casanova, ein Mann, wie sie ihn bisher nicht kennengelernt hatte. Er war nicht sehr groß, ein bisschen zu dick und trug am liebsten Bluejeans, ein T-Shirt und eine Baskenmütze. Bei offiziellen Terminen schlüpfte er in ein Jackett und war angezogen. Sie wusste nicht, wie alt er war, aber wenn er hinter seiner Kamera hervorlugte, sich ihre Blicke trafen, spürte sie eine Intensität, die sie erschauern ließ. Karl war zu alt und kein bisschen ihr Typ. Gar kein bisschen, verdammt! Was sollte dieses Gefühlschaos bei einem Mann, der ihr Vater sein könnte?

Ihr Vater. Wenn sie an ihn dachte, schämte sie sich, ihn so enttäuscht und angelogen zu haben. Und dann war sie einfach abgehauen, so feige. Manchmal wurde sie ärgerlich auf ihn, da er dem Abitur so viel Bedeutung beimaß. Als wäre sie nur etwas wert, wenn sie dieses blöde Abi geschafft hätte. Sobald sie sich über ihn ärgerte, schämte sie sich noch mehr. Sie fühlte sich wie eine Gefangene ihrer Gefühle, die Pingpong mit ihr spielten. Schämen, ärgern, schämen, ärgern. Unentschieden. Die Stimmen kämpften einen unfairen Kampf.

Sie hoffte, dass ihr Vater sich melden würde. Doch das tat er nicht.

Nach fünf Monaten hielt Bella es nicht mehr aus, gar nichts von ihren Eltern zu hören und besuchte Lotti in ihrem Erotikshop.

»Bella, mein Mädchen.« Flugs lag sie an Lottis Busen. »Ich sehe dich überall. In der Werbung, auf Plakaten, selbst in der Zeitschrift bei meinem Zahnarzt und endlich auch mal wieder in Natura.« Bella ließ sich eine Weile halten, ließ zu, dass ihr die Winterjacke ausgezogen wurde.

»Ach, Lotti.« Sie duftete wie der frische Frühling. Bella überragte ihre Tante um einige Zentimeter und genoss den vertrauten Lotti-Zuhause-Geruch.

Sie schaute sich im Laden um. Neuerdings führte Lotti neben Sexspielzeug und Dessous auch erotische Literatur. Ohne wirklich hinzuschauen, blätterte sie in einem ausgelegten Buch.

Dann setzten sie sich in die winzige, plüschige Sitzecke und Bella schüttete Lotti ihr Herz aus.

»Ich liebe meinen Job wirklich sehr und mit Karl habe ich einen tollen Fotografen erwischt. Er gibt mir nur wenige Anweisungen und ich verstehe, was er will. Wir brauchen gar nicht viel zu reden.«

»Kommst du denn mit deinem Geld klar?«, fragte Lotti.

»Aber ja, ich gebe nicht viel aus. Ehrlich gesagt wächst mein Konto unaufhörlich und ich weiß gar nicht, wofür ich jemals so viel Geld brauchen sollte.«

Damit zufrieden köpfte Lotti eine Proseccoflasche, goss zwei Gläser voll und prostete Bella zu. »Auf das Leben und die Liebe! Kommst du denn Weihnachten nach Hause?«

Bella zögerte. »Weihnachten, ich weiß gar nicht, wo ich da sein werde.«

»Weihnachten ist in neun Tagen. Dein Vater würde sich freuen.«

Bella hatte vor, mit Finn in den Urlaub zu fliegen. Sie wollten den Jahreswechsel ganz für sich haben, Sonne tanken.

»Dieses Jahr nicht«, druckste sie herum. »Finn und ich, wir wollen verreisen. Wir haben so wenig Zeit füreinander.«

»Wie schade. Und wie läuft es so mit deinem Finn? Niemand von uns kennt ihn so richtig.«

»Da ich nie eine andere richtige Beziehung hatte, habe ich keinen Vergleich. Jeder macht irgendwie seins, wir sind viel unterwegs, jeder für sich, und manchmal treffen wir uns zu Hause auf der Couch oder im Bett.«

»Und da?«

»Lotti …!«

»Was? Mit wem redest du sonst über so was? Was macht eigentlich deine Freundin Becky und hast du rausgefunden, was mit den falschen Abithemen war? Süße, ich habe tausend Fragen. Ich hoffe, du hast Zeit mitgebracht.«

Hinter dem dicken Vorhang bewegte sich etwas.

»Ist da noch ein Raum?« Neugierig lugte Bella in die Richtung, aus der sie Geräusche hörte.

Doch Lotti winkte ab und wollte mehr hören.

»Erzähl weiter!« Sie berührte Bellas Arm und drehte sie leicht zu sich.

»Becky hatte den heißen Abi-Tipp von einer aus Annas Clique. Sie hat uns alle verarscht. Becky hatte mehr Glück, da sie in einem anderen Fach mehr Punkte hatte als ich, sonst wäre sie auch durchgefallen. Anna ist einfach eine dumme Bitch!«

»Dumm wie zehn Meter Feldweg«, ergänzte Lotti ernsthaft. Darauf tranken sie einen weiteren Schluck und prusteten los.

»Immerhin hast du ihr den Freund ausgespannt, du bist auch ein kleines Luder!«

»Und davor hat sie mich schon tausendmal auflaufen lassen, gedemütigt und ausgegrenzt. Ich würde sagen, wir sind quitt.«

»Na ja, hast einen ziemlich hohen Preis bezahlt. Du bist diejenige, die kein Abi hat, alle anderen schon.«

Bella seufzte, eine kleine Falte grub sich über ihr Nasenbein. »Vielleicht hole ich es irgendwann nach. Ich bin doch noch jung.«

»Das stimmt. Du bist jung und die ganze Welt liegt dir zu Füßen. Wo ist Becky?«

»Sie tingelt um die Welt, wollte nach dem Abi eine Pause einlegen. Und, bevor du weiter fragst, ich rede natürlich mit niemandem über mein Sexleben.«

»Natürlich nicht, wie deine Mutter.«

Bei dem Vergleich zuckte Bella zusammen.

»Sorry, Süße. Aber so unähnlich seid ihr euch gar nicht.«

»Weil ich nicht darüber rede, bin ich doch nicht gleich wie Frieda. Wie geht's meinen Eltern?«

»Ich glaube, gut. Sie haben sich arrangiert in ihrem neuen Leben ohne Kinder. Jupp arbeitet viel und ich glaube, er wartet, dass du dich meldest.«

»Ich?«

»Aber ja, du bist ohne ein Wort gegangen. Wenn, dann musst du nach Hause gehen.«
»Kannst du ihnen sagen, dass es mir gut geht?«
»Das hab ich sowieso immer gemacht, wenn ich eine Nachricht von dir hatte.«
»Haben sie inzwischen beide Handys?«
»Wo denkst du hin. Jupp schwört auf den Festnetzanschluss mit Anrufbeantworter und Frieda erschrickt jedes Mal, wenn ihr Handy ein Geräusch macht. Dann schaut sie es an, als würde gleich eine Bombe hochgehen.«
Bella erinnerte sich, wie vehement ihre Eltern die neuen kleinen Telefone ablehnten. »Brauchen wir nicht«, war Jupps rigorose Antwort. »Braucht kein Mensch.«
»Wie ist es nun mit deinem Finn? Bring ihn mal mit.«
Bella schaute sich um.
»Hierher?«
Lotti lachte. »Warum nicht?«
»Ehrlich Lotti, na mal sehen. Es ist nicht so einfach, gemeinsame Zeit zu finden. Und beim Sex, nun ja, ich bin immer froh, wenn es vorbei ist. Ich fühle einfach nichts. Es ist so, als beobachte ich uns die ganze Zeit. Höre seine Geräusche, höre meine Geräusche und muss mir das Lachen verdrücken. Und manchmal frage ich mich, was eigentlich mit mir nicht stimmt? Alle reden von diesem Sexdings, als wäre es das Gigantischste im Leben. Ich weiß nicht, es wird total überbewertet.« Bella sah, wie Lotti schluckte. »Was, Lotti? Geht's dir auch so?«
»Manchmal ging es mir auch so, das waren dann eher die falschen Männer. Hast du, also hast du es mit anderen Männern probiert?« Lotti schaute sie so klar an, als wäre es das normalste von der Welt, mit der Tochter ihrer Schwester über all die Dinge zu reden.

»Ja, ab und zu. Wir haben eine offene Beziehung. Wieso fragst du?« Sie druckste herum und hoffte, dass Lotti schnell wieder von sich reden würde.

»Dann wüsstest du, ob es immer so ist oder nur bei Finn. Funktioniert das denn mit der offenen Beziehung?«

Bella dachte einen Augenblick nach. Legte das lilafarbene Erotikbuch, das sie immer noch in den Händen hielt, zurück ins Regal. »Es ist immer so, es sei denn, ich betrinke mich, dann lässt mein ewig analysierendes Hirn endlich mal komplett los. Aber ich kann mich doch nicht immer ins Koma saufen, um guten Sex zu haben. Deine andere Frage ist leicht zu beantworten. Ich glaube, es funktioniert, weil wir nicht darüber reden. Ich will nichts von ihm wissen, er nichts von mir.«

Lotti wirkte nachdenklich. »Bleib einfach offen für andere Begegnungen und heirate auf keinen Fall Finn. Das ist viel zu früh!«

Nun lachte Bella.

»Lotti, ich heirate doch nicht.«

25.

Manchmal überkam Bella eine regelrechte Gier nach ausufernden Orgien. Sinnlich, lustvoll, ekstatisch. Nur mit wildfremden Menschen oder viel Alkohol schaffte sie es, Lust und Verschmelzung zu empfinden, Zeit und Raum zu vergessen, ihre Beobachterposition aufzugeben. Doch sobald sie sich mehrmals mit einer Person traf, legte sich ein trennender Film über ihre Empfindungen. Sie verabscheute eine länger anhaltende Vertrautheit mit Fremden. Alles, was weniger als eine Nacht war, klappte gut. Lotti gegenüber hatte Bella ihre nebengleisigen Sexabenteuer zwar erwähnt, doch zum Glück hakte die nicht weiter nach. Sie war bei ihrem letzten Gespräch ganz auf Finn fokussiert.

Bella war es gewohnt, Menschen anzuziehen, einfach nur, indem sie an der Bar lehnte. Lächelte. Auf das Lächeln der anderen reagierte. Schnell vibrierte die Luft, in Lichtgeschwindigkeit war die Stimmung um sie herum erotisch aufgeladen. Der Geruch von Sex überlagerte alles. Betörend. Erregend. Sie liebte das heiße Spiel der Annäherung, das Nichtwissen, was an den einsamen Hotelabenden passieren könnte. Manchmal war es nur ein Kuss, manchmal eine Nacht, manchmal eine Orgie.

Bei einem ihrer letzten Shootings in Barcelona landete sie mit dem charismatischen Barkeeper im Bett. Er war einer der Männer, die sich Zeit ließen, küsste jeden Zentimeter ihrer glatten Haut, bereitete sie vor, ehe er in sie eindrang. Sie schmiegte sich an ihn, umschlang ihn mit den langen weißen Beinen und fühlte das fordernde Pochen in ihrer Mitte.

Deshalb konnte sie Lottis Frage kurz vor Weihnachten, ob sie Finn heiraten würde, schnell mit nein beantworten.

Mit jedem Fremden passte es sexuell besser als mit Finn, ihrem Vertrauten, und doch liebte sie das Leben mit ihm. Ihr gemeinsamer Weihnachtsurlaub in Marokko ließ sie hoffen. Dort waren sie für zwei Wochen nur zu zweit, keine Kameras, kein Publikum. Keine Übermüdung nach anstrengenden Arbeitstagen, wo sie nur ins Bett fielen, um zu schlafen. Zeit, in der sie vielleicht wieder Finns sinnliche Seite herauskitzeln konnte. Die Seite, die zu seiner Stimme passte, wenn er sang. Die Seite, die sie am meisten an ihm liebte.

»Bella, wo bist du mit deinen Gedanken?« Karl kam auf sie zu. »Darf ich?«

Sie nickte ihm aufmunternd zu und er legte eine Hand auf ihren Rücken, drehte sie vorsichtig einen Zentimeter weiter nach rechts. Die ganze Hand, registrierte sie. In aller Ruhe berührte er sie mit der ganzen Hand. Bella hielt die Luft an. Da, wo seine Hand lag, fühlte es sich an, als hätte er ein sehr heißes Wärmekissen abgelegt. Ungläubig drehte sie ihm das Gesicht zu, schon war die Position wieder im Eimer.

Karl schüttelte den Kopf. Selbst im Raum trug er heute eine wärmende Mütze, das neue Jahr hatte eiskalt gestartet.

»Das wird heute nichts mehr. Lass uns Pause machen. Lust auf einen Kaffee?« Da er sie das noch nie gefragt hatte, schaute sie sich zunächst um, ob er jemand anderen gemeint haben könnte. Er lachte und sie sah seine geraden Zähne, seinen offenen Mund beim Lachen. Er rieb sich den Bauch. »Ich brauch was Süßes. Du auch?« Er steckte sie mit seiner Fröhlichkeit an.

»Ich lieber nicht.«

»Stimmt ja, du Ärmste, bist ein Model und kannst nicht alles essen. Ich würde sterben ohne leckeres Essen, ohne Süßkram, ohne Wein und Bierchen. Wie gut, dass ich hinter der Kamera stehe.«

Sie hatte nur Augen für sein Gesicht. Es war dermaßen quietschlebendig, dass sie glaubte, seine Stimme und sein Gesicht kommunizierten gleichzeitig mit ihr. Anders als bei ihrer Mutter stimmten Gott sei Dank Mimik und das Gesagte überein.

»Ich könnte schon auch, momentan sind ja nur Gesicht, Haare und Hände von mir gefragt. Ich könnte mir sogar einen richtig dicken Bauch anfuttern.« Albern streckte sie ihren Bauch raus.

Sie freute sich, dass Karl mit ihr einen Kaffee trinken gehen wollte, denn bisher dachte sie, dass er sie nicht besonders beachtet hatte. So, wie er überhaupt fehl in der Industrie der Schönheit schien. Er wirkte eher wie ein Abenteurer, der mal einen kurzen Zwischenstopp in einer Modelagentur einlegte, bevor er wieder in die Welt zöge.

»Stell dir das mal vor«, lachend redete er weiter, »die Leute sehen deinen verführerischen Mund, deine wunderbaren Haare, deinen schlanken Hals.« Alles, was er beschrieb, Haare, Mund, Hals untermauerte er mit seinen Händen. Gerade strichen sie über seinen kräftigen Hals. »Jeder Mann träumt davon, mit dir im Bett zu landen und dann ... sieht er deine dicke Plauze.«

Bella wiederholte im Geiste seine Worte und konnte noch nicht glauben, was er über sie gesagt hatte. Über ihr Aussehen, dass jeder mit ihr im Bett landen möchte. Nur Äußerlichkeiten, hörte sie die kritische Stimme ihrer Mutter. Er hat bisher nur über dein Äußeres gesprochen. Darauf kann man nicht bauen. Sie schob die Gedanken beiseite und ließ sich von Karls Albernheiten anstecken und so gackerten sie sich durch den Vormittag. Die Einstellung nach dem Kaffee klappte sofort. Bella war wieder voll da. Bloß am Ende des Shootings reckte sie, nur für Karl, den Bauch raus.

Er hielt den Daumen hoch. »Bis morgen früh, Bella. Im Flieger nach Rom! In Italien kommt dein Name richtig zur Geltung, Bella. Ciao Bella. Bella Donna.«
»Bello Carlo!«, neckte sie ihn.
»Klingt eher wie ein Hundebefehl.« Er hechelte, sodass sich die anderen nach ihm umdrehten. »Alles bestens!«, rief er in die Runde. »Macht's gut, bis morgen.«
Beschwingt hüpfte Bella nach Hause. Finn wäre bestimmt schon da und sie musste zugeben, dass sie sich heute auf ihn freute. Manchmal verglich sie Finn und Karl. Karl brachte sie mehr zum Lachen und sie fühlte bei ihm eine angenehme Sicherheit, die sie nicht näher analysieren konnte. Finn war aus ihrem Holz geschnitzt. Beide hatten sie ihre berufliche Karriere im Blick, wollten in der Öffentlichkeit stehen. Sie wusste wirklich nicht, ob er mit anderen Frauen schlief und wollte es auch nicht wissen. Nie fragte sie ihn danach, nie zeigte sie sich klammernd oder eifersüchtig. Manche ihrer letzten sexuellen Abenteuer hatten sie leer wie eine Pfandflasche zurückgelassen. Ihr war nicht mehr bewusst, wer wen benutzte. Benutzte Bella die Männer oder die Männer sie? Doch eins wurde ihr klarer, sie wollte damit aufhören, wollte Finn, wollte normaler sein.

»Da bist du ja schon. Es tut mir so leid, Bella. Wir haben nur knapp vier Stunden. Ich muss nachher wieder weg.«
»Schade, ich dachte, wir hätten den Abend und könnten morgen früh zusammen zum Flughafen fahren.« Enttäuscht sah sie auf Finns gepackte Tasche und fragte sich, ob es jemals anders werden würde. Er tingelte mit seiner Band und sie für ihre Fotoshootings quer durch das Land. Aktuell nahm er Schauspielunterricht, um in Zukunft ein zweites Standbein zu haben, und liebte voller Inbrunst sein neues Improvisationstheater.

Finn war mehr Rampensau als Bella. Er brauchte den direkten Draht zu den Zuschauern, wie er immer sagte. Den Applaus, die Zugabe, das Anfeuern. Sie flirtete lediglich mit der Kamera, es gab eine Distanz zwischen ihr und dem Publikum. Die auf sie gerichtete Kamera gab ihr Sicherheit und einen Fokus. Nur abends, allein in den Hotelzimmern, meldete sich ihre Einsamkeit und sie öffnete sich für ihre Abenteuer.

»Jemand ist beim Theater ausgefallen. Ich darf einspringen.« Glühend vor Begeisterung strahlte er sie an.

Wie konnte sie ihm da böse sein? Wer, wenn nicht sie wusste, was es heißt, für einen Job zu brennen. Sie umarmte ihn spontan. Küsste ihn auf den Mund, schmeckte seine Lippen und haute ihm kräftig auf den Po. »Geh schon, du Improvisationskünstler!«

Er schnappte ihren Arm. »He, he, schöne Frau. Hiergeblieben!« Er dirigierte sie ins Schlafzimmer. »So viel Zeit muss sein«, flüsterte er nah an ihrem Ohr.

Bella war sich später sicher, dass ihr Kind an diesem Abend gezeugt wurde. Sie verspürte das erste Mal so etwas wie eine Sehnsucht nach einer eigenen Familie und Finn sah an diesem Tag so glücklich aus. So glücklich ohne sie. Er schien zufrieden mit seinem Leben, dem Theater, der Band, seinen Reisen, dem Applaus. Sie fragte sich, ob er sie überhaupt brauchte, ob er, ähnlich wie sie, den Wunsch verspürte, näher zusammenzurücken. Was, wenn nicht? Er sollte bleiben, sie verfluchte die neue Welle der Unsicherheit, die sie heranrollen sah.

26.

Von allen ihren Söhnen hörte Frieda sporadisch, was gerade los war, nur von Isabella kam kein einziges Wort. Zumindest kein persönliches. Schaltete sie den Fernseher ein oder schlug eine Zeitschrift auf, begegnete ihr das bezaubernde Gesicht ihrer Tochter dagegen in Dauerpräsenz. Sie war da und sie war nicht da. Jupp vermisste sie schmerzhaft, war aber stur wie ein Ochse, wenn sie ihn erinnerte, dass er sie nur anzurufen brauchte. Er trank wieder mehr Alkohol, sie sah die aufgereihten Flaschen in seiner Werkstatt und entschied, darüber zu schweigen. Sein verletztes Gesicht und die zerschundenen Arme waren wieder verheilt, doch wenn jemand genau hinschaute, entdeckte er die kleinen Narben. Die Isabella-Skulptur hatte er mit einer alten Decke zugehängt. Frieda seufzte, einerseits wollte er seine Tochter nicht sehen, andererseits sehnte er sich nach ihr.

Wenn er in dieser melancholischen Weltuntergangsstimmung war, redete er wieder höchstens zehn Worte am Tag. Ein Meister des Zen war nichts dagegen. Den Rest der Konversation füllte er mit Brummgeräuschen.

»Jupp, kommst du essen?«

»Hm.«

»Hilfst du mir beim Einkaufen?«

»Isgut.«

Manchmal glaubte Frieda, mit einem Neandertaler verheiratet zu sein.

Immerhin gab es seit Neuestem einen gemeinsamen Abend in der Woche. Abwechselnd suchten sie aus, worauf sie Lust hatten. Jupp wollte oft ins Kino und Frieda liebte es, Essen zu gehen.

Heute, an diesem eiskalten Januartag, hatten sie sich einhellig zu einem Spaziergang am See in der benachbarten Kreisstadt verdonnert. Neues Jahr, neues Vorhaben: Mehr Bewegung! Beide waren Ende fünfzig und hatten erste Zipperlein. Rückenschmerzen, Bandscheibengeschichten, Friedas Knie tat weh, Jupps Luft war manchmal knapp.

»Weißt du eigentlich, wo dieser Finn wohnt?«

Oh, er spricht, dachte Frieda und gab alles, den Gesprächsfaden nicht abreißen zu lassen. Jupp hatte eine warme Mütze über die Glatze gezogen. Wenn er redete, sah sie nur seinen kalten Atem, die buschigen Augenbrauen und den Dreitagebart. Als sie versuchten, sich an den Händen zu nehmen, fanden die behandschuhten Hände keinen Halt. So typisch, dachte Frieda. Haltlos. Unsere Hände rutschen immer wieder ab, so wie ich mich meistens fühle. Ohne Halt.

»Frieda?«, fragte Jupp nach.

»Äh ... nein, vielleicht weiß Lotti, wo er wohnt. Sie weiß doch immer alles. Lass uns nachher bei ihr vorbeigehen und uns aufwärmen. Ich habe den Jungen, diesen Finn, höchstens zwei-, dreimal gesehen. Ich dachte immer, er wäre nur eine kleine Schwärmerei.«

»Tja, manchmal bleibt man an der ersten Schwärmerei hängen.«

»Meinst du etwa uns?«

»Friedel, bezieh doch nicht immer alles auf dich oder uns. Das war nur so daher gesagt. Ich weiß, dass sie ihm mal sehr hinterher getrauert hat, weil er sie nicht wollte.«

»Ich kann mir gar nicht vorstellen, dass irgendjemand deine, unsere Tochter mal nicht wollte.«

»Themenwechsel.« Jupp sprach das vereinbarte Codewort aus, bevor sie in den nächsten Streit schlitterten.

Frieda sah noch gar keine Gefahr für einen Streit, gab aber nach. »In Ordnung.« Sie lief jetzt auf dem schmalen Trampelpfad hinter Jupp.

Sein Blick war konzentriert auf die Füße gerichtet, vermutlich um nicht auszurutschen. Galant hielt er die kopfhohen Zweige von ihr fern, sie sollten ihr nicht ins Gesicht peitschen.

»Themenwechsel«, äffte sie ihn im Flüsterton mit wackelndem Kopf nach. Das Wort unsinnig betonend. Sie wollte gar keinen Themenwechsel. Blödes Codewort! Besser als ihr Endlos-Schweigen wäre ein bisschen Streit. Und zudem rannte er jetzt mit großen Schritten voran.

»Autsch!« In der Eile, ihm zu folgen, hatte sie nicht aufgepasst und bekam eine Ladung Zweige und kleine Äste ins Gesicht gepeitscht. Der plötzliche Schmerz nahm ihr die Luft, ein paar Tränen schossen ihr in die Augen.

Jupp hatte offenbar nichts mitbekommen, er war weit vor ihr. Frieda grollte, sie hätte sofort gespürt, wenn er nicht mehr hinter ihr wäre. Sie biss die Zähne zusammen, machte Tempo und holte ihn schließlich wieder ein.

Schnaufend versuchte sie erneut, ein Gespräch in Gang zu bringen. »Warst du eigentlich beim Arzt?« Dann eben sein anderes Hassthema. Sie musste fast brüllen.

»Nein. Ich bin gesund! Und du?« Er drehte den Kopf nur eine Winzigkeit zu ihr.

»Nein, ich bin auch gesund!« Frieda gab auf. Nichts ging. Ihre Vorsorgetermine schoben beide immer wieder auf. So unterschiedlich sie in vielen Bereichen ihres Lebens waren, so ähnlich tickten sie bei anstehenden Arztbesuchen. Was nicht bekannt ist, ist nicht existent.

Ohne es zu merken, hatten sie schon Kurs auf Lottis Laden genommen, der oberhalb des Sees auf dem beliebten Marktplatz lag. Eingequetscht zwischen einem Souvenirladen und einem Shop für Arbeitsklamotten sah Lottis schmale Location sehr privat aus. Geradezu intim. Im kleinen Schaufenster lagen die neuesten Erotikbücher, umhüllt von rotem oder dunkelgrünem Samt. Die Aufmachung wirkte noch weihnachtlich. Trotz der Kälte standen zwei Korbsessel mit dicken Wolldecken und ein Tisch mit einem flackernden Windlicht davor. Frieda schüttelte über Lottis unbeirrbare Leidenschaft, das Schönste aus allen Momenten des Lebens zu machen, den Kopf, dachte, viel zu kalt, kein Mensch wird heute oder jemals hier sitzen. Wer zeigt sich schon vor so einem Laden? Alle denken sowieso, es wäre ein Puff und Lotti so was wie eine Puffmutter.

Frieda waren die Leute und das, was sie dachten, schon immer wichtiger als ihrer Schwester. So gern würde sie darauf pfeifen, aber sie konnte nicht aus ihrer Haut.

Ein sanftes Glockenspiel kündigte ihre Ankunft an. Lotti schob den dicken Vorhang beiseite, kam aus einem der Hinterzimmer und strahlte sie sofort an. »Ihr seid es, ihr zwei Hübschen! Kommt rein! Kommt rein! Was für eine schöne Überraschung.«

Sie sah umwerfend aus. Ein wollenes Kleid, Strumpfhosen, Lederstiefel mit einem kleinen Absatz, heute dezenter Schmuck. Die hellen Haare trug sie hochgesteckt und ihr stets bereites Lächeln schwappte ohne Umwege auf Jupp und Frieda über. Meine kleine Schwester, dachte Frieda gerührt. Frisch, wie nach einem Saunagang. »Hattest du ein Wellnesswochenende oder so was in der Art?«, fragte sie, kaum noch in der Lage, ihre Neugier zu zügeln.

»So was in der Art. Ja, so kann man es wohl nennen!« Lotti zwinkerte Frieda und Jupp doppeldeutig zu.

Frieda wurde rot, Jupp schwieg, die kalten Hände in der ausgebeulten Cordhose vergraben.

»Oh, oh. Was ist passiert?« Mit ernstem Gesicht schaute Lotti in Friedas Gesicht und dann streng zu Jupp. »Haut ihr euch jetzt etwa?« Sie drehte ihre Schwester zum nächsten Spiegel.

Frieda erschrak, Jupp auch. Sie sah aus, als hätte jemand sie an den Füßen durch den Wald geschleift, mit dem Gesicht nach unten. Rote Striemen, kleinere und größere Kratzer, quer übers Gesicht.

Jupp stand schräg hinter ihr, legte seine große Hand auf ihre Wange. »Die Zweige. Hab ich gar nicht bemerkt. Tut mir leid, Friedel.«

Das war das Netteste, was er seit Ewigkeiten zu ihr gesagt hatte. Sie schmiegte ihren Kopf in seine Hand und wünschte, die Zeit würde einfrieren.

27.

Bella starrte fassungslos auf ihr Handy. Eine knappe Nachricht ihrer Mutter sprang ihr entgegen: *Setz dich an deinen Computer und schau in deine Mail! Frieda, deine Mutter.*

Seit wann benutzte ihre Mutter das Handy? Und wieso schrieb sie eine Mail? Sie schmunzelte, als sie den Satz noch einmal las. Ihre Mutter dachte wahrscheinlich, Mails könne man nur am Computer lesen. Sie klickte auf das Mailsymbol ihres Handys. Empfänger waren alle ihre Brüder Tante Lotti und sie selbst.

Wow, eine Familienmail. Bella war verunsichert, ja irritiert. Wenn sie an ihre Familie dachte, hatte sie nur Fragmente vor Augen. Sie konnte sich nicht erinnern, wann sie mal alle zusammen gewesen waren.

Ganz dunkel konnte sie sich an eine ferne Zeit mit Marco erinnern. Eine Zeit, in der er viel zu Hause war und mit ihr, der kleinen Schwester, gespielt hatte. Es gab auch Fotos, das musste ihr zweiter Geburtstag gewesen sein. Bella wühlte in ihrer Fotokiste und fand die Bilder auf Anhieb. Auf einem saß sie stolz wie eine Königin auf seinen Schultern. Marco hielt ihre herunterbaumelnden Beine fest und schaute mit einem Zwinkerauge zu ihr hoch. Bella lachte mit offenem Mund, ihr ganzes Gesicht, ihr ganzer Körper waren Lachen, als hätte er sie gerade durchgekitzelt. Ob sie damals wusste, dass er ein großer Bruder von ihr war? Und Marco? Als sie zwei Jahre alt war, war er schon siebzehn. Die Zwillinge in ihren Zwanzigern, so alt wie sie jetzt. Marco sah auf dem Foto ebenfalls glücklich aus. Er hatte strubblige dunkelblonde Haare, ein richtiger Lockenkopf. In seinem Gesicht lag etwas Verschmitztes.

Sie stellte sich das Bild auf den Schreibtisch. Erst jetzt sah sie die anderen Familienmitglieder auf dem Foto genauer an. Da Bella ein Sommerkind war, feierten sie ihren Geburtstag im Garten. Ihr Vater stand am Grill und winkte zum Fotografen. Er hielt die Grillzange mit einer stark verbrannten Rostbratwurst hoch. Ihre Mutter schaute etwas erschrocken zu Marco und der kleinen Bella auf seinen Schultern. Vielleicht traute sie ihm nicht zu, dass er seine Schwester halten konnte.

Auf einem anderen Foto sah sie Tante Lotti im Gespräch mit einem gutaussehenden Mann. Soso, die Lotti. Immer einen Mann in ihrer Peripherie. Bella öffnete die Mail.

Liebe Kinder, ...

Liebe Kinder, das klang so, als wäre was Schlimmes passiert. Wie alt waren ihre Eltern inzwischen? Bella rechnete mit den Fingern, sie kam auf sechsundfünfzig Jahre bei ihrer Mutter, ihr Vater war ein Jahr älter. Beide nicht wirklich alt. Ihr Herz klopfte wie wild und sie überflog die Mail in einem Affenzahn.

... hier schreibt eure Mutter. (Für Lotti: Nicht Deine Mutter!) Keine Angst, bei uns ist alles so weit gut. Jupp und ich hatten die Idee, Euch im Sommer alle zusammenzutrommeln. Mit alle meinen wir wirklich ALLE. Auch Eure Partner und Partnerinnen, Eure Kinder natürlich. Wir möchten einmal als eine große Familie, die wir ja sind, zusammen sein und Euch dann gemeinsam etwas verkünden. Etwas Schönes. Liebe Lotti, Du gehörst natürlich auch dazu. Jupp und Frieda, Eure Eltern und für Lotti, Deine Schwester

Bella fiel ein Stein vom Herzen, nichts Schlimmes stand da, und sie überlegte, ob sie wirklich mit Finn hingehen wollte. Sollte?

Was wollten sie verkünden? Zuerst dachte sie an Trennung, aber das war ja nichts Schönes. Kurz entschlossen rief sie Lotti an.

»Schätzchen, ich habe keine Ahnung, was sie vorhaben. Frieda wollte nur deine Handynummer und deine Mailadresse.«

»Was werden sie verkünden?«

»Ehrlich, keine Ahnung. Vielleicht bekommen sie noch ein Kind. So zerkratzt, wie Frieda letztens aussah.« Lotti lachte sich über ihren eigenen Witz scheckig.

»Mann! Lotti, du bist pervers. Die sind viel zu alt.«

Sie plauderten noch eine Weile, aber Lotti wusste nichts.

»Hast du nicht mal gesagt, Marco lebt auf Gomera in einer Höhle? Hat er denn da Internet?«

»Zumindest hat er ein Handy und prüft ab und zu seine Mails. Hoffen wir mal, dass er vor dem Sommer mal reinschaut. Ich fände es richtig schön, wenn wir endlich mal alle zusammen wären. Auch für euch Geschwister.«

»Ist Frieda letztes Jahr eigentlich zu ihm geflogen? Sie hatte es vor.«

»Nein. Sie hat sich nicht getraut. Und Marco hat auch nicht auf ihre Nachricht reagiert, dass sie ihn besuchen möchte. Also hat sie es bleiben lassen.« Lotti schien abgelenkt zu sein. Bella hörte Stimmen im Hintergrund.

»Bella, Süße. Ich hab Kundschaft. Komm mal wieder vorbei, in Ordnung?«

»Mach ich, Lotti.« Kurz bevor sie auflegte, drang das Gekreische einer Frauengruppe zu ihr.

»Schau dir das an! Ist er nicht süß? Oh mein Gott!«

28.

Fünf Monate später, kurz vor dem großen Familienfest, brach Bellas kleine Welt zusammen. Sie war nun im sechsten Monat schwanger, noch immer hatte sie nur einen kleinen Bauch, so, als hätte sie am Abend zuvor zu viel Pizza gegessen. Doch wer sie genau beobachtete, sah, dass ihre Hände immer wieder zu der kleinen Kugel wanderten, um dort zu verweilen. Bella liebte das kleine Wesen, das in ihr heranwuchs. Seit sie schwanger war, fühlte sie sich weniger einsam. Ab jetzt waren sie zu zweit. Zwei Herzen, zwei Blutkreisläufe, eine verbindende Nabelschnur. Zärtlich strich sie sich über den Bauch.

Vor zwei Monaten, Ende April, hatte sie all ihren Mut zusammengenommen und zu Hause angerufen. Mit dem wachsenden Bauch und vor dem Zusammentreffen der ganzen Familie sehnte sie sich nach Aussprache und Versöhnung mit ihren Eltern. Frieda, die am Telefon war, wirkte erleichtert, als Bella ihren Besuch ankündigte.

»Dein Vater wird sich freuen«, ihre gewiss arglos dahingesprochenen Worte hinterließen bei Bella einen faden Beigeschmack.

Keine Silbe darüber, ob sie sich auch freute, ihre Tochter wiederzusehen. Bella war verunsichert, doch die Hoffnung, dass alles gut werden würde, trug sie wie auf Wolken schwebend in ihr Elternhaus. Immer wieder sagte sie sich vor, dass sie zwar kein Abitur hatte, allerdings sehr erfolgreich in ihrem Job war. Ihr Verdienst war extrem hoch, sie sparte, führte ein gutes Leben mit Finn und schenkte ihren Eltern bald ein Enkelkind. Vielleicht wären sie dann sogar stolz auf sie.

Finn, der sich schick gemacht hatte, begleitete sie und war nicht weniger aufgeregt.

Sie hatten einen Strauß Blumen dabei, er hatte völlig überteuerte Pralinen für ihre Mutter besorgt und für Jupp einen guten Wein. Immerhin war es für ihn der erste offizielle Besuch bei seinen zukünftigen Schwiegereltern.

Frieda öffnete die Tür und der Duft von warmem Apfelkuchen durchzog das Haus. Bella atmete auf, ihre Mutter hatte extra gebacken.

»Kommt rein. Ich habe einen Kuchen gebacken. Jupp!«, rief sie in Richtung Werkstatt. Wenn Frieda aufgeregt war, redete sie meistens ohne Punkt und Komma. »Finn, wie schön, dich endlich kennenzulernen. Darf ich du sagen? Bestimmt, oder? Jupp!«, rief sie ein zweites Mal.

Jupp steuerte auf die kleine Gruppe an der Haustür zu und als Bella ihren Vater sah, lief sie ihm entgegen und fiel ihm einfach um den Hals. Wie früher. Frei von aller Scham und Schuld.

»Mein Mädchen«, hörte sie ihn sagen. »Kommt rein.«

Bella atmete auf. Alles war gut.

Während des Kaffeetrinkens rückten sie mit der Neuigkeit raus, dass Bella schwanger war. Sie hatte vorher lange überlegt, wie sie es den Eltern am besten beibringen könnte. Hatte alle Varianten wieder verworfen und überraschte sie nun mit der kurzen Mitteilung: »Übrigens, ich bin schwanger.«

Das Gespräch verstummte.

»Was?«, fragte ihre Mutter.

»Ich bin schwanger.« Bella sah Finn an, unter dem Tisch hielt er ihre Hand. Sie drückte sie zweimal, aber er reagierte nicht. Er wusste nichts von dem geheimen Zeichen, der Bedeutung des doppelten Händedrucks.

»Aber warum? Warum so früh?«, fragte Frieda weiter.

»Es ist passiert und du hast auch früh Kinder bekommen, oder?« Bella konnte nicht glauben, dass die Stimmung schon wieder kippen sollte. So schnell.

Ihr Vater sagte gar nichts. Trank seinen Kaffee, aß den Apfelkuchen und schien nachzudenken. Er hatte schon immer länger gebraucht, neue Nachrichten zu verdauen. Egal, ob es gute oder schlechte waren.

Ihre Mutter konnte sich ein zynisches »Na, wenn du meinst«, nicht verkneifen und der Nachmittag begann, aus dem Ruder zu laufen. Wie früher ging Bella in ihre Verteidigungsposition. Schnallte sich ihre Rüstung um und legte los. Verteidigte sich, ihre Entscheidungen, ihr Leben und nun auch noch das Leben ihres ungeborenen Kindes. Finn wurde immer stiller. Immer unsicherer und wirkte noch hilfloser als damals, als sie ihm den ersten Kuss verweigerte.

»Ja, mein ich, auch wenn ihr nicht begeistert seid. Ich bin es! Ich werde auf jeden Fall eine bessere Mutter sein als du. Ich werde mein Kind nämlich lieben«, endete sie.

Friedas Mundwinkel zuckten. Bella registrierte, wie Jupp die Hand seiner Frau beinahe zerquetschte, konnte aber ihr feindseliges Mundwerk damit nicht stoppen. »Nichts schadet deiner Karriere mehr als ein Kind, lass dir das gesagt sein.« Mit einem Ruck entriss sie ihrem Mann die Hand.

Jupp schlug auf den Tisch. »Aufhören! Alle beide!«

Die Katzen flüchteten mit angelegten Ohren nach draußen. Während er aufstand, die Schuhe wechselte und in die Katzennäpfe trat, hörte man nur ein wütendes »Himmelherrgottnochmal!« Weg war er.

Auf Friedas Gesicht hatte sich die reinste Missbilligung breitgemacht, doch sie schwieg und Bella hatte längst gelernt, sich nicht weiter daran zu stören. Am liebsten hätte sie ihr noch an den Kopf geworfen, dass sie aufpassen solle, damit ihr Gesicht nicht so bliebe. Für immer.

Hastig brachen Finn und Bella auf. Zurück in Finns Wohnung verbrachten sie einen schweigenden Abend. Jeder war in seine Gedanken versunken. Finn stand inzwischen zu ihr wie eine alte Eiche, obwohl er lange dagegen war, dass sie das Kind behalten sollten.

»Wir sind zu jung, Bella. Lass mich erst genug Geld verdienen.«

»Ich bin nicht zu jung und ich verdiene genug Geld für uns alle«, war ihre trotzige Antwort. Bella blieb stur und Finn gab nach. Dieses Kind war ein Wunschkind und alle Frauen in ihrer Familie hatten ihr erstes Kind sehr früh bekommen. Sie verstand die ganze Aufregung nicht.

Sie kuschelte sich in seine Arme. »Tut mir leid, Finn. Ich hätte es wissen müssen. Nichts, was ich mache, findet sie gut.«

Er suchte ihre Hand, zog sie näher zu sich und versuchte, sie zu trösten. »Wenigstens freuen sich meine Eltern sehr auf den Nachwuchs.«

Doch Bella wurde noch trauriger, seine gut gemeinten Worte spendeten keinen Trost.

Bella wartete sehnsüchtig auf die Rückkehr ihrer Freundin Becky. Sie freute sich darauf, endlich wieder mit ihr zu reden, in ihr Gesicht zu schauen, ihren verbindenden Händedruck zu spüren. Den letzten Skypetermin verdrängte sie, so gut sie konnte. Zu sehr schmerzte Beckys Reaktion.

»Becky, Becky. Ich bin schwanger«, überrumpelte sie ihre Freundin, die gerade in einer Backpackerunterkunft in Bangkok nächtigte.

Die Verbindung war immer wieder unterbrochen, das Bild wackelte oder blieb einfach stehen, obwohl sie längst weitergeredet hatten. Becky schaute fassungslos, mit aufgerissenen Augen in die Kamera.

Bella, die annahm, dass Becky ihre frohe Botschaft akustisch nicht verstanden hatte, wiederholte: »Ich bin schwanger!«

Schließlich nickte Becky, fand keine Worte, stotterte nur herum. »Von Finn?« Wieder blieb das Bild hängen.

»Ja, von Finn.« Viel zu laut brüllte Bella ihre Antworten in das Mikrofon.

»Warum? Warum jetzt?«, fragte Becky.

»Wie warum, warum jetzt?« Bella hasste diese unterbrochenen Gespräche. Nie war sie sicher, was ihre Freundin gehört hatte und was nicht.

»So früh? Ach, ich weiß auch nicht.« Becky schaute nach unten. Sie war braungebrannt, auf der anderen Seite der Welt, und Bella spürte ihr Unverständnis, selbst wenn sie es nicht aussprach. Sie war kein Fan von Finn und auch kein Fan von dieser frühen Schwangerschaft. Das drang sogar ohne die dazugehörigen Worte durch den Äther.

Bedrückt wechselte Bella das Thema. »Und du? Wie geht's dir? Wann kommst du wieder?«

Endlich war es so weit. Becky kam zurück, landete in der Nacht in Frankfurt, morgen würde sie ausschlafen, aber dann. Dann würden sie reden, sich wieder besser hören und auch wieder verstehen.

Die einzigen Menschen, die sich wahrlich mit ihr freuten, waren Lotti und Karl, ihr Lieblingsfotograf.

»Bella bekommt eine kleine Bella, wie schön.«

»Woher weißt du?«

Er lachte sein verschmitztes Jungenlächeln. »Was sonst, schöne Frauen bekommen schöne Mädchen. Pasta!«

»Pasta!«, erwiderte sie und rieb sich den Bauch. Immer sprach er basta falsch aus. Immer musste Bella darüber lachen. Wohlwollend nahm Karl Bella beiseite und meinte, dass sie nicht aufhören müsse zu modeln, er würde ihren Kopf schon ins rechte Licht setzen. Spontan fiel sie ihm um den Hals. Die plötzliche körperliche Nähe zu ihm nahm ihr die Luft. Er fühlte sich gut an, wie maßgeschneidert. Irritiert ließ sie los. Die Hormone, dachte sie. Ich bin völlig durcheinander.

Heute Morgen hatte Finn verschlafen. Sie half ihm, seine Siebensachen zusammenzupacken, kochte ihm den Morgenkaffee, von dem er nur einen einzigen heißen Schluck nehmen konnte, und dann sauste er los. Viel zu spät sah sie, dass er sein Handy vergessen hatte. Sie legte es auf die kleine Holzkiste, die neben ihrem Bett als Nachttisch diente, und mit Zeitschriften und Büchern übersät war. Ein heilloses Durcheinander. Wohlig schlüpfte sie zum zweiten Mal ins Bett, zog sich die Decke bis unters Kinn und schlief noch einmal ein.

Das Vibrieren von Finns Handy weckte sie. Als sie mit halbgeschlossenen Augen danach tastete, schob sie den ganzen Kram, der auf ihrem Nachttisch lag, mit einem lauten Knall auf den Boden.

»Himmel, auch das noch!« Sie sammelte alles wieder auf, legte das Handy zurück und es gab kaum eine Sekunde, in dem es keinen Ton von sich gab. Angesäuert schaute sie nach, wer so penetrant nervte. Kein Wunder, dass Finn immer so gestresst war.

Und dann las sie den Namen und alles stockte. Ihr Herz, die Atmung, die Zeit ... das Universum.

Anna.

Nein!

Fassungslos ließ sie das Handy auf seine Seite des Bettes fallen, als hätte sie sich daran verbrannt. Eine Stimme in ihr wollte nichts darüber wissen. Jeder hatte Affären. Alles war schon irgendwie gut. Nicht nachschauen. Nichts lesen. Bloß nicht nachforschen!

Zur Ablenkung flüchtete sie ins Bad, ließ sich ein Vollbad einlaufen, doch in ihrem Kopf war die Hölle los. Die Gedanken fuhren Achterbahn, vollführten Loopings, die sie nicht beherrschte und verfingen sich kopfüber, um pervers abzustürzen. Die andere Stimme in ihr drängelte, mehr wissen zu wollen. Oder lieber nicht? Ging es nur um unverbindlichen Sex, wie bei ihr? Aber bitte mit jedem Weibsbild von diesem Planeten, nur nicht mit Anna! Seit Bella schwanger war, hatte sie keine Affären mehr, aber auch nur ganz selten mit Finn geschlafen. Vielleicht tobte er sich bei seiner Ex aus? Sie musste mehr wissen! Oder nicht? Doch!

Klatschnass und splitternackt lief sie ins Schlafzimmer, nässte den abgeschliffenen Holzboden ein und trocknete sich die Hände an seinem Bettzeug ab. Schnappte sich das Handy und sank zurück ins warme Wannenbad, die Hände mit dem Telefon steil nach oben gerichtet. Sie las und las und wusste schon nach wenigen Sätzen, dass er sie betrog, dass er ein Doppelleben führte, dass es nicht nur um unverbindlichen Sex ging. In jedem Satz ging es um Liebe. Das, was sie bei Finn gesucht hatte und immer nur in Schattierungen gefunden hatte. Und schlimmer. Finn liebte Anna. Sie kannte ihn gut genug, um seine Worte zu fühlen. Er! Liebte! Anna! Shit!

Alles in ihr erstarrte. Dann kam der Schmerz in langsamen großen Wellen. Im Zeitlupentempo ließ sie die Hände sinken, sah zu, wie Finns teures Handy im Badewasser verschwand, vollständig untertauchte und einfach so auf dem Boden liegen blieb. Sie bemerkte, wie ihre langen Haare an der Oberfläche schwammen, hin und her schwangen wie Algen im Meer. Ab und zu holte sie Luft, tauchte wieder unter.

Das wäre es jetzt, dachte sie. Einfach liegen bleiben, nichts mehr fühlen müssen. Eine Meerjungfrau werden, eine, die keine Entscheidungen treffen muss. Eine Meerjungfrau, die zaubern könnte. Dann würde sie ihn wegzaubern. Nein, das wäre zu einfach. Sie würde ihm einen Knoten in den Schwanz zaubern. Einen, der nie wieder rausginge. Und stottern. Ja! Knoten im Schwanz und Stottern!

Als sie sich abtrocknete, versuchte sie ihre Lähmung wegzuschreien. Sie öffnete den Mund, brachte einen jämmerlichen Klagelaut zustande und brauchte mehrere Anläufe, um lauter zu werden. Doch dann brüllte sie, ließ ihrer Stimme freien Lauf und schlug mit dem nassen Handtuch auf sein Bett ein. Immer und immer wieder. Solange, bis sie völlig erschöpft zusammensackte und endlich weinen konnte.

Als Finn spät in der Nacht nach Hause kam, lag sie noch genauso im Bett. Bella hatte sich seit Stunden nicht bewegt, sie wusste nicht, was zu tun war.

»Bella«, flüsterte er. »Schläfst du?« Er hauchte ihr einen Kuss auf die Wange, strich ihr die Haare aus dem Gesicht und schien sein Handy zu suchen.

Sie stellte sich schlafend. Hatte keine Kraft zum Reden. Morgen ... morgen. Wie aus weiter Ferne hörte sie noch, wie er sich die Zähne putzte. Er war also im Bad. Jetzt. Gleich würde er die Badewanne voll mit Wasser entdecken, den Stöpsel ziehen und sein Handy entdecken.

Sie kniff die Augen zusammen. Aber nein, er knipste das Licht aus und kroch zu ihr ins Bett. Noch war die Welt in Ordnung.

Am nächsten Morgen war die übliche Hektik angesagt, Bella musste ins Studio und würde die nächsten Tage in Berlin verbringen. Sie versuchte schon den ganzen Morgen, Finns Blick auszuweichen. Wollte nicht, dass er ihr in die Augen schaute, wenn er sie gleich anlügen würde. Wenn sie schon unfähig war, ihre Beziehung zu beenden, sollte er es tun. Mit dem nächsten Schritt fühlte sie sich völlig überfordert. Sie war schwanger, er war der Vater ihres Kindes, sie wollte ihre eigene kleine Familie. Mit ihm.

»Bella, wieso ist da noch Wasser in der Wanne und sag mal, hast du mein Handy gesehen? Ich fürchte, ich habe es verloren.«

Er war im Bad, sie in der Küche. Wie ein Kind wartete sie ab, was passieren würde. Unfähig, eine eigene Entscheidung zu treffen.

»Kannst du bitte den Stöpsel ziehen, ich war gestern dermaßen erledigt.« Sie hörte ihre dünne Stimme, das Gurgeln des ablaufenden Wassers. Hörte seinen Rasierapparat. Hörte seinen Aufschrei und wusste immer noch nicht, wie es weitergehen sollte. Bella nippte an dem frisch gepressten Orangensaft und wartete. Das Herz schlug ihr bis zu den Ohren.

29.

»Drehst du jetzt völlig durch?« Er zeigte ihr das tropfende Handy wie eine Trophäe, hielt es in die Höhe. Wütend. Aufgebracht. Noch wusste er nicht, was sie wusste. Doch sie konnte zusehen, wie es langsam bei ihm Klick machte. Sah das Erschrecken, Begreifen, die Angst, die Abwehr, seine Bereitschaft zu weiteren Lügen.

»Oder?«

Angestrengt zog er die Stirn in Falten. Er sah wieder aus wie ein dümmlicher Matrose, wie damals beim Fasching, als sie ihn zurückgestoßen hatte und er es nicht fassen konnte. »Oder ist es dir aus Versehen in die Wanne gefallen?« Plötzlich baute er eine Brücke. Ein dünner Bretterpfad, über den sie gehen könnte und alles würde bleiben, wie es war.

Bella blieb nicht viel Zeit, alle Vor- und Nachteile dieses vorgeschlagenen Weges abzuwägen.

Er wartete.

Ihr wurde heiß, kalt, wieder heiß. ›Aus Versehen in die Wanne gefallen‹ könnte eine Lösung für ihre Probleme sein. Für sein Fremdgehen. Ihr Hirn ratterte.

»Nein, es war nicht aus Versehen.« Sie hörte sich diesen einfachen Satz sagen. Die Stimme kalt wie die Stimme ihrer Mutter, wenn sie ihre ›Frollein-so-nicht!-Botschaften‹ in die Welt schmetterte. Innerhalb einer Schallsekunde flog ihr gemeinsames Leben auseinander. Bella und Finn waren Geschichte.

»Bella, lass uns darüber reden. Wenn du zurück bist. Okay?« Er bettelte um Zeit, begriff das Ausmaß ihres Satzes. »Wir bekommen ein Kind. Ich will das alles auch. Familie und so, komm schon! Wir haben so lange darüber diskutiert.«

Abweisend starrte sie ihn an.
»Du hattest auch andere Typen, ich weiß es.«
»Ich habe mich in niemand anderen verliebt. Da hab ich aufgepasst. Bei mir war es nur Sex, mich austoben, ausprobieren. Irgendwann habe ich damit aufgehört, weil ich das mit uns wollte. Ich habe begonnen, dich zu lieben.« Sie klang emotionslos, abgehackt und erschrak über ihre andere Stimme. »Ich wollte es wirklich.«
Finn kam auf sie zu.
»Nicht anfassen!« Sie trat einen Schritt zurück, wich ihm aus, als hätte er eine ansteckende Krankheit. Hob die Hände zur Abwehr. »Ich werde ausziehen.«
»Aber ...« Finn suchte nach Worten, fand keine. Wahrscheinlich sah er die Sinnlosigkeit ein, es abzustreiten. Nicht das mit dem Fremdgehen, das war egal. Das mit der Liebe. Und das war das Schlimmste.

Bella packte ihre Sachen in ihren kleinen Rollkoffer und floh regelrecht aus der Wohnung. Drei Tage Berlin. Drei Tage Zeit. Stoisch, abgeschnitten von sich und der Welt, schloss sie ihr Auto auf, schmiss die Tasche auf den Rücksitz und fuhr die nächsten zwei Stunden nach Berlin. Blindlings schaltete sie, blinkte, kuppelte und gab Gas. Sie kannte den Weg, fuhr ihn mindestens einmal im Monat. Hielt immer an derselben Tankstelle. Grüßte, lächelte und bestellte einen Cappuccino.

»Kein Croissant heute?« Der Tankwart an der Kasse schaute sie erwartungsvoll an und brachte sie aus dem Konzept.

»Nein, heute nicht. Leider.« Lächeln, bezahlen, weiterfahren.

Wie eine Uhr, die morgens aufgezogen wurde, funktionierte sie den ganzen Tag, spielte ihre Rollen, setzte ihr Kameralächeln auf, schaltete es wieder ab.

Beobachtete Karl, wie er die Crew dirigierte, gute Stimmung verbreitete und flirtete. Er flirtete nicht nur mit den Frauen, auch mit den Männern, mit seiner Kamera, mit dem Kaffeebecher, mit dem ganzen Leben. Als sie daran dachte, dass er selbst mit dem Kabel, über das er gerade stolperte, flirtete, lächelte sie zum ersten Mal an diesem Tag. Natürlich passte es gerade nicht zu der Einstellung, die Lippen sollten ruhig aufeinanderliegen, und sie mussten es wiederholen. Bereits zum dritten Mal.

»Stopp. Kurze Pause, Leute.«

Alle stoben auseinander. Nur Karl und Bella standen noch im Raum. Das Licht blendete, es war viel zu heiß, viel zu stickig und Bellas Haut glänzte speckig.

»Honey, was ist heute los mit dir? Du bist unkonzentriert.«

Sie schüttelte sich, hüpfte kurz auf und ab, um die Anspannung loszuwerden, und glaubte, er könne direkt in ihr Innerstes schauen, wenn sich ihre Blicke trafen. Seit sie schwanger war, nannte er sie Honey. Er war der festen Überzeugung, dass sich ihre Augenfarbe verändert hatte. Mehr Honig im Blick, sagte er oft. Viel mehr Honig als vorher. Honey.

Bella trocknete sich mit dem bereitliegenden Handtuch ab. Fuhr sich durch die Haare, die heute wild und offen gebraucht wurden und winkte ab. »Schon gut. Wenn ich darüber rede, kann ich nicht mehr arbeiten. Glaub es mir! Lass uns lieber weitermachen.«

»Okay, dann erzähl mir alles später. Und du kennst mein Angebot, du kannst in meinem freien Zimmer schlafen. Du musst nicht allein im Hotelzimmer sein.« Dieses Mal nahm er sie einfach in die Arme, drückte sie fest an sich.

Sie rang um ihre Fassung, schluckte, presste alles, was nach oben wollte, konsequent wieder abwärts. Fühlte seinen Bauch, registrierte, dass er wirklich nur wenige Zentimeter größer war als sie und legte den Kopf in seine Halskuhle, die wie gemacht für sie war. Ach, Karlson. Das war ihr geheimer Kosename für ihn. Sei nicht so nett.

»Honey, du musst dich nicht immer zusammenreißen. Lass los.« Die Wärme in seiner Stimme gab ihr den Rest. Sie ließ sich halten, sackte unmerklich zusammen und wünschte sich, dass jemand käme, um alles wieder in Ordnung zu bringen. Um nicht zu weinen, biss sie sich in den Finger. Ein Schmerz überdeckte den anderen.

»Karl, ich mach es. Ich nehme dein Angebot an. Ich, ich würde gern bei dir übernachten.«

Er hielt sie eine Armlänge von sich entfernt, lächelte sie an.

»Gute Entscheidung, Honey.«

Später stieg er in Bellas Auto und navigierte sie zu seiner Adresse. Es beruhigte sie, nicht allein sein zu müssen. Karl war über die Monate zu ihrem besten Freund geworden. Ganz unbemerkt erzählte sie ihm vieles, was sie früher Becky erzählt hätte oder Jupp. Ihr Vater fehlte ihr wie ein Körperteil, der plötzlich taub geworden ist. Zwar noch da, aber nicht mehr pulsierend.

Karl wohnte im vierten Stock eines Altbaus in Berlin Kreuzberg. Ganz Gentleman nahm er ihr den Rollkoffer ab und trug ihn locker die vier Etagen nach oben.

Die Wohnung war riesig und sonnendurchflutet, hatte zwei Bäder, einen Flur, der sich um eine Ecke schlängelte und in dem Kinder locker Fahrrad fahren könnten. Sie hatte noch nie so einen großen Flur gesehen. Selbst das grüne Sofa, die vollgestopften Bücherregale, der mannshohe Spiegel verloren sich in den Weiten des Flures. Es war immer noch genügend Platz zum Radfahren.

»Ja, ich weiß, ein wahnsinnig großer Flur. Eigentlich schade, denn die Zimmer sind gar nicht so groß.«

Er zeigte ihr das Gästezimmer. Klein, praktisch und spartanisch eingerichtet. Ein Bett, zwei Stühle, ein Mini-Tisch und ein kleines Regal, voll mit Büchern. »Willst du alles sehen?« Sie nickte und er führte sie herum.

»So viele Bücher. Hast du die alle gelesen?«

»Alle gelesen. Bis auf diesen Stapel, hier liegen die ungelesenen Bücher.« Er sagte es, ohne zu protzen, als wäre es das Normalste auf der Welt.

»Bist also einer von den ganz Klugen?«

»Bin ich. Bin ich. Klug, schön, begehrenswert.«

Bella lachte heute zum zweiten Mal und leierte ihre Augen nach oben. Zusammen alberten sie herum, neckten sich, zogen von Zimmer zu Zimmer.

In seinem Schlafzimmer blieb er stehen und wurde ungewöhnlich ernst. Er breitete sein Arme aus. »Das ist der Bereich der Wohnung, in dem ich nur schön, triebgesteuert und bisschen dumpf bin.« Er ballerte sich lautstark auf die Brust wie ein Gorilla und sah für einen Moment wie einer aus.

»Meine Tante Lotti sagt immer: ›Dumm fickt gut.‹ Scheint zu stimmen.«

Karl prustete los. »Deine Lotti möchte ich auch gern mal kennenlernen!«

»Aber mal im Ernst. Wieso hast du so eine große Wohnung?«

Er wechselte sichtbar von albern auf ernst und erzählte. »Die Wohnung hat Geschichte. Sie gehörte meinen Eltern, inzwischen leben sie in Portugal. Erst habe ich daraus eine Wohngemeinschaft gemacht, dann lernte ich Karina kennen und wohn-

te hier mit ihr und Klein-Leo. Jetzt wohne ich hier allein. Mal sehen, was als Nächstes kommt.«
»Du hast mir nie von einem Kind erzählt?«
»Karina hatte einen Sohn, Leo. Drei Jahre alt.«
»Oh, seht ihr euch noch?«
»Nein, sie ist wieder mit dem Vater von Leo zusammen. Das ist auch gut so.«
»Momentan bist du also Single?«
»Nein. Da gibt es Caro. Eine On-off-Geschichte seit vielen Jahren. Gerade ist es on. Du wirst sie heute kennenlernen, sie schläft heute bei mir.« Karl lotste sie in die gemütliche Wohnküche. Man sah, dass er gern hier lebte. Seine Wohnung strahlte die gleiche Wärme aus wie er selbst. Er schenkte ihnen zwei Wasser ein, gab einen Spritzer Zitrone dazu und stellte die Gläser auf den Tisch.

»Erzähl!«, forderte er sie ohne Umschweife auf. »Was ist los?«
»Finn betrügt mich. Ich werde ausziehen.«
»Betrügen im Sinne von dumpf, dumm und triebgesteuert?«, fragte er weiter.
»Nein, betrügen im Sinne von Doppelleben. Im Sinne von Liebe. Mit Anna.« Sie hatte es ausgesprochen. Ihren Namen ausgespuckt wie bittere Galle. Es tat mehr weh, als sie vermutet hatte. Bellas Hände umfassten ihren kleinen Bauch.

Karl sah es und legte eine Hand auf ihre. Wieder musste sie schlucken. Er durfte nicht so nett sein!
»Du kennst sie?«
»Er war vor mir schon mal mit ihr zusammen.«
»Ui.«
»Ja, ui. Scheiße. Gerade jetzt.«
»Du klingst unumstößlich. Was ist, wenn er es bereut?«
»Zu spät. Dumpf und triebgesteuert hätte ich durchgewun-

ken. Aber ich habe gelesen, was sie sich geschrieben haben. Das war hart. Und Liebe, Scheiße. Ich vertraue ihm nicht mehr.«

Bella war froh, dass Karl nicht weiter nachfragte. Sie war hundemüde. Müde und hungrig. »Karl, hast du irgendwas zu essen?«

Er sprang auf. »Ein Model, das nach Essen fragt, hat richtig Hunger. Sofort. Eier, Toast, Nudeln?«

Bei dem Wort Eier würgte Bella. »Eier gehen momentan nur hartgekocht. Das Glibberige bringe ich nicht runter.«

Er wirbelte in der Küche herum. »Keine Eier. Ich koch uns paar Nudeln, das geht immer. Oder?«

Bella hielt sich noch die Hand vor den Mund. Sie musste das Bild von glibberigen Eiern aus ihrem Kopf bekommen. Nudeln, Tomatensoße, wiederholte sie stumm. Nudeln. Tomatensoße. Dann ging es wieder.

»Und was hast du nun vor, nach den drei Tagen Berlin, meine ich? Weißt du, wo du hingehen kannst?«

»Meine erste Option ist Tante Lotti, aber nur vorübergehend. Ich will unbedingt eine eigene Wohnung. Für mich und das Baby. Ab heute alleinerziehend.«

Karl füllte die Teller mit Spaghetti und Tomatensoße. »Du kannst gern hierbleiben, falls dir Berlin als zukünftiger Wohnort vorschwebt. Hier habe ich Kontakte und kann dir helfen, was Passendes für dich zu finden.«

»Deine Caro wird begeistert sein«, sagte Bella und wickelte heißhungrig die köstlichen Nudeln auf ihre Gabel, hätte ewig weiteressen können, aber ihr Magen war absolut voll.

»Sie vertraut mir, und wir wissen, dass wir nicht miteinander leben können. Leider auch nicht ohne einander.« Auch Karl schob seinen Teller weg. »Uff, war richtig gut.«

»Ja, danke, einfach herrlich. Doch glaub mir, die Frauen reagieren hysterisch auf mich. Halten ihre Männer fester, meiden mich. Bis zur Pubertät war ich sehr beliebt, überall gern gesehen. Aber ab meinem dreizehnten Geburtstag änderte sich alles. Die Mädchen wandten sich von mir ab, die Jungs versuchten, mit mir anzubändeln. Ab da hatte ich nur noch eine einzige Freundin. Becky.«

»Verstehe. Ich habe viel mit sehr, sehr schönen Menschen zu tun und kenne den Preis der Schönheit, ihre Einsamkeit.«

»Da ist was dran. Konkurrenz, Neid, Einsamkeit. Selten gibt es jemanden, der sich einfach so mit mir freut, wenn ich erfolgreich bin, mein Geld verdiene, mein Leben verdiene. Ohne Leistung, nur mit meiner angeborenen Attraktivität und Anmut. Das zählt nicht.«

»Dabei bist du hochprofessionell, bescheiden, diszipliniert.«

Bella schluckte.

»Keine Diva.«

»Danke, Karl. Hör lieber auf.«

Er schaute auf sein Handy. Nuschelte »sorry«, schrieb eine Antwort, schaute wieder zu ihr.

»Alles gut. Ich geh dann mal in mein Zimmer. Danke für alles, Karl. Muss noch Becky anrufen. Sie weiß noch gar nicht, was alles passiert ist.«

»Mach das und fühl dich wie zu Hause oder, nein. Fühl dich viel besser als zu Hause.«

Sie klappte die Tür zu und fühlte sein *Honey*.

30.

Die Nacht war unruhig. Bella wälzte sich auf der Matratze, tapste noch einmal leise ins Bad und hörte die Geräusche von Karl und Caro. Sie redeten, klapperten mit Töpfen, Wasser rauschte, etwas kippte um. Warmes Lachen drang zu Bella, später landeten sie sicher in Karls Schlafzimmer. Zum Glück war es weit weg von ihrem Gästebett, einmal um die Ecke, am Ende des Flures.

Zurück im Bett rief sie endlich Becky an. Ein ganzes Jahr war sie unterwegs gewesen, Bella wollte endlich ihre vertraute Stimme hören. Sie telefonierten die halbe Nacht, redeten wie früher und Bella tauchte tief ein in die Vertrautheit ihrer Freundschaft.

Obwohl Becky schon mehrmals herzhaft gegähnt hatte, wollte Bella noch nicht auflegen. »Und Becky, wie geht's bei dir weiter? Was hast du nun vor?«

Becky unterdrückte jetzt ihr Gähnen. »Ich bleibe kurz bei meinen Eltern und dann bereite ich alles vor, um weiterzuziehen. Vielleicht gehe ich nach Australien, studiere dort, mein Englisch ist inzwischen viel besser.«

Bella schluckte, das erste Mal, dass sie wieder an ihr vermasseltes Abitur denken musste. Becky würde weggehen und studieren. Zwei Optionen, die für Bella keine mehr waren.

»Und du?«, fragte Becky, die das Schweigen vermutlich richtig interpretierte.

»Null Plan. Obwohl, das stimmt nicht. Ich möchte eine eigene Wohnung, ein eigenes Nest und überlege, nach Berlin zu ziehen. Hier kenne ich inzwischen mehr Leute als bei uns. Karl wird mir helfen. Das ist doch ein Plan, oder?«

»Ja, Sweety. Das ist ein Plan und besser, als wenn du in unserem Dorf hängenbleibst. Hier versauerst du. Deine Shootings sind sowieso oft in Berlin. Übrigens, der Name Karl taucht in deinen Erzählungen ständig auf. Soso.«
»Nicht, was du denkst. Er ist ein guter Freund. Klein, untersetzt, bringt mich zum Lachen. Isst total ungesundes Zeugs. Fotograf und Schauspieler.«
»Klingt sympathisch. Wie alt?«
»Neununddreißig. Zu alt für mich.«
»Lass uns treffen, wenn du zurück bist. Ich bin ja den ganzen Sommer hier. Ich will deinen Bauch sehen, meine schwangere Freundin. Du Verrückte.« Sie gähnte wieder und Bella hatte endlich ein Einsehen. Über den verunglückten Skypetermin hatten sie nicht wieder gesprochen. Becky schien sich an den Gedanken gewöhnt zu haben, dass Bella ein Kind bekam.
»Dann bis übermorgen. Schlaf gut, Becky.«
Sie hörte noch »Jetlag«, dann legte sie auf.

Am Morgen traf sie Caro und Karl in der Küche. Beide wirkten schlaftrunken und hielten ihren ersten Becher Kaffee in der Hand. Bella mochte Caro sofort. Eigentlich sah sie Karl ähnlich, braun gelockte Haare, die heute Morgen in alle Richtungen standen. Ein bisschen pummelig war sie, wie Karl eben, und sie trug das Herz auf der Zunge.
»Guten Morgen, Bella. Kaffee?«
Die zeigte auf ihren Bauch. »Lieber einen Tee, schwanger.«
Caro schlug sich an den Kopf. »Oh Shit, vergessen. Karl erwähnte es.« Sie schaute Bella sehr klar und sehr direkt an. »Boah, bist du eine Schönheit. Es fällt mir schwer, dich nicht anzuglotzen. Sorry.«
»Ist schon okay. Klingt vielleicht arrogant, meine ich aber

nicht so. Seit ich mich erinnern kann, seit ich ein ganz kleines Mädchen war, werde ich so angeschaut wie von dir. Ich kenne keine anderen Blicke. Wenn ich mal nicht angeschaut werde, denke ich sofort, mit mir stimmt was nicht.«

»Krass, das stelle ich mir anstrengend vor. Du wirst immer gesehen. Ich kann auch mal unsichtbar durch den Tag schlappen.«

»Ich weiß gar nicht, wie sich das anfühlt. Vielleicht würde ich denken, mich gibt es gar nicht mehr, wenn mich keiner mehr beachtet.«

Caro fand das Thema sichtlich spannend und sie redeten noch eine Weile darüber.

Karl, der währenddessen im Riesenflur telefoniert hatte, unterbrach sie aufgeregt. »Bella, geh ans Telefon. Jessica erreicht dich nicht, jetzt hat sie es bei mir versucht. Ein neuer Auftrag. Sie ist ganz aus dem Häuschen.«

Bella holte ihr Handy und sah, dass Jessica auf allen Kanälen versucht hatte, sie zu erreichen. Schnell ging sie hinaus und rief sie an.

Kaum kam sie in die Küche zurück, blickte Karl sie erwartungsvoll an. Gleich würde er sicher hochhüpfen vor Anspannung. »Und? Sag schon. Machst du es?«

»Ich hab ihr gesagt, nur, wenn du der Fotograf sein kannst.«

»Hey, ihr beiden. Was denn, was denn?« Caro wollte es auch wissen.

Karl antwortete ihr. »Es wird eine Serie in einem Hochglanzmagazin geben. Schwangere Frauen.« Zu Bella gewandt: »Ich möchte das so gern machen. Hab sofort Bilder im Kopf, wie ich dich fotografieren könnte. In einem weißen Gewand mit Kapuze, das sich leicht um deinen nackten Bauch legt. Von deinem Körper sind nur dein Bauch, dein Gesicht und deine Hände sichtbar. Alles ein einziger Fluss, alles aus einem Guss. Verstehst du?« Karl war in seinem Element, seine Augen leuchteten.

Bella sah den Stimmungswandel bei Caro, ehe die ihn selbst wahrnahm. Intuitiv bremste sie Karl. »Langsam, langsam. Vielleicht wird es ja doch ein anderer Fotograf.« Sie suchte Caros Blick, sehnte sich nach ihrer Verbundenheit vom Morgen, doch Caro schaute zu Karl. Bella entdeckte in ihrem Gesicht die vertrauten Anzeichen von Eifersucht. Wahrscheinlich ist der Beziehungsstatus zwischen den beiden schnell wieder off. Nein, bitte nicht, flehte sie im Stillen.

Bella zog sich zurück und entschied innerhalb von zwei Atemzügen, auf der Stelle zu Lotti zu ziehen.

31.

Bella schloss die Wohnungstür auf und hoffte, dass Finn nicht zu Hause war. Leise betrat sie die schicke Wohnung, die so eine ganz andere Ausstrahlung hatte als Karls Berliner Altbau-Wohnung. Hier war alles in neutralem Weiß und Edelstahl gehalten, nüchterner und praktischer. Auch deutlich aufgeräumter als bei Karl. Ab und zu ein kleiner Farbklecks durch ein Bild an der Wand, eine bunte Decke auf dem hellgrauen Sofa. Blumen, die Bella in eine hübsche Vase gestellt hatte, und es gab viel mehr freie Flächen, Wände, die einfach weiß waren. Wände, vor denen kein Möbelstück stand.

Direkt auf dem Fußboden im Flur lag ein sehr großer Zettel von Finn.

Bitte, lass uns reden.
Renn nicht einfach weg.
Bin 17 Uhr zu Hause. Warte!

Er ist auf dem Weg, verriet ihr der Blick auf die große Uhr im Flur. Im Schlafzimmer suchte sie Taschen und Koffer, irgendwo gab es noch zwei größere Pappkartons. Lotti würde sie in zwei Stunden abholen. Bella rechnete. Wenn er pünktlich war, hätten sie eine gute Stunde zum Reden. Aber was gab es schon zu besprechen? Sicher wollte er, dass sie sich nicht trennten und die kleine Familie gründeten, die Affäre beiseiteschieben könnten und alles wie geplant durchzögen. Bella hatte diese Möglichkeit die letzten drei Tage und Nächte hin und her gewälzt. Niemals könnte sie jetzt einfach so weitermachen. Wann immer er nicht erreichbar war, würde sie denken, er wäre wieder bei Anna.

Liebte er Anna wirklich so viel mehr, anders, als er Bella liebte? Vielleicht ließ die mehr Nähe zu, mehr Intimität.

Lotti, die gute Seele, schoss ihr in den Sinn. Sie hatte ihr am Telefon zugehört, nichts in Frage gestellt, keine moralischen Ergüsse abgelassen. »Dann bis morgen, Mädchen. Ich bin da.« Es rührte sie, wie sehr Lotti mit allen Familienmitglieder verbunden war und wie selbstverständlich sie half.

Die Geräusche an der Tür ließen sie aufspringen. Der Schlüssel wurde ins Schloss gesteckt. Finn.

»Gut, dass du da bist.« Er zog Schuhe und Socken aus, kam barfuß ins Wohnzimmer gelaufen. Wie würde sie sein Barfußlaufen vermissen. Seine Liebe zu nackten Füßen und sauberen Böden. Seine Art, es sich gemütlich zu machen. Auch im tiefsten Winter riss er sich alles von den Füßen und lief barfuß.

Steif saßen sie sich gegenüber, alle Spuren von Gemütlichkeit hatten sich in Luft aufgelöst. Bella wartete, was er erklären wollte. Es gab nichts, was sie zu sagen hatte.

Finn druckste verlegen herum. »Bella. Es tut mir leid, dass du es so erfahren musstest. Das war ...«

»Das Allerletzte«, ergänzte sie kühl.

»Bella, ich liebe Anna.«

Autsch. Sie ließ sich nichts anmerken, doch sein Satz traf sie wie eine glühende Pfeilspitze. Mitten ins Herz. Bisher war es noch eine Vermutung, ihre Annahme, die ihr Platz für Zweifel ließ. Jetzt war es Gewissheit, unumkehrbar.

»Ich, ich möchte ein guter Vater sein, auch wenn wir uns jetzt trennen. Hilfst du mir, dass ich ein Vater sein kann? Das geht nur, wenn wir es beide wollen.« Das kam so unerwartet, dass es ihr für einen Moment die Luft nahm. Er wollte sie gar nicht. Kämpfte nicht um sie. Ließ sie einfach allein.

»Aber vor drei Tagen wolltest du unbedingt, dass ich bleibe. Das Kind mit dir zusammen bekomme.« Nicht weinen, schalt sie sich. Alles, was sie sagte, klang so bedürftig!

»Das stimmt, das war auch mein erster Impuls. Unser Kind sollte mit Vater und Mutter aufwachsen, doch ich habe nachgedacht in den letzten Tagen. Es ist ehrlicher, endlich zu Anna zu stehen.« Finn rieb sich nervös die Hände. »Zu Anna und zu mir«, ergänzte er, ohne sie anzuschauen. »Es tut mir leid, Bella.«

Sie kämpfte mit ihren Gefühlen. Seit wann war er so aufrecht? Und wieso liebte er Anna mehr als sie? Am liebsten hätte sie ihn angeschrien, ihm die dämliche Frage, ob er sie überhaupt jemals geliebt habe, an den Kopf geschmissen. Auf ihn eingeboxt. Aber wie so oft, wenn sie außer sich war, wenn sie hochkochte, erstarrte sie. Wurde kalt, als ginge ihr Betriebssystem auf Stand-by.

Ein jämmerliches »Ist gut« war alles, was sie herausbrachte. Stand auf, packte weiter und begann, ihr Auto zu beladen.

»Bella, rede mit mir. Wo willst du hin? Lass mich helfen. Du darfst nicht so schwer tragen.«

Stoisch packte Bella ihre Sachen ein, ließ sich von Finn kommentarlos helfen und als ihr Auto so vollgepackt war, dass kein Taschentuch mehr Platz gefunden hätte, kam Lotti angefahren und übernahm.

»Bleib sitzen. Ich hole mit Finn den Rest deiner Sachen. In meinem Auto ist noch Platz. Okay?«

Bella nickte.

Finn nickte.

Bella zog in Lottis Gästezimmer und kam nun erstmalig in den Genuss des *Bei-Lotti-Seins*.

»Kopf hoch, Sweetheart. Was nicht passt, passt eben nicht. Hast es ja noch rechtzeitig erkannt. Stell dir all die Jahre vor, in denen ihr es probiert hättet. Vergeudete Jahre. Finn ist kein schlechter Kerl und er wird ein guter Vater sein. Es hätte schlimmer kommen können.«

»Das sagst du immer. Es hätte schlimmer kommen können. Bin gespannt, wann du es mal nicht sagst. Irgendwann geht es nicht mehr schlimmer.«

»Da geht es dann sicher ums Sterben. Vielleicht ist das mein Motor, mir immer vorzustellen, dass alles schlimmer sein könnte. Bella, du bist jung, gesund, hübsch, du bekommst ein Kind, hast einen gut bezahlten Job. Schau auf das, was du hast.«

Bella seufzte und drehte die Augen nach oben. »Ach, Lotti. Ich würde auch gern mal den Schmerz fühlen. Stehenbleiben. Mich fallen lassen. Unsere Familie tickt scheinbar so, dass immer alle weitermachen. Was ist schlimm daran, sich mal im Unglück zu suhlen?«

»So, wie du das sagst, klingt es fast genussvoll. Mach ruhig. Suhl dich!« Sie lachte, dann wurde sie ernster. »Außerdem stimmt es nicht ganz. Wir alle kennen das Unglück, das Zusammenbrechen, den Schmerz. Und ja, auch das Weitermachen.«

»Erzähl mir davon. Die ganzen Geschichten von euch, die vor meiner Geburt, kenne ich gar nicht.«

»Du hast dich bisher nie für die alten Geschichten interessiert.«

»Keine Vorwürfe bitte, das verkrafte ich gerade nicht. Ich leide.« Übertrieben hielt sich Bella den Kopf und zwinkerte Lotti zu.

»Ist kein Vorwurf. In der Jugend gehen die Gedanken nun mal nach vorn, in die Zukunft. Nichts ist rückwärtsgewandt.

Bist also ziemlich normal.« Sie überlegte kurz. »Lass uns deine Sachen auspacken, ich fahre einkaufen, schaue im Laden vorbei und dann erzähle ich dir gerne alles, was du wissen willst.«

Bella nickte. »Das klingt verdammt gut.«

32.

Als Lotti zurückkam, war Bella eingeschlafen. Wie ihre Mutter, dachte sie, strich ihr eine Strähne aus der Stirn, deckte sie mit einer leichten Decke zu und hauchte einen Kuss auf ihre Haare. Einer Eingebung folgend, rief sie Frieda an.

»Sie ist hier ... nein, macht euch keine Sorgen ... ich bring sie mit zum Fest, keine Sorge.«

Frieda wirkte erleichtert am Telefon, gab jedes Wort eins zu eins an Jupp weiter. »Hörst du, sie ist bei Lotti. Ja, sie kommt zum Fest.« Und so weiter und so fort.

Seit Isabella schwanger war, fragte Frieda öfter nach ihr, machte sich Sorgen und wünschte, sie hätten ein besseres Verhältnis. Aber Lotti wusste, so sehr sich die Schwester plötzlich nach mehr Kontakt zu ihrer Tochter sehnte, so sehr scheute sie sich davor, Isabella wieder bei sich aufzunehmen. Gottfroh, ihren Mann wieder für sich allein zu haben, riskierte sie besser nichts. Hatte sie Lotti zwar nicht gesagt, aber sie kannte Frieda nur zu gut, und wusste genau, dass es so war.

Völlig durchgeschwitzt wachte Bella auf. »Hast du gerade telefoniert? Oder hab ich geträumt? Ich hab jedenfalls Stimmen gehört.« Sie strampelte die Decke weg. »Puh, ist das heiß hier. Kann ich mal Durchzug machen?«

Lotti, bekleidet mit einem Hauch von Kleid, wedelte sich Luft mit einem bunten Fächer zu. »Aber nur kurz. Durchzug ist für uns ältere Leutchen nicht mehr das Gelbe vom Ei.«

»Lottichen, du zählst dich doch nicht zu den älteren Leutchen? Du bist immer gesund, immer fit, immer da.« Bella warf ihrer Tante einen Luftkuss zu, öffnete die Fenster und holte sich eiskaltes Wasser. »Und sag mal, ist das ein Unterkleid oder ein

Sommerkleid? Holla, die Waldfee! Das zum Thema ältere Leutchen.«

Lotti schaute mit hochgezogenen Augenbrauen an sich hinunter. »Ist es zu gewagt?«

»Ich halt es aus! Und sag mal, hast du vorhin telefoniert oder drehe ich durch?«

»Ich hab telefoniert, mit deinen Eltern. Eigentlich mit deiner Mutter, aber sie gibt jeden Satz sofort an Jupp weiter. Manchmal höre ich alles doppelt wie bei einem Echo. Komm mir vor wie in den Bergen.«

»Und ich komme mir vor wie ein Kind, das Mist gebaut hat, und jetzt müssen die Eltern informiert werden.«

»Da liegst du gar nicht so falsch. Nur, dass du keinen Mist gebaut hast.« Lotti sah wieder nur das Weiße von Isabellas Augen. »Hör auf, irgendwann bleiben deine Augen so stehen! Du siehst gruselig aus, wenn du das machst.« Sie schüttelte den Kopf und zuppelte an ihrem Unterwäsche-Sommerkleid herum.

»Du redest wie mein Vater und meine Mutter. Also, wie beide zusammen. Ich höre quasi den Chor meiner Eltern.«

»Tja, deine Eltern. Kennst du eigentlich die Kennenlerngeschichte deiner Eltern?«

»Nein, aber ich werde sie sicher gleich hören. Kann mir gar nicht vorstellen, dass sie mal jung waren.«

Lotti kramte ein altes Fotoalbum heraus. Gerade als sie es sich gemütlich gemacht hatten, klingelte es.

»Warte, ich wimmle ab. Egal, wer es ist.« Nach einem kritischen Blick in den Flurspiegel warf sie sich eine viel zu warme Strickjacke über.

Keine zwei Sekunden später stand Jupp im Wohnzimmer und Bella flog in seine Arme.

»Paps.«

Er strich ihr über den Rücken. »Alles wird gut, mein Mädchen. Dieser, dieser …« Hilfesuchend schaute er zu Lotti.

»Finn«, half sie aus.

»Dieser Finn war nicht der Richtige, mein Mädchen.« Alles, was vorher war, schien vergessen. Sein Ärger über das vermasselte Abi, ihr gebrochenes Versprechen, ihr Lügen, ihr überstürzter Auszug, ihr Schweigen viele Monate hindurch. Jupp hielt seine Tochter fest umschlungen und nicht nur Lotti kamen die Tränen. Sie fühlte die unermessliche Liebe zwischen den zwei Menschen. Verstand den Schmerz ihrer Schwester mehr als je zuvor, da war kein Platz für sie. Und sie verstand Jupp, er hatte wiedergefunden, was er einmal verloren hatte.

Als Bellas Weinen weniger wurde, hielt er sie eine Armlänge von sich weg. »Du kannst auch zu uns kommen, nach Hause.«

Sie schüttelte den Kopf. »Ich bleib bei Lotti.«

Und alle drei wussten, dass es die klügere Entscheidung war.

Als Jupp gegangen war, wischte sich Lotti über die feuchten Augen und zog die Strickjacke wieder aus. Die schwarz getuschten Wimpern wirkten verklebt, und die Unsicherheit, mit einem verschmierten Gesicht herumzulaufen, ließ sie einen prüfenden Blick in den Flurspiegel werfen. Zufrieden damit, dass zumindest in ihrem Gesicht alles aussah, wie es sein sollte, wendete sie sich wieder ihrer Nichte zu.

Sie zeigte auf die alten Fotos und setzte das Gespräch da fort, wo sie vor Jupps Besuch begonnen hatte. »Dein Vater hatte eine Zwillingsschwester. Marga. Wusstest du das?«

»Nein, woher denn? Niemand hat es je erwähnt. Und wieso hatte?«

»Sie starb nach einem Verkehrsunfall im Krankenhaus, kurz

nachdem Jupp und Frieda sich kennengelernt hatten.«

Lotti verschwieg, dass Jupps Zwillingsschwester in einem ihrer Nachtdienste gestorben war. Dass sie über den Tod der jungen Frau nie hinweggekommen war und ihren Job als Krankenschwester danach an den Nagel gehängt hatte. Bis heute fühlte sie sich schuldig, vielleicht hätte sie einmal mehr nach ihr schauen müssen. Sie erinnerte sich genau.

Sie waren zu dritt im Nachtdienst und die dienstälteste Schwester schickte die beiden Schülerinnen in die Krankenzimmer, um die üblichen Kontrollrunden zu drehen. Lotti war nicht ausgeschlafen, da sie die Nacht vorher bis in den Morgen tanzen war. Sie konzentrierte sich auf die schwerkranken Patienten. Marga ging es am Tage etwas besser. Als sie gegen ein Uhr nachts bei ihr reinschaute, schlief sie tief und fest. Deswegen sparte Lotti sich die drei Uhr Runde und schaute erst am Morgen, kurz vor fünf Uhr, wieder nach ihr. Margas Puls war schwach und zwei Stunden später war sie tot. Unverzeihlich! Lotti fühlte sich seitdem schuldig. Insbesondere dem Zwillingsbruder Jupp, dem jungen Mann, der sie jeden Tag besuchte, war sie etwas schuldig. Wollte ihm über die grenzenlose Trauer hinweghelfen. Lotti hatte immer verschwiegen, dass sie es gedreht hatte, damit Jupp und Frieda sich begegnen mussten. Die Tage und Nächte davor hatte sie das Gefühl, die Auseinandersetzungen zwischen ihrer Schwester und ihrem Vater wurden härter, dauerten länger, waren lauter.

Der Vater hatte Frieda mit einem Gürtel verdroschen. Lotti würde das Geräusch vom Aufklatschen des Leders auf der Haut ihrer Schwester nie mehr vergessen.

»Schlag mich ruhig, du Bastard!«, hörten sie und ihre Mutter Friedas kämpferische Aufforderung.

Sie waren im unteren Teil des Hauses. Saßen da, hielten sich an ihren Teetassen fest und warteten, dass es aufhörte.

»Wieso muss sie ihn ständig provozieren?«, flüsterte ihre Mutter.

Plötzlich wurde es still. Als Frieda bei ihnen auftauchte, waren ihre Augen dunkler als sonst und voller Hass. »Ich glaube, dein Mann braucht Hilfe«, sagte sie zur Mutter und verschwand.

Die fing sofort zu zittern an und Lotti rannte die Treppe nach oben. Ihr Vater lag mit einer Platzwunde im Flur. Daneben eine kaputte Vase. Frieda hatte erstmalig zurückgeschlagen, und so, wie es aussah, mit voller Kraft. Mit all ihrem gebündelten Hass. Überall war Blut. Lotti rief einen Notarzt, so konnte es nicht weitergehen. Ihre größte Angst war, dass Frieda ihren Vater umbringen würde. Sie musste weg von zu Hause. Oder er musste weg von zu Hause. Sicherheitshalber fuhr sie zweigleisig.

Am nächsten Tag bat sie Frieda, ins Krankenhaus zu kommen, um sie abzuholen. Bugsierte sie einfach in das Zimmer, in dem Jupp wie ein Häufchen Unglück saß und auf seine Schwester starrte. Lotti bat sie, das Wasser in den Blumenvasen zu wechseln und dort auf sie zu warten.

Isabella kam so schnell nicht hinterher. »Du warst eine Krankenschwester?«

Lotti nickte und suchte im Fotoalbum die passenden Bilder.

»Wie schrecklich, das mit seiner Schwester.« Bella versuchte, die Neuigkeiten zu verdauen. Ihr Vater hatte mal eine Schwester und ihre Tante war Krankenschwester gewesen. »Ich kann mir dich gar nicht als Krankenschwester vorstellen.«

Lotti zeigte ihr die alten Fotos und lächelte. »Heute ziehe ich einen weißen Kittel nur noch für Rollenspiele an.« Sie schnalzte mit der Zunge und schaute Isabella mit ihrem Schlafzimmerblick an, obwohl ihr momentan gar nicht nach Albernheiten war. Sie hatte Mühe, die Deckel auf einigen der alten Geschichten zu lassen.

»Hör auf, hör auf.« Bella hielt sich fast immer die Ohren zu, wenn Lotti über Intimitäten sprach.

»Ich wollte mich mehr den schönen Dingen des Lebens widmen. Der Lust, der Sinnlichkeit, der Erotik. Ich war zu jung, um mich mit Krankheit und Tod zu beschäftigen.«

»Ich würde mal sagen, das ist dir gelungen«, erwiderte ihre Nichte.

»Hier, deine Eltern in jung.«

Die Tante sah, wie gebannt Bella auf das Foto blickte. »Wahnsinn, Lotti, wie sie aussehen. Sie stehen da wie zwei Pinguine, ganz steif. Bestimmt drücken sie ihre Hände fest aufeinander und haben bereits minutenlang nicht ausgeatmet.«

Nun schaute sie das Bild mit Bellas Augen an. Jupps Schmerz über den Verlust seiner Schwester stand ihm deutlich ins Gesicht geschrieben, Frieda versuchte ein Lächeln.

»Meine Mutter wirkt ... entschlossen«, hörte sie Bella sagen.

»Das war sie«, bestätigte Lotti. Und ich auch, dachte sie. An jenem schrecklichen Abend, als Frieda das erste Mal zurückgeschlagen hat, war ich total entschlossen. Vor ihrem geistigen Auge erschienen die alten Bilder. Sie hatte ihren Vater angezeigt. Erzählte dem Notarzt und später der Polizei von seinen Gewaltausbrüchen. Davon, dass sie zu Hause nicht sicher waren. Ihre Mutter schlotterte vor Angst, doch Lotti holte den Schlüsseldienst und ließ ein neues Schloss einbauen. Ihrem Vater brachte sie eine Tasche mit Sachen ins Krankenhaus und teilte ihm mit, dass er nicht zurückkommen konnte. Dass sie ihn angezeigt und ein neues Schloss eingebaut hatte. Im Krankenhaus würde er nicht ausflippen und bisher hatte er Lotti noch nie geschlagen. Dafür wäre sie ihrer Schwester ewig dankbar.

»Weißt du«, redete Lotti weiter. »Im Grunde retteten sie sich gegenseitig. Jeder war der Strohhalm des anderen. Jupp mochte das Energische, das Anpackende an Frieda, ihre Lust auf ein neues Leben mit ihm, auf Normalität. Sie war wie ein Stehaufmännchen, bekam alle Probleme in den Griff. War eher heiter als wolkig, wenn du verstehst, was ich meine.«

Bella nickte. »Und wieso hat sich Frieda Jupp ausgesucht?«

»Sie kannte die Rolle sehr gut, für andere da zu sein. Hat mich und unsere Mutter vor den gewalttätigen Übergriffen unseres Vaters beschützt. Sie hat ihn so lange provoziert, bis er auf sie einschlug statt auf mich oder unsere Mutter. Frieda ist eine Kämpferin, eine Kriegerin. In Jupp hatte sie wieder jemanden gefunden, der ihren Schutz brauchte, ihre Kraft, ihre Energie.«

Lotti registrierte, dass Bella sehr nachdenklich wirkte. Sie pustete sich ein paar Haarsträhnen aus dem Gesicht, die immer wieder aus dem locker gebundenen Zopf rutschten. Lotti hoffte damals, dass Frieda bei Jupp einen guten Platz finden würde, und endlich ihr eigenes Leben beginnen konnte. Ihr Plan hatte funktioniert. Seitdem waren Jupp und Frieda unzertrennlich. Lotti hatte immer das Gefühl, dass sie ihrer Schwester ein wenig Starthilfe schuldig war.

»Puh. Das ist alles ganz schön traurig und auch schrecklich. Auch das mit eurem Vater.«

»Ja.« Lottis schlichte Antwort waberte in der Luft. Ihr Blick wanderte ins Nirgendwo. »Frieda suchte einen sanftmütigen Mann. Einen, der berechenbar war, der nicht einfach austickte und um sich schlug. Den hat sie in Jupp gefunden.«

»Und dann?«

»Hatten sie eine kurze schöne Zeit zu zweit, ehe meine Schwester mit den Zwillingen schwanger war. Jupp tankte bei ihr auf, sie gab ihm ein neues Zuhause und er kehrte sich wieder mehr dem Leben zu. Der Schmerz um den Verlust von Marga schien abzuebben. Deine Eltern erbten den Hof von Jupps Mutter, in dem sie heute noch leben. Er baute, werkelte, schaffte Geld ran und hatte schnell seine eigene Werkstatt. Mit Holz zu arbeiten, war immer sein Traum. Und Frieda strahlte, sie liebte diesen stillen, zuverlässigen Mann. Sie schienen glücklich. Nur das Geld reichte hinten und vorn nicht.«

Was sie Bella nicht erzählte, war, dass ihre Mutter den prügelnden Ehemann heimlich im Krankenhaus besucht hatte. Alles, was Lotti der Polizei und den Ärzten mitgeteilt, wieder entkräftet hatte. Lotti und Frieda waren damals fassungslos, bitter enttäuscht und fühlten sich von ihrer Mutter verraten. Ihr Vater zog wieder ein, die Mädchen zogen aus und überließen die beiden ihrem Schicksal.

»Und dann?« Bella fragte weiter, unterbrach immer wieder Lottis Gedankenfluss und beamte sie zurück in ihr Wohnzimmer.

»Wünschte Jupp sich unbedingt eine Tochter. Ich vermutete damals schon, dass er sich nach einem Ersatz, wenn man das so nennen kann, für seine tote Schwester sehnte. Bis zu ihrem Tod waren sie immer zusammen, so wie deine großen Brüder, die Zwillinge. Wenn da einer sterben würde, wäre der andere auch ein bisschen tot.«

Bella sprang auf. »Warte, ich muss schnell zur Toilette, nicht vergessen, wo du bist.« Sie fieberte sichtlich danach, dass Lotti weitererzählte, war im Nu zurück und ließ sich wieder aufs Sofa fallen. »So, weiter.«

»Jupp und Frieda waren ein gutes Team. Klar, er trank zu viel. Sie war zu ehrgeizig und selten zufrieden. Und glaube es mir, Bella, unzufriedene Frauen sind einfach nicht attraktiv.«

»Unzufriedene Männer auch nicht.«

»Einigen wir uns auf unzufriedene Menschen.«

»Deal!« Sie klatschten die Hände aneinander. Bella trank Wasser, Lotti Wein.

»Dann war sie wieder schwanger. Damals wusste man erst bei der Geburt, ob es ein Junge oder ein Mädchen werden würde. Beide hatten sich völlig wahnwitzig auf ein Mädchen versteift. Nun ja, du weißt, dass es ein Junge wurde.«

»Armer Marco. Hat er doch gleich von Anfang an seine Eltern enttäuscht.«

»Ich glaube, bei Jupp war die Enttäuschung riesig. Er hat Marco nie angenommen. Frieda arrangierte sich mit dem neuen kleinen Jungen. Was hatte sie für eine Wahl? Er war nun mal da, ihr dritter Sohn. Und ab da wurde alles hochkompliziert.« Lotti gähnte und schaute auf die Uhr.

»Du kannst jetzt nicht aufhören. Wenigstens die Kurzform davon, wie es weiterging, musst du erzählen. Komm schon, Lotti. Ich hol dir auch neuen Weißwein. Noch eine halbe Stunde! Bitte.« Bella sprang behände in die Küche, füllte Lottis Glas mit frischem, kaltem Wein, brachte neues Wasser für sie beide mit und bettelte, dass sie weitererzählte.

»Okay, Sweety, aber nur die Kurzform. Marco klammerte wie ein Äffchen an seiner Mutter. Er ahnte wahrscheinlich schon als Zweijähriger oder noch früher, dass bei seinem Vater nichts zu holen war. Jedenfalls keine Liebe und keine Anerkennung. Also blieb ihm nur die Mutter. Und dann begann der verzwackte Kreislauf. Frieda war mürrisch, erschöpft und hatte das Gefühl, alles allein stemmen zu müssen. Immerhin gab es drei kleine

Kinder. Jupp arbeitete wie besessen, machte seinen Meister, baute den Hof um. Verdiente endlich genügend Geld. Doch je mürrischer Frieda war, umso mehr zog er sich zurück. Marco wurde immer auffälliger, sie mussten ständig in der Schule antanzen, weil er irgendwas angestellt hatte und irgendwann war er nicht mehr tragbar.«

»Nicht mehr tragbar?«

»Das war die Sprache dafür, dass er nicht mehr in dieser Schule bleiben konnte. Er kam in ein Heim für Schwererziehbare.«

»Oh mein Gott, was ist das denn für ein Wort?«

»Wir lebten in Ostdeutschland, Liebes. Marco wurde 1969 geboren, 1983 kam er endgültig ins Heim. Vorher besuchte er nur die Heimschule.«

»1985 wurde ich geboren.«

»Genau. Davor war die Ehe deiner Eltern so richtig am Kriseln. Niemand war mehr glücklich. Dann warst du im Anmarsch. Jupp bettelte, Frieda sollte das Kind behalten. Neuanfang, viele Versprechen, viele Hoffnungen. Die Schwangerschaft verlief von Anfang an anders als bei den Jungs. Sie hofften nun beide wieder auf ein Mädchen. Wollten alles damit kitten. Frieda ließ sich darauf ein und dann kamst du.«

»Oh je. Ich kam als Eheretterkind.«

»Tja, man weiß nie, mit welchen Aufgaben man in diese Welt kommt. Aber immerhin, du warst das ersehnte Mädchen, die Ehe gibt es noch, Jupp hatte wieder ein kleines Mädchen zum Beschützen und er wollte alles richtig machen.«

»Aber ...?«

»Frieda blieb wieder auf der Strecke. Zwischen Jupp und dir gab es keinen freien Zentimeter für sie. Sie verhungerte regelrecht. Den Rest kennst du.«

Lotti gähnte wieder, das Glas war leer.

»Und Marco, wie ging es mit ihm weiter und was hat er denn gemacht, dass er nicht mehr tragbar war? Ich habe tausend Fragen.«

»Sweety, ich muss jetzt wirklich ins Bett. Meine Augen fallen schon von allein zu. Nächstes Wochenende ist das Familientreffen, alle werden da sein, auch Marco. Frag ihn einfach. Er ist ein guter Junge.«

33.

Heute war es so weit! Alle aus der Familie hatten zugesagt. Frieda fühlte sich einerseits, als hätte sie eine Glücksinfusion bekommen, andererseits war sie derart aufgeregt und fahrig, dass ihr ständig etwas aus der Hand fiel.

Dieser Augusttag war ein Gedicht. Der ans Haus anschließende Garten zeigte sich auf dem Höhepunkt seiner Schönheit, obwohl die Sommersonne bereits im Juli begann, der Welt alle Farben zu entziehen. Es summte, flirrte und duftete.

Jupp wirkte aufgekratzt, redete deutlich mehr als sonst und kam gerade mit einem riesigen Strauß Blumen aus ihrem Garten in die Küche. Trat in den frisch gefüllten Wassernapf, der für die Katzen bereitstand und fluchte. »Kruzifix, ich werde mich nie an diese Näpfe gewöhnen.«

Ein nasser Fleck breitete sich aus und beide standen leicht überfordert in der Küche. Jupp, die Blumen in der Hand. Frieda, ein zerbrochenes Glas, das sie gerade zusammengefegt hatte. Sie stopfte es in den übervollen Mülleimer, den sie noch ausleeren musste, nahm ihrem Mann den Blumenstrauß ab und legte ihn vorsichtig neben die Spüle.

Sie freute sich auf das, was sie den Kindern mitteilen wollten. Lotti hatte recht, endlich waren sie dran. Jupp und Frieda. Wie früher.

Völlig unerwartet und entgegen sonstiger Gewohnheiten fiel sie Jupp um den Hals. Einfach so. Spürte sein kurzes Zögern, doch dann legte er beide Arme um sie, wiegte sie leicht hin und her, als würden sie tanzen und sie fühlte sich wie die kostbarste Perle auf der ganzen Welt. »Alles wird gut werden, wirst sehen.« Sie hörte seine ruhigen, zuversichtlichen Worte und spürte seinen viel zu schnellen, aufgewühlten Herzschlag.

»Versöhn dich heute mit Marco. Bitte.« Leise sprach sie die schlichten Worte, sah ihm dabei in die Augen. Wie immer, wenn es um ihren mittleren Sohn ging, hatte sie das Gefühl, nicht alles zu wissen, was zwischen den beiden stand.

Er nickte, nestelte an seiner Lesebrille, die er auf den Kopf geschoben hatte. »Ja, es wird Zeit. Und du mit Bella.«

Frieda könnte schon wieder aufbrausen. Was hatte das eine mit dem anderen zu tun? Konnte er nicht einmal nur ihren Wunsch erfüllen, ohne dieses alberne wenn-dann?

Sie äffte ihn in ihrer unnachahmlich ironiefreien Art nach. »Wenn du lieb zu Marco bist, bin ich lieb zu Bella. Du zuerst!«

Kurz bevor sie streiten konnten, klopften die bestens gelaunten Zwillinge mit ihren Frauen und Kindern an die Tür, obwohl sie längst in der alten Wohnküche standen.

»Hallo, ihr zwei. Dürfen wir?«

Sie bezogen die komplette obere Etage des Hauses.

Jupp und Frieda hatten sich im Gästezimmer eingerichtet, Marco wollte bei Lotti schlafen und Bella bei ihrer Freundin Becky.

Als alle da waren, selbst Marco, der sich zum Glück etwas Ordentliches übergezogen hatte, und Bella, die ihren Schwangerenbauch mit Stolz unter einem weiten Sommerkleid trug, atmete Frieda beruhigt auf. Das war sie. Ihre Familie, die sie immer haben wollte. Eine eigene Familie. Bewegt beobachtete sie das wilde Geschnatter. Schnappte Satzfetzen auf und lehnte sich für einen Moment zurück. Gerührt, dass ihre Kinder endlich alle zu Hause waren, hoffte sie, dass der heutige Tag ein Anfang wäre. Ein Anfang von noch vielen weiteren Familientreffen. Vielleicht einmal im Jahr? Sie beobachtete ihren Mann und strich ihm in Gedanken über den Rücken. Du und ich, Jupp. Das haben wir geschafft, schau sie dir an. Stolz blieb ihr Blick kurz bei jedem ihrer Kinder hängen. Bald gäbe es noch ein weiteres Enkelkind, das näher bei ihnen leben würde als die Kinder der Zwillinge. Frieda seufzte ein zufriedenes Seufzen und strich sich über die Arme, die von einer Gänsehaut überzogen waren.

Jupp hatte sich wegen der Hitze nur Wasser hingestellt, nicht mal die übliche Tasse Kaffee zu seinem Stück Lieblingskuchen. »So heiß heute«, stöhnte er.

Bella saß direkt neben ihm und wirkte wieder wie ein kleines Mädchen. Ein kleines schwangeres Mädchen, der Bauch war nicht mehr zu übersehen. Vater und Tochter hielten sich an der Hand und beobachteten die anderen, die noch nicht am Tisch saßen und im Haus oder Garten herumwuselten.

Friedas Eifersucht meldete sich prompt, denn es war ihre Sehnsucht, Hand in Hand mit Jupp dazusitzen. Bald. Tapfer schob sie alle negativen Gefühle an ihrem Herzen vorbei. Nicht heute, sagte sie sich. Sie hörte noch, wie Bella ihren Vater leise nach Marco ausfragte. Als Jupp aufstand und Lotti half die zusätzlich gekauften Wasserflaschen im Kühlschrank zu verstauen, folgte Bella ihm sofort.

»Wie lange war Marco im Heim, und warum eigentlich?« Bellas Frage war freundlich interessiert und Jupp wand sich wie ein Regenwurm, der gerade freigeschaufelt wurde und mühsam versuchte, wieder ins Erdreich zu kommen. Feigling, dachte sie. Erzähl doch deiner Lieblingstochter, was für ein Arschloch du manchmal warst.

Und dann hielt Frieda es nicht mehr aus. Mit einem kleinen Löffel klopfte sie an ein Glas. »Ich möchte etwas sagen. Bitte, setzt euch kurz, ganz kurz.«

Lotti sorgte für Ruhe und alle schauten gespannt auf Frieda, die sich nervös durch die offenen Haare fuhr. Sie spürte die interessierten Blicke auf sich ruhen und fühlte sich wie das Zentrum dieses kleinen Universums, ihres Haberland-Universums. An ihrer Bluse nestelnd hoffte sie, die richtigen Worte zu finden. Sie sehnte sich nach Frieden und Vergebung.

»Danke, dass ihr alle gekommen seid. Wir sagen gleich was zu unseren weiteren Plänen, also Jupp und ich. Aber vorher, vorher möchte ich meinen Kindern etwas sagen und besonders dir, Marco.« Sie schaute zu ihm und sofort senkte er den Blick. »Wenn ich euch alle ansehe, bin ich sehr stolz auf euch. Vier Kinder großzuziehen war nicht immer einfach.« Sie blickte zu Jupp, der ihr zunickte. »Marco, Junge. Leider musstest du eine Zeit in einem Kinderheim leben. Wir waren überfordert, unfähig, ängstlich und auch unfair.«

Jupp hielt sich mit einer Hand an seinem Wasserglas fest, die andere lag immer noch in Bellas Hand. Er schaute sie nicht an.

»Und wenn ich die Zeit zurückdrehen könnte, würde ich alles tun, um das rückgängig zu machen.« Sie konnte ihre Tränen nicht mehr zurückhalten. »Es tut mir so leid. Vielleicht ... vielleicht kannst du uns irgendwann verzeihen.« Friedas Blick sollte Jupp erinnern, dass er etwas sagen wollte. Jetzt wäre eine gute Gelegenheit.

Alle schwiegen betreten. Selbst Lotti war still. Marco schaute eine Weile niemanden an, knetete seine Hände und blickte dann zu Jupp, der nach wie vor sein Wasserglas drehte, hin- und herschob. Als warte er auf etwas. Doch er schwieg. Frieda konnte es nicht glauben.

»Dir kann ich verzeihen, Mutter. Nicht alles, aber das meiste.« Er blickte noch einmal auf seinen Vater. Wartete, doch der erwiderte seinen Blick nicht. Jupp hielt die ganze Zeit Bellas

Hand und starrte auf den Tisch. »Ihm nicht.«

Frieda stockte der Atem. Ihr verzieh er, doch seinem Vater nicht? Hatte sie es richtig verstanden? Inständig hoffte sie, dass Jupp aufschauen, seinem Sohn etwas erwidern würde.

»Jupp?«, fragte sie nach. Ihr Herzschlag war aus dem Tritt. Bitte Jupp, dachte sie, versau es nicht. Es ist ein Anfang!

Isabella spürte den Händedruck ihres Vaters und als Marco sagte, dass er ihm nicht verzeihen könne, wurde Jupps Hand schlaff und feuchtkalt. Wie die Hand eines Toten. Er schob seine andere Hand in Richtung Brustkorb, krümmte sich, zog die Schultern zusammen und kippte lautlos nach vorn. Kreideweiß.

Friedas Schrei war unmenschlich und ließ alle erstarren. Sie rannte zu Jupp, rief in Lottis Richtung: »Notarzt, Notarzt! Ruf einen Notarzt!«

Lotti, hellwach, hatte ihr Telefon längst am Ohr. Andreas reagierte schnell, setzte seinen Vater auf, prüfte, ob er ansprechbar war, und rief seinem Bruder Thomas zu, dass er nach Aspirin im Bad suchen sollte. »Aspirin! Schnell!«

»Hier die Aspirin, aber wir haben keinen Defibrillator. Thomas übernahm die Mund zu Mund Beatmung und Andreas die Herzdruckmassage.

Schmerzverzerrt verzog Jupp sein Gesicht, kämpfte einen einsamen Kampf gegen den Tod und alle atmeten auf, als endlich der Notarztwagen eintraf.

Bella, die erschrocken aufgesprungen war, als Jupp so lautlos zusammenrutschte, flüchtete intuitiv zu ihrem Bruder Marco. Schlüpfte mit einer Hand in seine, mit der anderen hielt sie ihren Bauch, beide standen geschockt abseits des Geschehens. Sie spürte die kräftige Hand ihres Bruders, die ihre fest umschloss, seine Wärme und fühlte sich für einen Moment ungewöhnlich sicher. Kurz wagte sie einen Blick zu ihm. Er schien die Luft anzuhalten, die Augen waren weit aufgerissen und schienen an Jupp zu kleben. Bella drückte aus alter Gewohnheit seine Hand, doppelt. Ohne es zu bemerken, drückte er doppelt zurück, was Bella als gutes Omen abspeicherte. Er verstand sie, sie verstand ihn.

Friedas »Ich hab es gewusst! Ich hab es gewusst!«, waren die einzigen Worte, die durch den Garten hallten. Ansonsten hörte sie absurderweise nur das Summen, Rascheln und Gezwitscher der Natur.

»Ist er tot?« Marco flüsterte, aber in Bellas Ohr klang sein Flüstern wie ein Schrei.

»Ich weiß nicht. Vielleicht.« Auch sie hauchte ihre Worte nur. Kaum hörbar.

Marco brach augenblicklich zusammen, rutschte auf den Boden, den Rücken an der Hauswand entlang, wie ein angeschossenes Tier. Da er immer noch ihre Hand hielt, folgte Bella ihm auf die Erde.

»Das wollte ich nicht, das wollte ich nicht.«

Bella löste ihre Hände, legte den Arm um ihn, sprach beruhigende Worte, als wäre er ihr kleiner Bruder und sie die große Schwester. »Ich weiß.«

Längst hatte sie auf Autopilot geschaltet, war losgelöst von jeglichen Emotionen. Wie eine professionelle Reporterin beobachtete sie das Geschehen. Ungerührt. Nüchtern. Sah das aufgelöste Gesicht ihrer Mutter, Lottis Versuch, den Überblick zu behalten, die geschockten Mienen ihrer Brüder, die bis zuletzt erste Hilfe leisteten, und den leblosen Körper ihres Vaters.

Endlich lag Jupp auf einer Trage und wurde von den Sanitätern in den Rettungswagen geschoben. Ihre Mutter, Andreas und Thomas stiegen ebenfalls ein und fuhren davon. Bella streichelte notorisch den völlig aufgelösten Marco, strich gleichmäßig über seinen Rücken und hörte seine unsinnigen Worte.

»Jetzt macht er sich einfach davon. Das geht nicht, das geht doch nicht.«

Erst Lottis Sanftheit, ihre warme Stimme und ein sehr vertrauter Satz, der Bella eine Gänsehaut nach der anderen durch den Körper jagte, erlöste die beiden aus ihrem Entsetzen.

»Kommt, Kinder. Kommt mit.«

Bella spürte Lottis Hand an ihrer Schulter und ohne jeden Übergang zitterte sie, als hätte sie mitten im Sommer eine heftige Grippe mit Schüttelfrost. Die Tante wickelte sie in eine Decke und nahm sie fest in den Arm.

»Er stirbt nicht, euer Vater ist ein Kämpfer.« Lotti hielt Bella einfach fest, wiegte sie im Stehen wie ein Baby hin und her und strich ihr übers Haar.

Sie sah durch Lottis Arme hindurch ihren Bruder, der wie tiefgefroren dicht neben ihr blieb. Die Augen ins Nirgendwo gerichtet, wieder ihre Hand haltend. Es tat ihr leid, dass er so allein war. Sie fühlte ihren Bruder mehr, als dass sie irgendetwas verstand. Die ganze Szene kam Bella beunruhigend vertraut vor. Schmerzlich vertraut, doch sie vermochte die Situation nirgends einzuordnen, erinnerte sich nicht, obwohl sich ihr Körper zu erinnern schien. Sie löste sich aus Lottis Armen und drehte sich zu Marco, stellte sich ganz dicht vor ihn. Sein Blick blieb in die Ferne gerichtet, doch er streckte seine Arme aus, ihre Körper fanden in eine Umarmung.

Die Entwarnung kam nach einer Stunde. Jupp hatte einen mittelschweren Herzinfarkt erlitten, war aber nicht gestorben.

Bella atmete erleichtert auf. Sie hatte ihren Vater nicht verloren. Er lebte. Vor Erleichterung liefen nun doch die Tränen und sie musste dringend auf die Toilette. Alles schien wieder zu fließen.

Jupp blieb zur Beobachtung auf der Intensivstation, die Ärzte sagten, dass er nun einen langen Genesungsweg vor sich hätte. Bella war alles recht, Hauptsache ihr geliebter Vater lebte weiter.

Marco fragte unsicher und noch völlig neben der Spur: »Er lebt, wirklich?«

»Es war knapp, aber er lebt.« Sie fühlte Marcos Erleichterung, fühlte ihre eigene Erleichterung und blieb dicht an der Seite ihres Bruders. Er war ein Fremder für sie, immer gewesen. Wie auch die Zwillinge. Und trotzdem spürte sie eine Nähe, die sich immer mehr ausbreitete, die tief verwurzelt sein musste, aus Kindheitstagen.

34.

Lotti war froh, dass alle Kinder noch etwas länger geblieben waren. Selbst Marco reiste nicht sofort ab, was sie zunächst vermutet hatte. Wenn ihm alles zu viel wurde, verschwand er gerne sang- und klanglos, um sich dann Monate später bei ihr oder Frieda wieder anzumelden. Jupps Herzinfarkt hatte ihn anscheinend so mitgenommen, dass er nicht ein noch aus wusste. Die ganze Zeit flüsterte er vor sich hin, dass es bestimmt seinetwegen passiert sei. Lotti schüttelte den Kopf. Hatten alle vergessen, dass Jupp gefährdet war? Alle Männer seiner Familien waren längst tot. ›Und, woran gestorben?‹ Sie machte auch in ihrem Selbstgespräch eine Kunstpause für die Antwort. ›An einem Herzinfarkt! Bingo!‹

Sie stopfte das übrig gebliebene Essen in den Kühlschrank. Durch die lähmende Hitze dieses heißen Sommers hatten alle mehr getrunken als gegessen. Mit dem Grillen hatten sie noch nicht mal begonnen. Von dem Essen, das Jupp und Lotti herangeschleppt hatten, könnten sie sich noch mehrere Tage ernähren.

»Marco! Jetzt reicht's!«, fuhr sie ihn an. »Niemand ist an Jupps Herzinfarkt schuld. Das schwache Herz liegt in seiner Familie. Herrgottnochmal. Jetzt hör auf, dich in diesen Schuldgedanken zu drehen. Hilf mir, bitte.« Lotti wusste nicht genau, was Marco seinem Vater nicht verzeihen konnte. Ging es immer noch um die Heimgeschichte? Sie kannte viele Geschichten der Familie, aber nicht alle.

»Was soll ich machen?«, fragte er und schaute sie mit seinen hellen Augen an, die sich aus weiter Ferne zu reorientieren schienen.

»Durchatmen und einen Kaffee oder Wein oder von mir aus Wasser mit mir trinken. Komm her, Junge.« Sie klopfte auf den freien Stuhl neben sich und nickte ihm aufmunternd zu.

»Und? Willst du einen Kaffee oder einen Wein?«

»Lieber was Kühles. Ich nehme Wein.« Lotti schenkte ihm ein.

»Sag, Junge. Was genau kannst du deinem Vater eigentlich nicht verzeihen? Die ganze Heimgeschichte?«

»Nein, damit konnte ich dank dir und Leo irgendwann gut leben.« Als er Leos Namen nannte, kam Lotti ins Schwitzen. Hektisch suchte sie ihren Fächer. »Ich weiß, dass ihr euch liebt. Du und Leo. Wenn nur seine Frau nicht wäre ...« Marco sang den letzten Teil des Satzes in einer tragischen Melodie.

»Jedenfalls konnte ich das Heim gut ertragen, Leo war mein Ersatzvater und hat an mich geglaubt, mich unterstützt. Das weißt du ja.«

Lotti fächerte sich inzwischen kühle Luft zu und wartete, ob er weitersprechen würde.

»Ich hätte als Jugendlicher mehrmals aus dem Heim nach Hause gekonnt. Für immer. Es gab dort nichts zu beanstanden. Doch nach jedem Besuch zu Hause gab es plötzlich doch wieder bedenkliche Vorfälle.« Das Wort bedenklich zog er in die Länge und machte das Zeichen für Gänsefüßchen. »Es gab jede Menge tote ausgenommene Tiere. Pornohefte, so bescheuert versteckt, dass man sie finden musste. Mit Absicht zerstörte Möbel in Jupps Werkstatt. Beschmierte Wände im Dorf ...« Er schaute sie an.

Lotti zögerte.

»Du meinst ...«

Er nickte.

»Nur mein Vater und ich wissen, dass ich es nicht war. Er wollte nicht, dass ich wieder zu Hause lebe. Erst als sein kleiner

Liebling Isabella geboren wurde, hörte er auf, mich zu piesacken. Er hat mir mein Zuhause genommen. Das verzeihe ich ihm nicht. Und eine andere Sache, die viel schlimmer war, mit der ich heute noch zu kämpfen habe. Darüber kann ich nicht mal sprechen.«

Lotti schwieg und runzelte die Stirn.

»Siehst du, niemand hat mir geglaubt. Damals nicht und heute auch nicht.« Mit einem großen Schluck trank er sein Weinglas leer und ließ die verdutzte Lotti allein.

»Warte doch. Marco ... warte!«

Überstürzt packte er seine wenigen Habseligkeiten ein. »Ich reise morgen ab.«

Lotti folgte ihm. »Marco, ich glaube dir doch. Ich brauchte nur einen Moment das Ganze zu verstehen. Und ich ...«

Marco umarmte sie.

»Schon gut, Tantchen. Hab dich lieb.«

»Warte! Da ist noch was.«

Marco zögerte.

»Du und Bella vorhin, ich glaube, sie hat sich an früher erinnert, damals im Bad.«

Marcos Gesicht wurde finster. »Ich habe ihr nichts getan.« Er drehte sich um. »Auch das wird mir nie jemand glauben. Ich verschwinde.«

Lotti blieb nachdenklich zurück. Sie wusste bis heute nicht, was damals, bevor Frieda sich selbst in eine psychiatrische Klinik eingewiesen hatte, wirklich vorgefallen war. Lotti war diejenige, die zwei verstörte Geschwister vorgefunden hatte. Aneinandergeklammert. Die kleine Isabella in den Armen ihres Bruders. Ein siebzehnjähriger Marco, nackt, voller Blut, mit einem ausgeschlagenen Vorderzahn. Völlig verzweifelt und trotzdem war kein Wort aus ihm herauszukriegen, was passiert war. Die zweijährige Isabella hatte sich erbrochen, war voller Kot und Urin, ihre Augen glasig und starr. Sie war nicht ansprechbar. Lottis Worte drangen lange nicht zu ihr durch. Erst als sie die Arme um die beiden legte und »Kommt, Kinder. Kommt, macht euch sauber. Ich helfe euch«, sagte, bewegte sich Isabellas Gesicht wieder und sie fing so bitterlich an zu weinen, dass es Lotti das Herz zuschnürte. Damals wie heute. Wenn sie an diese Zeit dachte, gruselte es sie und sie fragte sich jedes Mal, ob sie etwas anders hätte machen sollen. Marco verschwand von einem Tag auf den anderen aus ihrem Leben. Er hatte Frieda einen Brief geschrieben, dick zugeklebt. Lotti sollte ihn Frieda bringen. Und Bella wurde noch mehr ein Vaterkind. Ihre Mutter war über viele Wochen nicht da. Lotti schniefte, als sie daran zurückdachte. Es war eine schreckliche Zeit. Eine Zeit des Zerfalls, des Schweigens und des Spekulierens. Eine Zeit, in der sie sehr hilflos war.

Bella, die sich in die Kühle des Hauses zurückgezogen hatte, sah ihren Bruder und Lotti auf der Terrasse sitzen und reden. Beide tranken Wein, hatten einmal ernste Gesichter, lächelten sich dann an. Die Katzen lagen ausgestreckt im Schatten. Das reine Bild, ohne das Wissen um die komplexen Hintergründe der Familie Haberland, wirkte friedlich und weichgezeichnet. Alles stimmte, passte zueinander, harmonisch. So ein Trugschluss.

Noch immer hatte Bella nicht herausgefunden, wieso Marco im Heim hatte leben müssen. Der Tag hatte so vielversprechend begonnen und war ihnen komplett entglitten. Fast tat ihr Frieda leid, sie wirkte so stolz, ihre Familie um sich zu haben. Und Bella hatte sich erstmalig als kleinen Teil eines großen Ganzen erlebt. Dazugehörig wie ein Rädchen in einem Uhrwerk. Weniger wichtig und bedeutsam als sie immer geglaubt hatte. Alle hingen miteinander zusammen.

Am nächsten Morgen und in den nächsten Tagen nahm jedes Familienmitglied sein eigenes Leben wieder auf. Ihr Vater Jupp war nicht mehr in Lebensgefahr. Frieda blieb die ganze Zeit bei ihm. Alle, außer Marco, hatten ihn im Krankenhaus besucht, mehr konnte auch Bella momentan nicht tun. Lotti musste zurück in den Laden. Andreas und Thomas flogen mit ihren Familien nach Hause in die Schweiz und Bella wartete auf Karls Rückruf. Er hatte ihr versprochen, bei der Wohnungssuche zu helfen.

Sie sah Marco zu, wie er seinen Rucksack fertig packte. »Bleib doch noch«, bettelte sie. »Jetzt fange ich gerade an, dich kennenzulernen. Ich hab tausend Fragen.«

Er schrieb etwas auf einen kleinen Zettel. »Hier, kleine Schwester. Meine Handynummer. Wir bleiben im Kontakt. Versprochen!«

Bella nahm den Zettel, hielt ihn wie einen kostbaren Schatz. Las die Nummer und speicherte sie sofort in ihr Handy ein. Scheu lächelte sie ihn an. »Ja, wir bleiben im Kontakt.« Sie verabschiedeten sich und Marco stürzte hektisch los, als wäre er auf der Flucht.

Nur kurze Zeit später kündigte ihr Handy eine neue Nachricht an. »Yes!«, sagte sie laut, als sie Karls Nachricht las. »Lotti, Lotti! Es hat geklappt mit der Wohnung.«

»Was? So schnell? Ich dachte, du bleibst noch ein bisschen.«

Bella lachte. »Im Herbst bekomme ich ein Baby. Ich brauche ein Nest.«

»Hast ja recht«, sagte Lotti, doch Bella sah, dass sie etwas anderes dachte.

»Spuck es aus, Lotti.«

»Ich hatte gehofft, dass wir noch ein paar gemeinsame Wochen haben würden. Es war schön, mal eine Weile mit dir zu leben. Ich werde dich vermissen.«

Bella war erleichtert. »Tantchen, ich bin doch nicht aus der Welt.«

»Ich weiß, Süße. Ich weiß. Plötzlich geht alles so schnell. Eben waren noch alle da, wir saßen im Garten, fingen gerade an, uns auszutauschen, und schon sind sie wieder in alle Winde verstreut. Es müsste eine Regel für Familien geben, niemand darf mehr als fünfzig Kilometer vom Elternhaus wegziehen. So ein Schutzradius, dass man verbunden bleibt, egal, wie schwierig das Leben ist.«

Bella schüttelte den Kopf. »Du willst kleine unsichtbare Mauern bauen?«

»Gute Mauern.« Lotti hielt ihre Idee fest.

»Ich glaube, es gibt keine guten Mauern.« Bella konterte und fächerte Lotti übertrieben Luft zu. »Die Hitze, du drehst durch.« Sie lachten, Bella hielt sich den Bauch und Lotti tat so, als würde sie ihr gleich einen Klaps auf den Po geben.

Lotti stellte fest, dass der Name Karl in Bellas Wortschatz oft fiel und ihrem Adlerauge entging nicht, wie das Gesicht ihrer Nichte aufleuchtete, wenn sie seinen Namen aussprach. Sie versuchte, ihre Freude zu verbergen, als wäre es verboten, über ihn zu sprechen.

Lotti fragte in kunstvoll gespielter Unschuld ganz nebenbei. »Wer ist jetzt noch mal dieser Karl?«

Und Isabella sprudelte hervor: »Mein bester Freund in Berlin.« Kurz hielt sie inne. »Eigentlich habe ich nur zwei Freunde, Becky und Karl. Er ist der Kameramann, mit dem ich am meisten zusammenarbeite. Wir sind ein bestens eingespieltes Team. Er muss gar nichts sagen, nur gucken und ich weiß, was er meint.«

»Er hat diese großartigen Schwangerenfotos mit dir gemacht, oder?«

Bella nickte, glühte. »Ja, und einen Preis gewonnen. Er ist ein toller Mensch.«

»Toller Mann?«

Bella verdrehte die Augen ins Weiße. »Lotti, du wieder! Er ist optisch so gar nicht mein Typ. Und außerdem ist er mit Caro zusammen. Meistens jedenfalls. Und viel älter als ich. Zu alt.«

»Wie alt?«

»Neununddreißig.«

»Liebt er dich?«

»Lotti, das weiß ich nicht. Auf eine Art schon. Aber nicht auf die Mann-Frau-Art.«

»Du liebst ihn jedenfalls, egal auf welche Art. So entrückt hast du nie über Finn gesprochen. Nie!«

Bella nickte, dachte wohl kurz nach. »Ja, ihn wollte ich, weil er mich nicht wollte. Ich wollte ihm beweisen, dass ich liebenswert und cool bin. Voll kindisch!«

»Meine kindische Nichte. Jetzt wirst du mit einem Schlag erwachsen. Viel zu früh, wenn du mich fragst. Du hast dich noch gar nicht genug ausgetobt. Bist viel zu ehrgeizig.« Lotti strich Bella eine vorwitzige Haarsträhne hinters Ohr.

»Zu ehrgeizig? Ich? Frag meine Mutter, für sie bin ich eine ehrgeizfreie Zone. Alles wird mir vor die Füße geworfen. Nichts muss ich leisten.«

»Als Kind hast du eine Klasse übersprungen, weil du so schnell und viel lernen wolltest. Hast dich schnell gelangweilt und wolltest mehr, neue Erfahrungen machen. Dann das Modeln, du hattest von klein auf nur dieses eine Ziel, nichts anderes und dann machst du es einfach! Das ist kein Ehrgeiz?«

Bella schwieg, wickelte eine Haarsträhne um den Finger. Wieder und wieder.

»Dann das Zusammenleben mit Finn wie ein altes Ehepaar, jetzt das Baby. Mädchen, du hast ein Wahnsinnstempo. Mach langsam. Oder willst du übermorgen sterben?«

Nachdenklich hatte Bella Lottis Zusammenfassung gelauscht. »Ich weiß auch nicht, alles andere ist mir zu langweilig. Und das mit Finn war eine offene Beziehung, vergessen? Und wer weiß, vielleicht werde ich wirklich nicht alt und muss alle Lebensphasen schneller durchlaufen als andere.«

»Auf jeden Fall fehlt die Lebensphase der wilden Jugend, bisschen Kiffen, sich gnadenlos fallenlassen. Studentendasein, reisen und keinen Plan haben.«

»Oder ich habe eine andere Reihenfolge.«

Lotti lachte. »Das stimmt, das kann sein. Und du weißt ja, ich ziehe auch gern den Vergleich zu deiner Mutter. Sie war ähnlich ehrgeizig, nur auf anderen Ebenen. Brauchst nicht die Augen zu verdrehen.« Lotti schubste Bella in die Seite. »Seit Kurzem ist sie voller Sorge um dich. Allein in einer fremden Stadt, allein mit dem Baby und, du hast ihren vollen Respekt.«

»Schön, könnte sie mir auch mal selber sagen, oder?«

»Da hast du wohl recht. Stur wie ein Ochse.«

»Lotti, kommst du mich mal in Berlin besuchen?«

»Aber ja, mein Mädchen. Ich komme zu dir und du kommst auch zu uns aufs Land, wann immer dir danach ist. Hier ist dein Zuhause. Immer.« Sie strich Bella über den Kopf. »Kleine Schönheit, du.«

35.

Als es so weit war, klammerte sich Frieda an Lotti. Bella, zog heute endgültig nach Berlin. In die Stadt. In die Fremde. Ganz allein und schwanger. Frieda schluckte, als sie Bella in das vollgepackte Auto zu Becky steigen sah. Es beruhigte sie ungemein, dass Becky bis zur Geburt des Babys bei Bella bleiben würde. Dann wäre sie in dieser ersten Zeit nicht ganz so einsam. Hätten sie ein besseres Verhältnis, wäre Frieda mitgekommen. Vielleicht. Zumindest wäre das ihr Wunsch gewesen. Seit Bella schwanger war, spürte Frieda die Kraft und Eigenständigkeit ihrer Tochter und war insgeheim stolz auf sie wie auf kein anderes ihrer Kinder. Oft drängelte Lotti damit, dass sie genau das Bella sagen sollte. Doch Frieda meinte, die Antwort ihrer Tochter zu kennen.

»Du brauchst nicht stolz auf mich zu sein, das alles hat nichts mit dir zu tun.«

Wenn Frieda ihr zu nahe kam, schob Bella sie immer wieder auf ihren Platz. Als würden sie eine magische Grenze überschreiten. Eine Grenze, für die Frieda ein Passwort bräuchte, das sie nicht besaß.

Frieda sah Lottis eindringlichen Blick beim Abschied, als wolle sie Isabella scannen. Testen, wie es ihr wirklich ging. So ernst, nachdenklich und traurig kannte Frieda ihre Schwester gar nicht. Sie hörte ihr Flüstern.

»Nun geht sie, die Kleine. Und du dachtest immer, sie würde eine Nutte werden.«

»Psst!«, zischte Frieda, die befürchtete, dass Bella dieses absurde Gespräch hören könnte. »Ein gefallenes Mädchen waren meine Worte, wenn ich mich recht erinnere.« Schweigen. »Aber jetzt bin ich stolz auf sie. Ein taffes Mädchen. Trotzdem, ich hätte es lieber, sie wär nicht so allein.«

Lotti nahm Friedas Hand und so standen sie, winkten mit weißen Stofftaschentüchern und schauten Bella gedankenversunken nach. Schauten und winkten, bis sie nicht mehr zu sehen war.

Friedas Tränen liefen lautlos. Lotti schluchzte, als wäre ein Staudamm gebrochen.

»Wir waren immer zu zweit, wenigstens waren wir immer zu zweit.« Weinend lagen sie sich in den Armen.

Lotti beruhigte sich nach einem letzten Schluchzer als erste. »Sag mal Friedel, was wolltet ihr uns auf der Feier eigentlich mitteilen? Du und Jupp?«

»Wir wollten auf eine Kreuzfahrt gehen und noch mal heiraten.« Frieda kämpfte erneut mit den Tränen und verlor.

Bella quetschte sich in den Beifahrersitz, alles um sie herum wurde von Minute zu Minute enger. So langsam freute sie sich darauf, den Bauch wieder loszuwerden. Wenn sie sich nicht täuschte, hatten beide Frauen Tränen in den Augen, nicht nur Lotti. Beide. Sie hielten sich tapfer an den Händen und winkten mit den weißen Tüchern, Lotti und Frieda. Bella schaute ein letztes Mal in den Spiegel und genoss die ungewohnte Wärme, die sich in ihrem Inneren breitmachte. Sie fühlte zwar nicht die Liebe ihrer Mutter, aber den Respekt, den sie ihr neuerdings entgegenbrachte.

Der Abschied von Jupp dagegen war herzzerreißend emotional. Da er noch so schwach war, behielten sie ihn für weitere Untersuchungen im Krankenhaus.

»Werd schnell gesund, Paps.«

Beide schniefen abwechselnd.

»Sei nicht traurig, Paps. Denk an dein armes Herz. Ich zieh doch nicht an den Nordpol!«

Doch Jupp scherzte schon wieder. »Mein Herz schafft das. Reg mich ruhig auf, mein Mädchen.«

»Vor der Geburt besuche ich dich noch einmal. Versprochen!« Sie küsste ihn, umarmte ihn immer wieder und konnte sich kaum losreißen.

Becky war seit Jupps Herzinfarkt an Bellas Seite, fuhr das Auto und würde bei ihr in Berlin bleiben. Bella beruhigte die Anwesenheit ihrer alten Freundin ungemein.

»Komm schon Schwester, jetzt beginnt was Neues.« Schwungvoll haute Becky ihr die Hand auf die Schulter. »Ich weiß gar nicht, ob ich dich bewundern soll oder ob du völlig bekloppt bist.«

Bella rieb sich die Schulter. »Das frag ich mich auch manchmal. Wenn das Modeln nicht mehr ginge, hätte ich nichts. Keinen Beruf, kein Abitur, keine Ausbildung.« Sie zeigte mit beiden Handflächen nach oben. »Nothing.«

»Aber ein Kind. Und deinen Optimismus, deine Stärke, deine natürliche Art, Menschen zum Strahlen zu bringen. Und meine kleine Schwester würde sagen ...« Becky schaute erwartungsvoll zu Bella und beide sprachen es im Chor: »... so schöne Haare.« Sie lachten.

»Stimmt, als Frisuren-Model werde ich wahrscheinlich noch lange Geld verdienen können.«

»Bis zur Rente, wenn du dann dein Gesicht nicht mehr zeigst.«

»Sehr witzig!«

Sie plauderten während der ganzen Strecke nach Berlin und holten sämtliche Gespräche nach, die sie während Beckys

Backpackertour im letzten Jahr nicht führen konnten.

»Schade, dass du wieder gehen wirst. Aber jetzt genieße ich deine Anwesenheit in vollen Zügen. Bis zum letzten Tag.«

Becky legte ihre Hand auf Bellas. »Jetzt bekommen wir erst mal ein Kind.«

»Wir?« Bella suchte ihren Blick.

Da Becky auf den Verkehr achten musste, ging das nur kurz. »Logisch. Ich bin dabei, äh, wenn du willst.«

Bella strahlte. »Ja, ich will!« Sie war ihrer Freundin unendlich dankbar, dass sie bei der Geburt nicht allein wäre. Sie dachte an Finn und ihr letztes Gespräch.

Vor der Abfahrt fragte der sonst so selbstsichere Finn fast schüchtern, ob er bei der Geburt dabei sein dürfe. Bella war unsicher. Wollte sie das? Wollte sie, dass er ihre ungeschützte Vagina aus der Nähe sehen konnte? Sie musste ihr Gesicht so verzogen haben, als würde sie saure Milch trinken. »Nein! Sorry, Finn. Das geht nicht.«

»Hab ich mir schon gedacht, aber wenn ich nicht gefragt hätte, würde ich es ewig bereuen.«

Sie nickte, verstand ihn ja. Aber das war ihr eindeutig zu viel. »Ich halt dich auf dem Laufenden, versprochen.«

Er begriff und sie wussten, dass sie für alle Ewigkeiten miteinander verbunden wären, auch wenn sie es nicht wollten. Finn, der jobmäßig ebenfalls viel in Berlin war, hatte im Überschwang seines Vaterwerdens vor, sich eine kleine Wohnung in der Stadt zu mieten. Er bestand darauf, auch das Neugeborene regelmäßig sehen zu dürfen. Bella konnte sich vorstellen, wie sehr Anna das in Zukunft nerven würde. Sie hätte ihren Finn nie allein. Aber so war es nun mal. Er war der Vater des Kindes, sie, Bella, die Mutter.

36.

Eine Woche vor dem errechneten Geburtstermin besuchte Bella ihren Vater in der Reha-Klinik an der Ostsee. Frieda verbrachte seit dem Herzinfarkt jede freie Minute bei Jupp, und am Telefon hatte sie Bella erzählt, dass er sich nur sehr langsam erhole, aber täglich kleine Fortschritte mache.

Bella war mit einem sehr frühen Zug in den Norden gefahren und kam um die Mittagszeit an dem idyllischen Ort am Meer an. Sie fragte sich durch, bis sie Jupps Zimmer gefunden hatte. Leise klopfte sie an. Da sich nichts rührte, drückte sie vorsichtig die Klinke herunter.

Für einen Moment war sie sprachlos. Schluckte und nahm das Bild in sich auf.

Ihr Vater lag auf der Seite und schlief. Seine Gesichtszüge sahen entspannt aus, fast jung. Dicht vor ihm lag ihre Mutter, eingerollt wie ein Embryo, und schlief ebenfalls. Beide atmeten ruhig und gleichmäßig. Die schlafende Frieda erinnerte Bella an die junge Frau auf alten Fotos. So weich hatte sie ihre Mutter noch nie gesehen. Jupps Arm lag wie eine Decke um Frieda, seine ruhige Hand lag unter ihrer Brust, oberhalb des Bauches. Der ganze Raum war mit Frieden gefüllt und Bella stand immer noch wie angewurzelt in der Tür. Der Anblick rührte sie. Erfolgreich blinzelte sie ihre feuchten Augen wieder trocken. Jetzt bloß nicht heulen!

Ihr durcheinandergewirbelter Hormonhaushalt hatte ihr schon in den unmöglichsten Situationen endlose Heulattacken beschert. Vor Kurzem hatte sie in der Berliner Regionalbahn kein Anschluss-Ticket C gebucht, einfach, weil sie es nicht wusste. Leider wurde sie von einer Kontrolleurin erwischt, die ihre miese kleine Machtposition auskostete. Lautstark hielt sie Bella einen mittellangen Vortrag, stellte sie hin, als hätte sie diesen schlimmen Betrug von langer Hand geplant und tippte unendlich langsam ein neues Ticket in ihr Gerät. Bella flippte erst aus, weinte dann wie eine Dreijährige und konnte sich den ganzen Tag nicht wieder beruhigen.

Alles war möglich, auch dass sie mehr als eine Stunde im Rehazimmer ihres Vaters weinen würde wie ein Kind, dem man das Lieblingsspielzeug weggenommen hatte. Ihre Hand wanderte zum Bauch, leise setzte sie sich auf einen Stuhl und betrachtete ihre Eltern. Jupp sah zum Glück wieder mehr wie ihr Vater aus.

Kurz nach dem Herzinfarkt hatte sie ihn kaum wiedererkannt. Mehr tot als lebendig schaute er in die Welt, verwundert wie ein kleiner Junge nach einer Zaubershow. Damals hatte sie Angst, dass er nie wieder der alte Jupp werden würde. Nie mehr ihr vertrauter und geliebter Vater sein könnte. Er war eher im Jenseits als im Diesseits, umso mehr freute sie sich, dass er wieder zurück war. Bella liebte ihn, wie sie noch nie einen Menschen geliebt hatte. Im Zimmer war es mucksmäuschenstill. Leise schrieb sie eine Nachricht, dass sie in einer Stunde wiederkommen würde und nutzte die unverhofft freie Zeit, um ganz in Ruhe am Meer zu sitzen.

Der Sand war septemberwarm, nicht zu heiß, nicht zu kalt. Bella zog ihre Schuhe aus, spreizte die Zehen und grub die geschwollenen Füße in den Sand. Nach einer Weile setzte sie sich in eine aufrechte Meditationshaltung, ließ den Bauch auf ihren Oberschenkeln ruhen, schloss die Augen und lauschte der Brandung. Ihre Gedanken wanderten zu Finn, zu Becky und schließlich zu Karl und auch zu Caro, die nach wie vor immer mal wieder seine Freundin war und dann wieder nicht. Die Vier hatten ihr in den letzten Wochen sehr geholfen und sie schickte einen ehrlichen Dank in die salzige Luft, in die Wellen, in die Welt. »Danke, dass ihr für mich da seid.«

Auch Lotti und Frieda standen wie Doppelmütter an ihrer Seite, kauften die Erstausstattung für ihr Baby, schenkten ihr Bettwäsche, Handtücher, Geschirr und schleppten alles die vier Treppen nach oben in ihre Berliner Wohnung. Das Verhältnis zu Frieda blieb kühl, aber es fühlte sich mehr wie ein Waffenstillstand, weniger wie ein Kampf an. Das letzte Mal brachte ihre Mutter eine von Jupp selbst gebaute Wiege mit.

»Das ist sein ausdrücklicher Wunsch. Du sollst die Wiege für dein Baby haben.«

Bella sah die Verzierungen im honigfarbenen Holz, passend zu dem Gewürzregal, das er ihr zum Geburtstag geschenkt hatte. Sah ihren Vater, wie er Stunde um Stunde an der Wiege gewerkelt haben musste. Die Muster waren zart, filigran, voller Liebe herausgearbeitet. Schmetterlinge, Marienkäfer, Feen.

»Wow. Danke. Sie ist wunderschön. Hat er sie damals für mich gebaut?«

Frieda schüttelte den Kopf und ihr Kiefer verspannte sich augenblicklich. »Eigentlich für unser drittes Kind. Für Marco. Aber erst, als du geboren wurdest, hat die Wiege ihre Bestimmung gefunden. Er hat sie für ein Mädchen gebaut.«

Armer Marco, dachte Bella. Sie liebte ihren Bruder und seit dem Familientreffen hielten sie regelmäßig Kontakt, schickten sich Nachrichten und Fotos. Fast täglich.

Als sie später Karl die Wiege zeigte, hielt er sie ehrfürchtig in den Händen, bewunderte sie von allen Seiten und trug sie in ihr Schlafzimmer. »Wunderschön. Wirklich. Deine Tochter wird ein einzigartiges allererstes Bettchen haben.«

Bella strahlte ihn an. »Das wird sie.«
Er zog sie in seine Arme und küsste ihre Stirn.
»Honey Bee.« Inzwischen nannte er sie Honigbiene, Honey Bee. Karl bewunderte Bella für ihre Disziplin, ihren Fleiß, ihre Unbeirrbarkeit bei allem, was sie tat. Dies sagte er ihr ständig.

Ihre gemeinsame Fotosession für die Schwangerenserie eines Hochglanzmagazins wurde ein riesiger Erfolg und Karl hatte sich eins der Fotos, in dem sie wie eine Göttin aussah, in seinen großen Flur gehängt. Wenn sie es anschaute, erblickte sie ein Kunstwerk, das nichts mit ihr zu tun hatte.

Sah das Ganzkörperfoto einer aufrechten Frau mit langen roten Haaren und einem Schwanenhals. Der Kopf war leicht zur Seite geneigt, der Blick auf den schwangeren nackten Bauch gerichtet und in ihrem Gesicht spiegelte sich eine unendliche Ruhe wider. Ihre Hände umschlossen den Leib von unten, als würde sie eine goldene Kugel vor sich tragen. Der Körper war von einem langen weißen Cape mit Kapuze umhüllt. Hauchzart. Man sah nur ihr Gesicht, ihre Hände, ihren Bauch. Alles andere war mit weißem, schwingendem Stoff bedeckt.

Bella erinnerte sich, dass die Windmaschine im Studio ewig laufen musste, bis alles so passte, wie Karl es wollte. Er hatte seinen professionellen Kameramannblick aufgesetzt und schaute sie an wie ein Kunstobjekt. Alle, die das Foto später sahen, sagten mindestens so etwas wie »Wow. Wahnsinnsfoto.«

Und sie erinnerte sich auch an Caros erschrocken Blick, als die das Foto in Karls Wohnung bemerkte. Manchmal tat Caro ihr unendlich leid, da es so offensichtlich war, dass Karl Bella mehr liebte als sie. Nach der Fotoaktion war die Beziehung erst mal wieder off.

»Ich bin Fotograf und ich liebe meinen Beruf und auch, meine Lieblingsbilder hinzuhängen. Basta!«

»Pasta?« Bella ärgerte ihn.
»Pasta? Hast du schon wieder Hunger?« Noch hatte er den Witz nicht verstanden.
Bella verdrehte die Augen. »Das auch, du Schnellchecker. Aber dein Basta klingt immer wieder wie Pasta!«
Er schlug sich mit der Hand an den Kopf. »Ach so, du veräppelst mich schon wieder!« Karl kniff sie in die Seite, sie quietschte wie eine Gummiente. Bevor sie stolperte, da sie immer wieder ihren aktuellen Umfang vergaß, hielt er sie am Arm fest.

Manchmal sehnte sich Bella nach wildem, animalischem Sex mit einem Fremden, manchmal nach Geborgenheit und Albernheiten mit Karl. Beides zusammen von einer Person zu bekommen, die Idee hatte sie aufgegeben. Ihren letzten schlechten Sex hatte sie zu Beginn ihrer Schwangerschaft mit Finn, noch bevor die Anna-Lüge aufgeflogen war. Seitdem war tote Hose im Schlüppibereich, wie Lotti es ausdrücken würde. Nichts. Nothing. Niente. Ihre Umarmungen, Stirn- oder Wangenküsse bekam sie momentan von Becky oder Karl.

Alle drei zusammen hatten sie die norwegische Indie-Rockband *Madrugada* entdeckt. Karl und Bella hörten die hingehauchten Titel des Sängers Sivert Høyem in Endlosschleife. Seine Stimme erinnerte Bella an Finns Gänsehaut-Singstimme und ließ sie schmelzen wie einen Eiswürfel in der Sonne. Wenn er sang, vergaß sie Zeit und Raum. Sie hatte alle Alben der Band und konnte nicht genug von der Stimme bekommen, die Saiten in ihr zum Klingen brachten, die sie fast vergessen hatte.

Becky mochte eher die lauteren, kraftvolleren *Madrugada*-Titel und ärgerte Bella. »Die Hormone, Sweety. Das können nur die Hormone sein.«

Doch Karl wusste genau, was Bella meinte. Ganz oft lag sie nach einem langen Tag erschöpft in seinem Arm. Meistens hielt er die Augen geschlossen und Bella kuschelte sich an seine Seite. Solche Momente gab es allerdings nur in den Off-Phasen der Caro-Beziehung.

37.

Während Bella darauf hoffte, dass Jupp langsam wieder Jupp wurde, gebar sie Anfang Oktober 2003 in einem Berliner Geburtshaus ihre Tochter.

»Ein Mädchen! Es ist drei Punkt null Uhr morgens«, durchbrach die nüchterne Stimme der Hebamme das Geschrei der kleinen Holly.

Spontan überlegte sich Bella einen zweiten Vornamen Madrugada, was im Portugiesischen Morgendämmerung bedeutete. Der Name zerging auf Bellas Zunge. Weich und schmelzend, wie ein Stück Nougat im Mund. Finn würde ausflippen, denn sie hatten sich vorab auf den Namen Holly geeinigt. Aber das war ihr gerade egal. Jetzt hieß sie eben Holly Madrugada Haberland. Mein Körper, mein Schmerz, mein Baby, mein unbedingter Namenswunsch. Sorry, Finn.

Auf der Bettkante, dicht neben Bella, saß seit einiger Zeit die sprachlose Becky. Freundin, Geburtshelferin und Hollys Patentante. Ihr wachsweicher Blick war seit geraumer Zeit auf Baby Holly gerichtet. Sie hielt das Neugeborene im Arm, zog den Rotz hoch, zwinkerte Tränen weg und versuchte, ihre Mimik in Schach zu halten. Doch Beckys raspelkurze Haare gaben ihr Gesicht frei, verbargen nichts von dem, was in ihr vorging. So sah Liebe aus.

Bella tastete nach der Hand ihrer Freundin. »Danke, Becky. Für alles und für das hier.« Mit einer fließenden Handbewegung zeigte sie auf Holly, ihren wunden Schoß, das Geburtszimmer. Die eine erwiderte wortlos den Händedruck der anderen. Doppeldruck. Irgendwann konnte Becky dann doch wieder sprechen.

»Ich weiß nicht, ob ich jemals ein Kind haben möchte und auf keinen Fall zeige ich einem Mann meine Vagina in diesem ...« Sie suchte nach Worten für das Erlebte.»... Zustand. Nur du darfst mich so sehen, falls ich aus Versehen doch mal ein Kind bekommen werde. Abgemacht?«

»Abgemacht!« Bella nickte erschöpft. Falls und jemals klangen wunderbar weit weg. Das Erlebnis der Geburt brauchte sie nicht so schnell wieder, weder in der aktiven noch in der passiven Rolle.»Gib sie mir. Sie hat sicher Hunger.«

Becky legte ihr die Kleine in die Arme und instinktiv fand Hollys winziger Mund die Quelle der Nahrung. Während Holly nuckelte, schlief Bella immer wieder ein. Sobald das Baby von der Brustwarze abrutschte, weinte es. Hollys Lippen zitterten so eindrücklich, dass Bella am liebsten ihre eigenen warmen Lippen auf die ihres Kindes gelegt hätte.

»Alles gut, schhhh, alles gut.« Zärtlich strich sie über den winzigen Kopf ihrer Tochter, über die pochende Fontanelle. War sich der Abhängigkeit des kleinen Wesens von ihr bewusst. Sie würde eine gute Mutter sein.

Finn, der vor der Tür schon mit den Hufen scharrte, wie die Krankenschwester ihr mitteilte, durfte endlich ins Zimmer kommen. Er nahm Bella seine Tochter vorsichtig ab. Trug sie sanft hin und her und bewunderte die winzige Vollkommenheit. Küsste ihre Finger, jeden einzeln und wiegte sie vor seinem Oberkörper.»Wow, unsere Tochter ist auch eine süße Bella. Wunderschön, ganz die Mama.« Finns Komplimente verteilten sich im Raum, flogen hin und her, doch Bellas Seele erreichten sie nicht. Sie wünschte sich, dass er der Kleinen einfach ein guter Vater sein sollte, mehr nicht. Dass Vater und Tochter ein gutes Gespann sein können, hatte sie am eigenen Leib erfahren. Verzückt hielt Finn Holly im Arm. Bella sah jetzt schon, wie er sich zukünftig mit ihr schmücken würde, um sein großes Ego noch etwas mehr zu polieren. Aber wer weiß, vielleicht tat sie ihm unrecht.

Becky, noch mit Tränen in den Augen, die sie nicht zulassen wollte, wie Bella ihr ansah, suchte immer wieder ihre Hand und drückte sie. Doppelt. Früher stand ihr doppeltes Händedrücken dafür, dass sie etwas gleich empfanden. Gleich gut oder gleich doof. Bella interpretierte es so, dass sie, was Finn betraf, ähnlich lagen. Sie drückte doppelt zurück und wollte vor Müdigkeit umfallen.

In den nächsten Tagen hatte Bella viel Babybesuch in ihrer kleinen Berliner Wohnung. Becky ging in ihrer Rolle als Patentante und Schlafwächterin für Bella völlig auf. Sie kaufte ein, kochte, wickelte Holly, ließ sie aufstoßen und brachte sie zu ihrer Mama. Wenn die Kleine weinte, trug sie sie durch die Wohnung oder schaukelte sie endlos in Jupps zauberhafter Babywiege.

Bella kam sich vor wie eine Königin, die irgendwo thronte, aber da sie die Nahrungsquelle war, wurde ihr die Tochter ab und zu gereicht. Thronen und Schlafen waren ihre Hauptbeschäftigungen. Die Wochen flogen nur so dahin und es hätte ewig so bleiben können.

Doch der Tag, an dem Becky abreisen würde, rückte näher. Alle fanden zurück in ihr eigenes Leben. Finn war längst wieder bei Anna, Lotti und Bellas Eltern in ihrem mecklenburgischen Dorf, Karl bei seiner on-off Freundin Caro und jetzt ging Becky.

Bella sah zu, wie sie ihre Sachen zusammensuchte, alles in ihren großen Rucksack stopfte, eine letzte Waschmaschine füllte, einen letzten Kaffee trank.

»Hey, hey, nicht so traurig, junge Frau!« Sie lagen sich in den

Armen.

»Scheiße, werde ich dich vermissen!« Beckys Worte nahmen dem Abschied die Schwere. »Und dich auch, kleines Frollein.« Sie küsste abwechselnd Bella und Holly, Holly und Bella. »Nun geh!« Bella schob sie aus der Wohnung. Schloss die Tür und lehnte sich mit dem Rücken dagegen. Für einen Moment rutschte sie auf den Boden. Haltlos, dachte sie. Haltlos wie ein nasser Sack. Lotti würde halterlos sagen. Sie grinste bei dem Gedanken an die Tante. Puh, alle weg. Jetzt bin ich auf mich gestellt. Keine Termine, keine Shootings, keine Partys, keine Ablenkung. Nur das Baby und ich. Ich bin der Halt!

Nur wenige Wochen später zeigte sich Bellas Einsamkeit mit solcher Wucht, dass es ihr regelrecht die Luft nahm. Im Autopilotmodus versorgte sie die kleine Holly, hörte ihr Schmatzen und Nuckeln, ihre Babygeräusche. Dann die Stille. Zu viel der Stille. Sie schaltete gleichzeitig den Fernseher, die Geschirrspülmaschine und die Waschmaschine an. Öffnete das Fenster, um die Geräusche der Stadt aufzunehmen. Stupste Holly an, die am Wegdämmern war. »Noch nicht einschlafen«, flüsterte sie. »Mach ein Geräusch, Irgendeins. Bitte.«

Doch die Kleine schlief zufrieden in Jupps Wiege und nuckelte selig, als würde sie immer noch an ihrer Brust saugen.

Bella ließ sich auf das Sofa sinken, nahm rastlos über ihr Handy Kontakt zur Außenwelt auf. Schickte ihren Brüdern Fotos von Holly und versorgte auch Jupp, Frieda und Lotti mit neuesten Bildern.

Marco antwortete sofort. *Wie geht's dir denn, kleine Schwester?* Sie starrte auf den Satz. Nicht gut, wäre die ehrliche Antwort gewesen. Gar nicht gut.

Doch sie schickte ihm ein fröhliches: *Bestens, alles gut hier. Und bei dir?*, zurück.

Hier auch, bin wieder Single.

Sie erschrak, erinnerte sich, wie er gestrahlt hatte, als er ihr von Annalena erzählte. Sah die Sonnenfotos der beiden vor sich. Aber wieso? Sie war sich nicht sicher, ob sie das fragen durfte, rief ihn kurzerhand an. Lieber sein Leid, als ihres. »Lange Gschichte, erzählischdir andermal. Leben geht weiter. Mussja.« Er klang bekifft oder anders benebelt, nuschelte und verschluckte Endungen. Oh je, ihm ging es beschissen.

»Marco. Willst du zu mir kommen? Du kannst immer zu mir kommen. Ich hoffe, das weißt du.«

Plötzlich schluchzte er, das Handy schien an seiner Hand, irgendwo in Oberschenkelhöhe, zu baumeln. Sie hörte nur noch Schritte, Straßengeräusche und weiter entfernt sein Schluchzen.

»Marco, Marco! Nimm das Telefon an dein Ohr!« Dann hörte sie ihn wieder.

»Passtschon«, schniefte er. »Passtschon.«

»Bleib dran. Lass uns weiterreden. Bitte!« Bella flehte ihn an, sorgte sich um ihn. Wieso war er nur so weit weg? Dann hörte sie wieder seine Stimme, gefaßter nun. Tat, was man in ihrer Familie bei größtem Schmerz tat: Sich zusammenreißen. Am Riemen reißen. Kein Weinen mehr, kein Schluchzen. Er hatte sich wieder im Griff. Wie gut sie ihn verstand.

»Hab hier auch Leute zum Reden, aber danke, kleine Schwester. Mach dir keine Gedanken um mich. Gibt Schlimmeres.« Er legte auf, ohne dass sie noch etwas erwidern konnte.

Aus der Babywiege hörte sie die ersehnten Brabbelgeräusche, kurz vorm Kippen ins Weinerliche. Bella schaute nach Holly, der kleine Mund verzog sich im Zeitlupentempo zum Weinen. Kurzerhand küsste sie ihre Tochter.

»Bin schon da, bin schon da. Brauchst nicht weinen.« Während sie Holly stillte, starrte sie vor sich hin. Das Stillen schmerzte sie und sie zuckte jedes Mal zurück, wenn die Kleine anfing zu saugen. Hielt die Luft an und hob die Schultern vor Anspannung. Wenn sie ehrlicher zu sich wäre, müsste sie zugeben, dass ihr das Stillen zu viel war. Lieber würde sie ihr ein Fläschchen geben. Es war zu dicht an ihr dran. Viel zu dicht.

Einige Stunden später kam eine weitere Nachricht von Marco. *Oder wolltest du reden, kleine Schwester???????*

Ja, dachte sie. Ja, ja. Ich würde gerne mit dir reden. Oder mit Karl, oder mit Becky. Mit irgendjemanden. Mit Karl?

Als Holly versorgt war, ließ sie sich ein Vollbad einlaufen, versuchte, der Stille in der Wohnung und dem parallelen Sturm in ihrem Inneren Herr zu werden. Ihr Herz raste viel zu schnell, die Luft war zu knapp. Als sie im Wasser untertauchen wollte, um zu entspannen, verlor sie die Kontrolle. Hörte sich schreien, strampeln, kreischen. Holly weinte. Das ganze Badezimmer schwamm. Irgendwie hatte sie es auf den Boden geschafft, zitterte vor Kälte und wusste nicht, wie lange sie so auf dem Boden gehockt hatte.

Als sie ruhiger war, rief sie Karl an.

»Hey, Honey Bee. Alles gut in der Prinzessinnenhöhle?«

»Nein.« Jetzt war es raus und sie konnte kaum weiter sprechen. »Der großen Prinzessin geht's nicht gut. Kannst du kommen? Bitte.«

Er schwieg. Atmete. Schwieg.

»Karl? Bitte.« Holly schrie im Hintergrund wie am Spieß. »Ich glaube, der kleinen Prinzessin geht's auch nicht gut.«

»Ja, ich komme, gib mir fünf Minuten. Caro ist hier.«

Mist! Bella legte auf und hoffte, dass seine Freundin ihm das verzeihen konnte. Oder ihr.

Sie mochte Karls Freundin gern, sehr gern und es gab immer

mal wieder Anflüge für eine Freundschaft zu dritt. Das war nun vorbei, es sei denn, Karl würde ihr nicht die Wahrheit sagen, eine Notlüge erfinden, weshalb er von ihr wegmusste. Sie wickelte sich in den Bademantel, legte die Hand auf den engen Brustkorb und beruhigte ihr schreiendes Baby.

38.

Karl legte auf und ging langsam zurück in die Küche. Er musste es endlich tun. Jetzt!

»Na, wer war es?« Caro schnippelte gerade Zwiebeln für den Salat, drehte sich mit ihren geröteten Augen zu ihm und erstarrte. »Was? Karl! Ist was passiert? Red schon!« Ihre Augen tränten unaufhörlich, mit dem Messer in der Hand wischte sie sich eine Träne weg. »Krasse Zwiebeln!«

Karl ging zu ihr, legte das Messer beiseite und wischte ihr die Tränen weg. Küsste ihre Stirn, umarmte sie ein letztes Mal, trat einen Schritt zurück und zerschnitt ihr Band.

»Caro, es tut mir so leid. Wir müssen uns trennen. Nicht nur für eine Weile, ich meine richtig. So richtig für immer.«

Sie begriff nicht. »Aber wieso, ist doch alles gerade gut zwischen uns?« Sie sprach langsam, betont. Wort für Wort. Karl sah, wie das Erkennen sie durchdrang und ihre Augen eine Spur dunkler wurden. »Bella, stimmt's?«

Er nickte. »Ich weiß nicht, ob sie und ich je eine Chance haben werden. Aber ich denke viel zu oft an sie. Ich kann dir das nicht länger antun, Caro. Ich wünsche dir jemanden, der hundertprozentig für dich da ist. Ich, ich bin das nicht.«

Caro blieb ganz ruhig. »Seit ich sie das erste Mal mit dir gesehen habe, war es mir klar. Allerspätestens als ihr lebensgroßes Foto in deinem Flur hing, hätte ich abhauen sollen. Selbst schuld, blöde romantische Caro!« Sie packte ihre wenigen Sachen zusammen. »Das war's jetzt also, oder was?«

Karl nickte tapfer, konnte sie allerdings nicht anschauen. Vielleicht war es falsch, sie gehen zu lassen. Vielleicht machte er den größten Fehler seines Lebens. Caro war das Beste, was ihm in den letzten Jahren passiert war. Vielleicht ... Er hörte, wie sie die Eingangstür mit Schwung zuknallte. Caro war längst fort.

Langsam drehte Karl den Herd aus, nahm den Topf mit dem heißen Wasser herunter und wischte die Arbeitsplatte sauber. Immer und immer wieder. Mit einem Ohr lauschte er Caros polternden Schritten im Treppenhaus. Einmal blieb sie stehen. Kam sie zurück? Sie ging weiter. Auch die Treppenhaustür flog mit Karacho ins Schloss. Als er ihre Schritte nicht mehr hörte, stellte er den halbfertigen Salat in den Kühlschrank. Karl wusste nicht mehr, was falsch oder richtig war. Sein ansonsten kluger Kopf schlummerte längst im Standbymodus, sein Beschützerinstinkt hatte übernommen. Bella brauchte ihn.

Bella öffnete ihm in einem Bademantel, einen Handtuchturban um den Kopf gewickelt, nur einen Spaltbreit die Tür.»Psst.« Ihr Zeigefinger wanderte auf ihre Lippen.

Karl nickte, die Kleine schlief.»Ist sie krank?«

Sie schüttelte den Kopf, in ihrem Gesicht spiegelte sich ein Hauch dunkler Melancholie wieder. Den kannte er noch nicht. Er fand Bella seit der Geburt ihrer Tochter erotischer, weiblicher als je zuvor. Beide mieden die Themen Erotik, Beziehung, Sex, als hätten sie Angst davor, alles Wunderbare, das es zwischen ihnen gab, zu zerstören. Doch heute hatte Bella schon am Telefon anders als sonst geklungen. Sie zeigte sich ohne Visier, zeigte ihm eine sonst verborgene Schicht ihres Wesens. Das hatte ihn eiskalt erwischt, ihn ins Straucheln gebracht.

Nun stand er hier wie ein Fünfzehnjähriger und wusste nicht, was ihn erwartete. Er küsste sie zur Begrüßung auf beide Wangen. Wie immer. Doch heute drehte sie den Kopf ein wenig, schloss für einen Moment die Augen, sodass ihre Wimpern seine Wange streiften. Karl atmete kaum noch, verharrte in der Position, sein Herz schlug bis unter die Schädeldecke. Schon legte sie ihm beide Hände um den Nacken und zog ihn sanft an sich, suchte seine Lippen und küsste ihn. So oft hatte er sie in Träumen schon geküsst. So oft war er mit seiner Zunge über ihre Lippen gefahren. Langsam und erkundend. Und so oft hatte er sich wieder zurechtgerückt, sich vorgebetet, dass sie seine Muse war, das Sinnbild für alles Erotische, alles Sinnliche. Sie war eine Frau zum Träumen, aber keine Frau zum Leben!

Sie war Verführung pur. Ein raues »Fuck!« entschlüpfte ihm ungewollt. Er ließ sich sprachlos in ihr Schlafzimmer führen, scherte sich einen Dreck um die bereits erlangte Fallhöhe seiner Gefühle für sie.

Unterwegs verlor sie ihren Bademantel und das Handtuch, das sie sich um den Kopf gewickelt hatte. Nackt, betörend schön, mit nassen Haaren und glänzenden Augen stand sie vor ihm.

»Honey«, flüsterte er heiser. So kannte er seine Stimme gar nicht.

Sie nestelte an seinen Sachen, zog ihn aus. Küsste ihn zwischendurch, hielt inne und schaute ihn an. Eine Gänsehaut jagte die nächste. Die Langsamkeit erhöhte die erotische Spannung zwischen ihnen. Seine Erektion war nicht mehr zu übersehen. Schließlich hatte er nur noch die albernen Boxershorts mit den kleinen Peperonis an.

»Very hot, Mister Karlson.« Sie sah ihn so übertrieben fassungslos an, dass Karl lachen musste.

Das Lachen riss ein kleines Atmungsloch, einen Moment der Pause in die Dichte ihrer Erregung. Noch könnte er zurückrudern, sie beide vor den Verletzungen der Liebe, die es unweigerlich geben würde, die es immer gab, verschonen.

Seine Shorts hatte sie inzwischen in hohem Bogen hinters Bett befördert. Ohne jegliches Zögern umschlang sie ihn, der Augenblick des Zurückruderns war längst Vergangenheit, jüngste Vergangenheit. Er befand sich mitten im Jetzt, fühlte nur noch ihre Weichheit, ihre Haut, ihre Wärme, ihre Hitze. Seine Heiserkeit. Bella war im Rausch, im Sexrausch, jetzt und schnell, drängte ihn. War mal auf ihm, mal unter ihm und voller Ungeduld.

»Langsam«, hauchte er.

»Schnell«, antwortete sie in einer Stimmlage, die ihm ebenfalls neu war. Suchte immer wieder die Verbindung zu seinen Lippen, während sie redete. »Später, später machen wir alles langsam.«

Karl registrierte nur noch die Worte später und langsam. Reagierte auf ihr Verlangen, dirigierte mit den Händen ihren Hintern, ignorierte die letzten leisen Stimmen der immer weniger werdenden Einwände und genoss es, Mann zu sein. Ein Mann, eine Frau. Nichts sonst. Mit einem kehligen Laut drang er in sie ein. So feucht wie sie war, so gierig saugte sie ihn in sich auf. Ihr Stöhnen war Soulmusik in seinen Ohren. *Madrugada* war ein Scheiß dagegen.

39.

Die Wochen, angereichert mit ihrer Lust, Sinnlichkeit und dem Wunder der Liebe, flogen nur so dahin. Der November zeigte sich von seiner miesesten Seite. Grau, nass-kalt, dunkel lieferte er ihnen die perfekte Vorlage, es sich bereits am frühen Abend wieder im Bett gemütlich zu machen. Sie vernachlässigten den Haushalt, kochten kaum, aßen nur Kleinigkeiten, die Karl von unterwegs mitbrachte und versorgten Baby Holly.

»Was ist das?«, fragte Bella, als er seine Reisetasche mit Pfannen, Töpfen und diversen Gewürzgläsern auspackte.

»Deine Küche ist zwar hübsch, aber ich brauche meine eigenen Sachen zum Kochen. Ab jetzt koche ich wieder.«

»Und wenn wir mal bei dir schlafen wollen?« Sie fragte es so, als würden sie permanent darüber nachdenken, wo ihr Leben stattfinden sollte.

»Es sieht gerade nicht danach aus. Wir sind immer bei dir, hier ist Hollys Nest. Oder wir legen uns alles doppelt zu. Babykram, Küchenkram. Honey, alles zu seiner Zeit. Es ist Wochenende. Heute koche ich hier.«

»Pasta!«, sie lachte. »Hast du vergessen zu sagen.«

Ähnlich geschickt und schnell, wie ein Cowboy seinen Revolver aus der Hüfte zog, warf Karl eine Packung Spaghetti in Bellas Richtung. Sie griff daneben und mit einem satten Geräusch platzte die Packung auf.

»Holly«, rief Bella mit gekünstelt hoher Stimme. »Kannst du mal aufräumen kommen?«

Karl hielt in seiner Cowboy-Bewegung inne, drehte sich zu ihr. Sie hob resigniert die Schultern. »Wozu hat man denn Kinder, verdammt noch mal?«

Er grinste. »Holly, komm schon! Hör auf deine Mutter.«

»Sie reagiert auf ihren Namen, oder? Schau! Sie guckt!« Bella war ganz aufgeregt. »Weißt du eigentlich, dass sie Holly Madrugada heißt?«

»Du veräppelst mich doch schon wieder, oder?«

»Nein. Ernsthaft, sie ist in den frühen Morgenstunden geboren, wie konnte ich die Zeichen missachten. Ich musste sie so nennen. Madrugada. Meinst du, irgendjemand wird sie jemals so nennen?«

Karl schüttelte den Kopf. »Maddi. Madru. Gadi. Ne, lass mal. Besser du erwähnst es nie! Du bist verrückter, als ich dachte.«

Sie nickte und küsste ihn auf die Nasenspitze. Wurde eine Sekunde ernst. »Ist das jetzt eigentlich das richtige Leben? Du und ich? Bin ich angekommen?«

»Wo angekommen?«

»Ich renne durch dieses Leben wie eine Gejagte. Vielleicht bist du meine Tankstelle? Mein Boxenstopp?«

»Vielleicht.« Karl band sich das Geschirrtuch um die Hüften. Setzte seelenruhig Wasser auf, schälte Kartoffeln, sammelte die herumliegenden Spaghetti auf und dachte an Bellas Worte. Wie eine Gejagte, das fühlte er auch. Alles an ihr hatte ein hohes Tempo, selbst wenn sie ihm etwas ganz Alltägliches erzählte, sprudelte sie wie frisches Quellwasser. Hüpferig und vorwitzig.

Ganz oft, nach dem Sex, legte sie sich eingerollt vor seinen Bauch, nahm seine Hand und steuerte sie an die für sie passende Stelle. »Ich liebe deine Hände, Karlson. Deine ruhigen, wissenden Hände, die mich durch alle meine Hautschichten wärmen. Bis zum goldenen Kern.«

Er genoss es, wenn sie bis ins Detail beschrieb, wie sie sich mit ihm fühlte, genoss die wonnige Seligkeit der Verliebten.

Am nächsten Morgen wachte sie auf und boxte ihn auf den Oberarm. »Verhütung!«, rief sie wie eine Irre und schaute ihn mit wirrem Blick nach einer unruhigen Holly-Nacht an. »Wir müssen verhüten! Ich nehme keine Pille und mein Berechnen der fruchtbaren und unfruchtbaren Tage habe ich noch nicht wieder begonnen.«

Karl rieb sich die Augen, auch er hatte die Nacht kaum geschlafen, doch er blieb gelassen. »Bisschen spät, oder?«

Erschrocken rechnete sie irgendwas mit den Fingern.

»Keine Panik, Honey. Ich bin sterilisiert.« Er nahm ihre rechnenden Hände in seine.

Ungläubig schaute sie hoch. »Aber wieso?«

»Ich habe schon mit Mitte zwanzig beschlossen, dass es genug Kinder auf dieser Welt gibt, die vielleicht mal einen Vater wie mich brauchen. Vater, Onkel, Freund. Was auch immer. Ich wollte nie eigene Kinder. Ich bin für die Kinder da, die mich brauchen werden.«

»Krasse Entscheidung.«

»Klare Entscheidung«, antwortete er. »Und kein Verhütungsstress. Entspann dich.«

»Aber braucht eine Beziehung nicht irgendetwas gemeinsames Drittes?«

»Wo hast du denn das her? Kalenderblatt vom November?«

»Werd nicht frech! Nein, es war ein Artikel.«

»Selbst wenn Paare das brauchen, es müssen ja nicht immer Kinder das gemeinsame Dritte sein. Gemeinsame Projekte, Tiere, gemeinsame Leidenschaften, etwas, wofür sie zusammen brennen.«

»Ich denk darüber nach, ich bin noch viel zu müde und außerdem höre ich Babygeplapper. Bringst du sie mir, bitte?«

Er sah Bella gern zu, wie sie ihr Baby stillte und fragte, ob er sie dabei fotografieren dürfte. Sie war nun seine Geliebte und seine Muse. Er hatte selten eine Frau vor der Kamera gehabt, die fotogener war als sie.

Bella nickte, hatte beim Stillen allerdings nicht den entrückten Gesichtsausdruck, den er von ihr kannte.

»Was ist los?«

Sie zögerte mit der Antwort. »Irgendwie tut es immer weh.« Sie hob an, mehr zu sagen, verschloss sich aber wieder.

»Vielleicht solltest du nochmal deine Hebamme fragen?«

»Hab ich schon. Rein technisch machen wir alles richtig.«

Karl wusste nichts darauf zu sagen. Ihre Brüste waren empfindlich, er durfte sie nur ganz sanft berühren. Wenn überhaupt! Aber er durfte sie anschauen, wann immer ihm danach war. Wie auf ein geheimes Zeichen schob sie lasziv Shirt und BH zur Seite und er durfte ihre Brüste liebkosen, anschauen, fotografieren. Manchmal tropfte es aus den Warzen und er musste gestehen, dass er das höchst sinnlich empfand.

Als Holly wieder friedlich in ihrer Wiege lag, fragte er endlich, was ihm schon ewig auf der Seele lag. »Was war eigentlich an dem Abend los, als du mich so aufgelöst angerufen hast?«

Bella deckte Holly zu, zögerte die Antwort hinaus. Strich ihr über den Kopf. »Ich war einsam. Schrecklich einsam. Ich dachte wirklich, die Stille bringt mich um.«

Er wartete, bis sie mehr erzählte.

»Ich hatte mir ein Bad eingelassen, wollte mir etwas Gutes tun, doch ich war angespannt wie ein Sprinter kurz vorm Startzeichen. Aus dem Nichts fiepte es ununterbrochen in meinen Ohren, als würde ein Fingernagel an der Tafel kratzen, auch das Untertauchen nützte nichts. Mein Kopf schien kurz vorm Platzen zu sein. Das war noch schlimmer als die Stille. Als ich wieder aufstehen und mich abtrocknen wollte, gehorchte mir mein Körper nicht mehr. Ich fühlte mich einerseits wie gelähmt, andererseits strampelte ich mit den Beinen und fuchtelte hysterisch mit den Armen. Ich kam nicht mehr aus der Wanne, das Wasser lief und lief, alles war überschwemmt. Ich sah es und konnte nichts tun. Die Luft wurde mir knapp, mein Herz raste, und ich dachte sofort, ich hätte einen Herzinfarkt. Wie Jupp.« Sie nestelte an der Babywiege und schaute erst Holly, dann ihn an. »Das Schlimmste war aber gar nicht, was mit mir passierte. Das Schlimmste war, dass Holly dann nebenan ganz allein gewesen wäre. Ich ... sie ... Es war so eine grässliche Vorstellung. Sie wäre verdurstet und verhungert, so schnell hätte niemand mitbekommen, dass ich mausetot im Bad liege.« Sie redete sich das Schreckensszenario in hohem Tempo von der Seele.

Karl ließ sie einfach zu Ende reden, hielt Bellas freie Hand, ihre andere fummelte nervös an der Babywiege herum. »Ich hatte nur dich, den ich anrufen konnte und wollte.«

Er zog sie zu sich, hielt sie und flüsterte: »Honey, so schnell stirbt es sich nicht. Klingt nach einer Panikattacke. Psst.« Und wiegte sie vor und zurück.

40.

Bella beruhigte sich. Ihr Herz schlug zwar noch ungestüm, der Puls war deutlich zu hoch, doch sie fühlte das Abebben der Angstwelle, die sie beim Erzählen erneut heimgesucht hatte. Es tat so gut, Karl alles zu erzählen.

»Andere haben keine Panikattacken, keine Angst vor Stille und Einsamkeit. Keine Angst vor zu viel Nähe, Kontrollverlust.« Und Sex, hätte sie fast hinzugefügt. Doch es stimmte nicht mehr. Mit Karl fühlte es sich das erste Mal richtiger an. Er berührte sie, als wolle er auch erkunden, was unter ihrer Haut war.

Sie ließen sich erschöpft auf das Sofa fallen. Bella legte ihren Kopf auf seinen Schoß und ließ sich durch die Haare kraulen.

»Karlson?«, fragte sie nach einer kleinen Ewigkeit.

»Ja.«

»Sag ehrlich, was denkst du?«

»Dass eine Panikattacke für eine junge Mutter, ganz allein zu Hause, vielleicht nicht das Ungewöhnlichste ist. Noch dazu, da diese junge Frau gar nicht gewöhnt ist, so allein zu leben und für alles verantwortlich zu sein.«

»Hmm«, brummte sie, »und was noch?«

Er drehte sanft ihren Kopf, so dass sich ihre Blicke treffen mussten.

»Ha, du hast deinen Kameramannblick.« Mit gerunzelter Stirn zeigte sie auf seine zusammengekniffenen Augen. »Nimm das imaginative Objektiv weg. Ich bin hier privat!«

Karl lachte ertappt. »Hast recht, ich sehe gerade eine neue Facette an dir und ich versuche, sie von dir zu entkoppeln, sie quasi allein zu betrachten.«

»Welche Facette?«

»Deine Verletzlichkeit. Eigentlich kenne ich sie schon, aber so deutlich wie heute war sie noch nie da.«

»Du wieder. Du wärst also in der Lage, meine pure Verletzlichkeit zu fotografieren? Ohne mich?«

Karl nickte ernst.

»Du bist ein verrückter Fotograf.«

»Ich weiß, und woran ich noch denke, ich kann manchmal nicht glauben, dass wir jetzt ein Paar sind. Sind wir das? Ich frag mich, ob ich das träume, ob wir wirklich hier liegen.«

Sie lächelte, immer noch den Kopf auf seinem Schoß. Die Wonne der Verliebten.

»Ist real! Ick schwöre!« Sie hob die Hand mit einem Verschwörungsgruß, zwei Finger übereinander gekreuzt.

»Seit wann kannst du berlinern?«

»Seit eben, red weiter. Ick höre.« Sie setzte sich auf, lehnte sich an seine Schulter.

»Du warst für mich immer wie ein Gemälde, ein Bild, das man nur anschauen durfte, geschützt durch eine unsichtbare Glaswand. Bitte nicht berühren! Wunderschön, fast zu perfekt. Unsere Freundschaft bedeutete mir alles und so manches Mal hatte ich Streit mit Caro, weil sie schon lange spürte, dass ich nicht ganz bei ihr war.«

Bella ergänzte: »Alles fühlt sich so richtig an, obwohl du überhaupt nicht mein Typ bist. Du schenkst meiner Unruhe die Ruhe und bringst mich zum Lachen und …«

»… ich bin der helle Wahnsinn im Bett, sag es ruhig«, unterbrach er sie neckend, sich aufrichtend.

»Bisschen dumpf und triebgesteuert«, erinnerte sie ihn grinsend an seine Beschreibung damals, als er ihr sein heiliges Reich, das Schlafzimmer, zeigte. »Aber so nett.«

Sie kabbelten sich, denn Karl hasste alle Verniedlichungen, wenn es um ihn als Mann ging. Das wusste sie genau.

»Ich bin nicht nett!«

Holly wachte von dem Gelächter der Erwachsenen auf und verzog sofort ihr Gesichtchen zum Weinen.

Karl reichte Bella das Baby. »Hier ein hungriges Raubtier! Gestorben wird später.«

Das Leben schenkte Bella einen Neustart. Ihre Einsamkeit war wie weggeblasen, glich einer Episode aus einem alten Film, der nichts mit ihr zu tun hatte. Den flüchtigen Gedanken, dass sie sich Karl wie eine wollene Decke um ihre Panik gelegt hatte, schob sie konsequent beiseite. Sie genoss das neue Leben in vollen Zügen, fühlte ihre neue Energie und es ging ihr blendend wie lange nicht. Ein Baby, ein Mann, eine Frau. Ein Model, ein Fotograf. Vor sich hin summend, räumte sie die Wohnung auf und war wild entschlossen, dieses Mal alles richtig zu machen.

»Ich dachte, er wäre zu alt und zu dick?«, fragte Lotti am Telefon ganz unverblümt.

»Er hat schon abgenommen und du sagst doch immer, wo die Liebe hinfällt. Meine Liebe ist zu Karl gefallen.«

»Hast du ihn schon an dein Döschen gelassen?«

»Lotti!«

»Ach, komm schon. Ich weiß jedenfalls noch, welcher Dorftrottel dein Döschen öffnen durfte. Damals hast du mir noch alles erzählt und ich dachte nur, nö, bitte lieber Gott, nicht dieser eingebildete Platzhirsch. Nicht der, und er hat mich nicht erhört! Saublöder Gott!«

Bella lachte und ja, Lotti war damals bei vielen Themen ihre Vertraute gewesen.

Bei Jungsthemen, Sexthemen, Körperthemen. Doch jetzt war sie erwachsen und kam alleine klar. »Hör auf mit dem Döschen-Scheiß.«

Lotti gackerte albern am Telefon, als hätte sie schon morgens um halb elf einen sitzen.

»Okay, mal im Ernst, Bella. Ich mag deinen Karl, der hat nicht so ein aufgeblasenes Ego wie alle anderen Typen vor ihm. Er ist schon so lange an deiner Seite, trägt dich auf Händen, ein Blinder könnte sehen, dass er dich liebt, und das Wichtigste: Ich hab dich mit ihm ganz unbeschwert gesehen. So unbeschwert, wie ich dich nur mit deinem Vater oder Becky kenne. Und nicht zu vergessen, die Fotos, die er von dir schießt. Heiliges Kanonenrohr. Verehrung pur.«

»Hör auf, Lotti, jetzt übertreibst du aber.«

Doch insgeheim liebte Bella die Zusammenfassung ihrer Tante und konnte nicht genug davon hören. Und es stimmte, mit Karl fühlte sie sich sicher, unbeschwert. Randvoll mit Leben. Wie als Jugendliche mit Becky, wie als Kind mit ihrem Vater. Alles war wieder möglich.

»Apropos Jupp, ist er okay?«

»Frieda hat mich angerufen. Den beiden geht's gut. Sie haben auf dem Schiff noch mal geheiratet.«

»Was?«

»Ja, das war es, was sie uns im Sommer eigentlich mitteilen wollten. Die große Ankündigung, weißt du noch? Sie genießen das volle Programm einer langweiligen Rentner-Kreuzfahrt. Aalen sich in der Sonne, gönnen sich Massagen, nehmen jeden Ball auf dem Schiff mit und feiern das Leben.«

»War das Friedas Idee? So romantisch hätte ich sie gar nicht eingeschätzt.«

»Nein. Jupps Idee.«

Bella fühlte den unangebrachten Stachel der Eifersucht, als hätte ihr Vater sich von ihr abgewandt. Deshalb hörte sie so wenig von ihm. Sie war ihm weniger wichtig. Sie war eifersüchtig auf ihre Mutter. Wie absurd.

»Jupp hat zwar nicht mehr so viel Energie wie früher, aber er teilt seine Kräfte gut ein. Kurz vor Weihnachten werden sie zurück sein. Ihr kommt doch?« Lotti hatte einfach weitergeredet.

»Ja, und ich bringe Karl mit!« Trotzig warf Bella den Satz in ihre Plauderei. Sie hatte auch jemanden, dem sie wichtig war.

»He! Das klingt nach einem Entschluss!«

»Und du, Lotti? Bringst du auch wen mit?«

»Wir werden sehen«, blieb sie geheimnisvoll. »Irgendwann werde ich auch mal jemanden mitbringen.«

41.

Überall im Dorf standen die beleuchteten Schwippbögen in den Fenstern. Kleine und große Büsche in den Gärten trugen mit größtmöglicher Würde die unfreiwillig übergestülpten Lichterketten, als wären sie Tannenbäume. Weihnachtsdekoration, wohin das Auge schaute.

»Ist schon nett hier, Weihnachten auf dem Land. Es könnte ruhig noch schneien. Dann wäre mein Leben geradezu perfekt.« Karl, der den Wagen sicher zu Familie Haberland steuerte, meinte die Worte ernst. Bella entdeckte kein Grinsen in seinem Gesicht. »Du, Holly und ich. Kaum zum Aushalten.«

Gerade als sie zur Gegenargumentation ansetzen wollte, machte Karl eine stoppende Handbewegung.

»Mach's nicht kaputt. Es ist ein Moment, lass ihn mir. Es ist Weihnachten.«

Schnell schloss sie ihren Mund wieder. Er hatte ja recht, wusste, dass sie sagen wollte, Holly habe einen anderen Vater, sie gehöre nicht wirklich zu Karl und gebe alles, damit Finn und Holly eine Beziehung aufbauen könnten.

Den Blick in die geschmückten Wohnzimmer gerichtet, lächelte sie. »Halt an, da ist Beckys Mutter. Lass mich kurz hallo sagen.«

Karl legte eine Vollbremsung hin. Bella hüpfte aus dem Auto und wie immer lag sie sofort in den Armen von Rosi

»Wie schön, dich zu treffen. Frohe Wohnachten, mein Mädchen.« Sie schaute entzückt durch die Autoscheibe und winkte Holly, die das nicht die Bohne interessierte. »Wie süß sie ist. Ich hätte auch so gerne ein Enkelkind. Aber unsere Becky bleibt wohl vorerst in Australien. Stellt dort Silberschmuck her und verkauft ihn. Kannst du dir das vorstellen?«

Bella lachte. »Irgendwie schon. Wir skypen immer mal. Aber ja, ich vermisse sie auch sehr!«

»Nun fahrt weiter. Die Deinen werden schon warten.« Bella verabschiedete sich, schmunzelte und wiederholte den altmodischen Ausdruck an Karl gewandt. »Hopp, hopp, die Meinen warten.«

»Die Deinen?«, fragte er.

»Genau die!«

Jupp freute sich wie verrückt, als er das Auto mit Bella, Karl und der Kleinen endlich in die Auffahrt einbiegen sah. Schon ewig hielt er nach ihnen Ausschau. Frieda und Lotti stürzten sich sofort auf Holly und wechselten sich schwesterlich mit allem, was die Kleine anging, ab.

Täglich trugen sie das Baby herum, spielten mit ihm, gingen im Dorf mit dem Kinderwagen spazieren und gaben Bella ihre Tochter nur zurück, wenn es unbedingt sein musste, nämlich zum Stillen. Baby Holly war offensichtlich zufrieden. Blickte neugierig in die Gesichter ihrer Vorfahren und gluckste, schlief oder schrie. Sie war pralle drei Monate jung und ihr Körper war rundum vom allerfeinsten Babyspeck umhüllt. Wenn sie ihr zahnloses Lächeln aufsetzte, schmolz die Familie dahin. Durch den Baby-Hype von Frieda und Lotti, blieb viel Zeit für Nähe zwischen Jupp und Isabella.

»Wie du, als du so klein warst. Das geborene Lächeln, jeder, der damals in deinen Wagen schaute, ging mit einem freundlicheren Gesicht und gehobenerer Laune weiter. Du hast alle verzaubert.« Jupp lächelte Bella an.

Sie kochte gerade seinen Lieblingskaffee. Nahm den großen Porzellanfilter, legte eine Filtertüte aus braunem Papier hinein, gab fünf gehäufte Teelöffel Kaffeepulver dazu und ließ das heiße Wasser langsam hindurchlaufen. Die blauweiß gepunktete Kaffeekanne sah aus wie auf dem Trödelmarkt gekauft, besaß schon deutliche Gebrauchsspuren, doch sie hatte unwiderruflichen Erinnerungswert, stammte sie doch aus dem Haushalt von Jupps Eltern. Frieda hatte sie schon ein paarmal aussortiert, doch Jupp liebte es, den Kaffee genau so zu trinken wie früher seine Mutter. Heimlich hatte er die Kanne erst in seine Werkstatt gepackt. Jetzt stand sie wieder an ihrem alten Platz im Küchenschrank.

»Hey, Paps.« Seine Tochter rubbelte ihm über die Glatze und pflanzte sich neben ihn. »Du sagst das so traurig. Wieso?«

Jupp dachte nach. »Das Fatale ist, dass man denkt, so ein zufriedenes Kind braucht nicht viel. Es bekommt jede Menge Anerkennung und Liebe von allen möglichen Leuten. Einfach, weil es hübsch ist, weil es mehr lächelt als weint. Heute denke ich, es stimmt nicht. Du hast sehr darunter gelitten, dass deine Mutter nicht wirklich für dich da war. Du hättest ihre Liebe genauso gebraucht wie meine.«

Kaum hatte Jupp den letzten Satz zu Ende gesprochen, stürmte Karl in die Küche, trat mit Schwung in die Futternäpfe der Katzen, verschüttete das Wasser und das Trockenfutter rollte in gewohnten Bahnen unter den Tisch.

Bella und Jupp nickten sich einvernehmlich zu, schüttelten über seine Tapsigkeit den Kopf und rollten die Augen. Karl schien über die Reaktion von Vater und Tochter kurz irritiert, stieg über die Sauerei und hielt Bella sein Telefon ans Ohr.

»Geh ran. Es ist die Agentur, Jessica. Sie versucht schon die ganze Zeit, dich zu erreichen. Nie gehst du an dein Handy!« Er drückte ihr sein Telefon ans Ohr.

Bella wehrte ihn ab, hielt die Hand über das Mikrofon.

»Jessica weiß doch, dass ich noch nicht wieder arbeiten will. Holly ist noch viel zu klein.«

Doch Karl blieb hartnäckig, hielt Jessica am Telefon. »Warte, ich geb sie dir«, und reichte, ihr Schimpfen missachtend, das Telefon an Bella weiter.

Karl und Jupp hörten von dem ganzen Gespräch nur Bellas knappe Antworten. »Ja ... gut ... toll ... wow ... ich denk drüber nach ... klar ... bis morgen!« Als sie auflegte, stürmten Lotti und Frieda mit einem weinenden Baby ins Haus.

»Unser Baby hat Hunger.« Mit ihnen kam ein Schwung kalter Dezemberluft in die mollige Wärme der Küche.

Jupp legte sofort die Hände um seine noch dampfende Kaffeetasse. Die Schwestern zogen ihre Wintermäntel aus und schälten Holly aus dem warmen Teddystrampler. Frieda reichte Holly weiter.

Lotti fasste mit beiden Händen um ihren üppigen Busen. Hob ihn an und ruckelte ihn zurecht.

»Manchmal wüsste ich gern, wie es sich anfühlt, ein Kind zu stillen. Na ja, vielleicht im nächsten Leben.«

Frieda haute ihr entrüstet auf die Finger, Jupp grinste. »Lotti, man betatscht sich nicht die eigenen Brüste in der Öffentlichkeit!«

»Je oller, umso doller«, schob er feixend hinterher.

»Hast du mich eigentlich gestillt?« Bellas Frage an ihre Mutter kam so plötzlich, dass Frieda erst mal um eine Antwort verlegen schien. Jupp räusperte sich, schenkte sich Kaffee nach und Frieda lenkte ungeschickt ab.

»Da schau her, die alte Kaffeekanne. Ist noch einer für mich drin?« Sie nahm eine Tasse aus dem Schrank.

Doch Bella hielt hartnäckig den Blick auf ihre Mutter gerichtet, ließ sie nicht vom Haken. »Hast du oder hast du nicht?«

»Nein. Ich hab dich nicht gestillt. Ich, es, ich hatte kaum Milch.«
»Hast du denn die Jungs gestillt?«
Frieda seufzte und gab auf. »Ja, hab ich. Da war ich auch deutlich jünger.«

Schweigend verschwand Bella in ihr altes Kinderzimmer. Stillte Holly, wickelte sie und versuchte dem, was sie gehört hatte, weniger Gewicht zu geben. Das war damals so, es bedeutet nichts, sprach ihre innere Beruhigungsmaschinerie, die das komplette Geschütz aufgefahren hatte. Doch sie kam nicht gegen die andere Stimme an. Sie hat dich nie geliebt, sie hat dich nie geliebt, dröhnte es aus dem Off. Sie strich während des Stillens über Hollys Kopf, ihre Brustwarzen taten weh und sie fühlte keine Verschmelzung während des Stillens, wie andere Mütter es behaupteten. Doch sie liebte ihre Tochter. Später könnte sie ihr stolz sagen, dass sie sie gestillt hatte. Aber konnte man Stillen mit Lieben gleichsetzen? Sie würde Holly auch lieben, wenn sie ihr ein Fläschchen fütterte.

Als sie wieder ins Wohnzimmer kam, brachte Karl das Thema zurück auf den neuen Auftrag. »Und? Machen wir es? Bella, komm schon! Eine Fortsetzungsserie. Das gleiche Hochglanzmagazin, die gleichen Konditionen, nur dieses Mal mit dem Baby. Du und ich! Und Holly!«

Karl freute sich wie ein Kind, Bella konnte unmöglich nein sagen. Für die Serie mit den Schwangerenfotos hatte er eine hoch dotierte Auszeichnung bekommen. Jetzt würde er sie mit dem Baby ins rechte Licht rücken, da vertraute sie ihm. Er war ein Meister darin, Menschen zu zeigen und doch nicht zu viel preiszugeben.

»Gut, Karlson. Wir machen es!«

Am Nachmittag des ersten Weihnachtsfeiertages klingelte Finn, um Holly abzuholen.

»Hier ist die abgepumpte Milch. Ihr Lieblingskuscheltuch, das mag sie gern am Gesicht beim Einschlafen.« Sie schaukelte leicht den Kinderwagen. Holly schaute mit großen, wachen Augen zu ihren Eltern auf und Bellas Herz wurde schwer.

»Bella«, sagte Finn. »Es sind nur zwei Stunden. Wenn sie weint und sich nicht beruhigen lässt, bringe ich sie sofort zurück. Meine Eltern wohnen im Nachbarort, du erinnerst dich?«

»Hast ja recht, dann entspanne ich mich mal.«

»Ich muss noch was mit dir besprechen.« Finn nestelte an seinem Schal, trat von einem Fuß auf den anderen. Hüstelte. »Ich hab den Oberstress mit Anna.«

Für einen kurzen Moment sah sie Finn, den Feigling. Nicht Finn, den Rockstar. Sie wartete ab, fragte nichts.

»Sie will nicht, dass ich so viel mit dir und Holly zu tun habe. Ich wäre mehr bei euch als mit ihr.«

Bella atmete hörbar ein und aus, ließ ihn aber zu Ende reden.

»Sie hat mich vor die Wahl gestellt, ihr beide oder sie. Sie, sie ist auch schwanger.«

Bella schnappte nach Luft wie ein erstickender Fisch. Sie brauchte einen Moment, ehe sie wieder fähig war zu sprechen. Auch wenn sie es da noch nicht benennen konnte, fürchtete sie um Holly und eine gute Beziehung zu ihrem Vater.

»Und du armer, armer Finn hast dich natürlich gegen dein Kind entschieden. Richtig?« Ihre Antwort tropfte vor Sarkasmus und sie würde keinen Tropfen davon aufwischen. Wie konnte er!

»Ich seh Holly ja trotzdem, wenn du hier bei deinen Eltern bist. Und leider noch was: Ab Januar habe ich ein Engagement am Theater in Konstanz, da bin ich für drei Monate weg. Dort ... ich ...«

Alles in ihr zog sich auf die Größe eines Stecknadelkopfes zusammen. Das eine war, sie wegzuschieben, aber Holly? Das war so unfair! »Weißt du was? Verpiss dich einfach! Wir brauchen dich nicht. Viel Glück mit Anna und dem neuen Kind. Du Arsch!«

Sie machte auf dem Absatz kehrt, schob den Kinderwagen zurück ins Haus und übergab ihr Kind der verdutzten Frieda.

»Frag nicht! Später«, brachte sie noch einigermaßen freundlich über die Lippen. Stürmte ins Bad und ließ sich eiskaltes Wasser über das Gesicht und die Unterarme laufen. Ihre Haut glühte und juckte am ganzen Körper, als wäre eine Ameisenbatterie darunter geschlüpft. Am liebsten würde sie sich aufkratzen. Aber noch lieber wünschte sie sich fiese Löwenkrallen, um Finn und Anna zu zerkratzen. Zu zerfleischen! Sie, die egoistische Anna, nahm Holly den Vater! Das war unverzeihlich.

Das neue Jahr begann in bedrückter Stimmung. Zurück in Berlin stellte Bella fest, dass ihre Haut weiter rebellierte. Überall breiteten sich kleine rote Flecken aus, zwischen den Fingern, an den Kniekehlen, eine Woche später auch an den Ellenbogen, am Schienbein. Es juckte unaufhörlich.

Sie ließ sich in der Apotheke gegenüber ihrer Wohnung beraten. Zeigte dem älteren Magister die Stellen, die am schlimmsten juckten, und er schmetterte sein Urteil fachmännisch neutral in Bellas Leben. »Sieht nach Neurodermitis aus.«

»Nein!«, kreischte sie hysterisch. »Auf keinen Fall! Nicht so was!« Sie kaufte eine fettende Salbe, registrierte den mitleidigen Blick des Apothekers und hätte ihn am liebsten angespuckt.

Ihre Ärztin, die sie am nächsten Tag aufsuchte, erklärte ihr, dass es vielleicht noch mit der Hormonumstellung nach der Geburt zusammenhängen könne. Dass es sich wieder einpendeln und sich ihre Haut beruhigen würde. Doch nichts pendelte sich ein. Nichts beruhigte sich. Nichts war mehr normal. Ihre ehemals glatte Marmorhaut blühte, juckte und sah rissig aus. Wund. Die Saat der Angst, dass bald auch ihr Gesicht befallen sein würde, keimte bereits in ihr, versetzte sie in Panik.

42.

Karl hatte den typischen Kameramannblick aufgesetzt, kniff die Augen zusammen und gab Bella knappe Anweisungen, die sie professionell umsetzte. Sie trug erneut die weißen, fließenden Gewänder. Fast durchsichtig. Statt des Babybauches gab es nun Holly, die mit ihnen am Set war und das Procedere neugierig beobachtete. Da sie die ganze Zeit am Körper ihrer Mutter war, schlief sie sogar ein, sodass stimmungsvolle und sehr eindringliche Fotos entstanden.

Karl sah, dass Bella sich ihrer Haut schämte. Besorgt achtete sie darauf, dass die schlimmsten Stellen bedeckt blieben. Zupfte hier und da an dem weißen Stoff.

»Bella, entspann dich, ich verspreche dir, alles zu prüfen und die roten Hautstellen zu retuschieren. Vertrau mir!« Er ahnte, wie es in ihr aussah und fühlte mit. Bella war in dem Wissen groß geworden, dass sie schön war, eine nicht wegzuretuschierende Tatsache. Sie war es gewohnt, Komplimente über ihr Aussehen zu bekommen, kannte die begehrlichen Blicke der Männer, die Spiegelung in den Augen der Frauen, die Blicke auf ihren Mund, ihre Brust. Sie schien mehr mit ihren Makeln zu kämpfen als jeder andere im Raum. Er hatte ihre wütende Stimme im Ohr, wenn sie die rissigen Hautstellen als Schandmale, Schandflecken titulierte und glaubte, dass sich die Menschen von nun an von ihr abwenden würden, als wäre sie kaputt.

Karl spürte, wie ihr die neue Situation zusetzte, wie sie sich am liebsten zu Hause verkrochen hätte, den Kopf in Hollys Nacken gegraben, sich dem Baby-Geruch hingebend.

Er zoomte durch die Fotos und bat sie, zwei Einstellungen zu wiederholen. Sie biss die Zähne zusammen, obwohl ihr Blick ihn anschrie: Muss das sein? Ich will weg!

»Im Job bist du echt ein strunzlangweiliger Perfektionist«, flüsterte Bella ihm ins Ohr, »wo ist denn deine sonst so nonchalante Lebensführung geblieben, ha?«

»Ja, Honey, mag sein«, entgegnete er gekränkt. Sah in ihre Augen, die erfüllt von Qualen waren. Schmerzhafte Funken sprühten zwischen ihnen und er, der ›strunzlangweilige Perfektonist‹ – ob er ihr das je vergeben konnte? – nutzte die Gefühlslage für ein weiteres Foto, das nichts mit dem aktuellen Auftrag zu tun hatte.

Wie eine Schlechtwetterfront hielt sich die miese Stimmung den ganzen Tag bis in den Abend hinein. Als Karl sich nachts an sie kuschelte, rückte Bella ganz leicht weg.

»Nein, fang nicht damit an. Bleib da!«, beschwerte er sich. Mit Schwung drehte sie sich zu ihm, knipste das Licht wieder an und zog sich, still und wütend, nackt aus.

»Schau hin. Willst du mich so? Willst du mich wirklich so?« Sie blinzelte ihre Tränen weg, hielt die Schultern gerade, den Kopf hoch und doch sah er, wie viel Überwindung es sie kostete, sich ihm so zu zeigen. Ihr Körper war übersät mit roten, rissigen Stellen, als würde etwas von innen über die Haut nach außen wollen. Seine schöne Freundin war eine einzige Wunde. Nie vorher hatte er sie so nackt gesehen. So pur.

Karl schluckte tapfer, hoffte, dass sein Adamsapfel nicht verriet, wie aufgewühlt er war. »Ja, Honey. Ich will dich. Es ist nur deine Haut. Du bist doch weiter da, da drunter.« Er legte eine Hand auf sein Herz. Verständnislos schaute sie ihn an. Karl nahm ihr Gesicht in seine Hände, küsste sanft ihre Lippen und zog sie zurück unter die warme Decke.

Bella zögerte, ließ sich auf einen weiteren Kuss ein und schmiegte sich an ihn. Ihre vertrauten Bewegungen flossen ineinander. Doch es fühlte sich hohl an, als hätte er eine Prostituierte bestellt, die ihn befriedigen sollte. Er verlor seine Erektion.

»Siehst du«, sagte sie mit bitterer Miene. »Du findest mich nicht mehr attraktiv.«

Sie schien dem Offensichtlichen mehr zu vertrauen als seiner Liebe. Stöhnend lehnte er sich zurück und kreuzte die Arme hinter dem Kopf. »Bitte hör mir zu, Bella. Mir ist scheißegal, ob du dick bist oder dünn, rote Haare oder blaue Haare hast. Ob deine Haut glatt, runzlig oder voller roter Flecken ist. Ich liebe nicht nur deine Hülle. Du bist viel mehr als das. Aber solange ich der Einzige bin, der das sieht, hab ich keine Chance.«

»Wie meinst du das?«

»Wie ich es sage. Lerne, dich zu mögen. Egal, wie du aussiehst.«

»Sonst?«

»Nichts, sonst. Ich mag nicht mit dir schlafen, wenn du dich selbst nicht magst. Tu es nicht mir zuliebe. Siehst ja, was dann passiert.« Er knickte seinen Zeigefinger um.

»Dann Schlappschwanz?« Ein leises Lächeln machte sich auf Bellas Zügen breit.

»Genau. Dann kommt Mister Schlappschwanz auf die Bühne und übernimmt.«

»Aber ich mag mich so nicht. Kein bisschen! Ich hasse diese Haut.« Auch Bella kreuzte die Arme hinter dem Kopf.

Er sah die roten Stellen an der weichen Haut ihrer Unterarme. Am liebsten wäre er sanft darüber gefahren, wie ein kühlender Wind.

Schweigend lagen sie nebeneinander, eine vom Sommer übriggebliebene Stubenfliege surrte um die Nachttischlampe und nervte. Mit einem kräftigen Schlag tötete Bella die Fliege und ließ sie achtlos liegen. »Karlson. Mach den Mund zu!«, hörte er sie sagen.

Karl richtete sich auf. »Honey, du machst mir Angst.«

»Ich bin so wütend! Wieso bekomme ich diese Scheiße, sag es mir? Wieso ich?«

Karl wollte sie in seine Arme ziehen, doch sie wehrte ihn ab.

»Nicht! Anfassen!«

»Also gut!« Karl befreite sich von der Bettdecke, stand auf und stellte sich vor sie. »Schau mich an! Bin ich perfekt? Nein! Ich bin zu klein, der Bauch ist zu dick. Aber hey, ich mag den Kerl in diesem Körper und du liebst ihn auch! Oder?«

Sie nickte müde, ihre Honigaugen glänzten nur matt. »Karlson. Ich bin nicht so cool wie du. Vielleicht brauch ich Zeit. Es hängt so viel an einem perfekten Körper, meine und Hollys gesamte Existenz. Wenn ich nicht mehr schön und makellos bin, werde ich keine weiteren Aufträge bekommen. Wer bucht schon ein Model mit Neurodermitis? Keine Aufträge heißt kein Einkommen. Noch hab ich genug Geld, ich könnte lange Zeit ohne Jobs klarkommen. Aber dann?«

Er schlüpfte wieder zu ihr unter die Decke. »Dann machst du eben was anderes.«

»Was denn? Ich liebe meine Arbeit, ich liebe es, den Menschen ein Lächeln aufs Gesicht zaubern. Das kann ich. Der Verlust des Begehrtwerdens macht mir zu schaffen.«

Inzwischen saßen beide aneinandergelehnt im Bett und redeten sich ihre Ängste von der Seele.

»Zunächst werde ich alles probieren, was in meiner Macht steht, um die Scheiße wieder loszuwerden. Ärzte, Heilpraktiker, Kuren, Lichttherapien, Ernährungsumstellung, was immer ich tun kann.« Sie kratzte sich selbstvergessen.

Karl nahm ihre Hände in seine. »Du hast die Psyche vergessen. Manchmal gibt es auch psychische Gründe für diese Hautgeschichten.«

»Meinst du etwa, mit mir stimmt was nicht?« Sie boxte ihn neckisch auf den Oberarm.

»Ich finde deinen Knall äußerst liebenswert.«

In kürzester Zeit rauften sie, jagten sich durchs Schlafzimmer und brüllten sich »Psst. Holly schläft!« zu. Als Karl sie schließlich packte, zu sich zog und küssen wollte, versteifte sie sich augenblicklich. Sofort ließ er sie wieder los.

»Was ist?«, fragte sie, das Erstaunen ins erhitzte Gesicht geschrieben. Ihre Augen suchten seine, fixierten ihn, bis er sich abwendete.

»Sorry, Honey Bee. Wenn du nicht willst, kann ich nicht.«

Beide japsten nach Luft.

»Aber ich will doch.«

Er schüttelte den Kopf. »Nein. Du würdest es nur mir zuliebe tun.«

»Was ist verkehrt daran?«

»So macht es mir keinen Spaß. Dann fühle ich dich nicht.« Er löste sich von ihr, wickelte sich in seine Decke ein.

»Aber wie sollen wir ohne Sex und Berührung unsere Beziehung beibehalten? Ich mag mich gerade nicht, ich verabscheue diese Haut. Ich berühre mich nur für Kratz- und Cremeorgien.«

Er sah die Angst in ihren Augen, fühlte ihr Aufgewühltsein. »Bella, das wird sich alles fügen. Wir können doch jetzt keinen Plan machen. Was-wäre-wenn, das funktioniert nicht. Vertrau dem Leben.«

Das waren wohl die falschen Worte, sie zog sich ein langes Schlafshirt über, legte die Arme um sich selbst, distanzierte sich von ihm.

Nach den Wochen des Verliebtseins schmerzte der Ausschluss fast körperlich. Karl konnte nur hilflos zuschauen, wie sie sich innerhalb weniger Minuten zusammenfaltete und weglegte.

»Dann lass uns lieber wieder Freunde sein, ohne den ganzen Beziehungskram. Bevor du mich verlässt, verlasse ich dich. Alles andere schaffe ich nicht.«

»Das meinst du nicht ernst?«

»Doch, Karl. So lange sind wir noch nicht zusammen, als dass wir es nicht rückgängig machen könnten. Ich brauche dich mehr als Freund.«

»Das, das kann ich nicht.« Er sah, wie es in ihr arbeitete. Stellte sich vor, wie sie sein Herz noch eine Weile in den Händen hielt, drehte, wendete, um es dann liebevoll in eine kostbare Schatulle zu betten. Dann den Deckel schloss und den Schlüssel in eine Schublade legte, für später.

43. Zwei Jahre später, März 2006

Die fettige Creme war heute nur langsam in Bellas Haut eingezogen und unter dem glasigen Fettfilm leuchteten die quaddeligen Ekzeme. Hellrote Warnsignale an den Armen, den Innenseiten der Schenkel, in den Kniekehlen. Dunkle Risse zwischen den Fingern. Ihre Hände hatten nichts Geschmeidiges mehr. Noch waren Bellas Gesicht und der Hals makellos glatt. Dank der Loyalität ihrer Agentin konnte sie weiterhin als Model arbeiten. Meistens wurde sie gebucht, wenn es um Haare ging. Wie in meinen Anfängen, dachte sie frustriert. Irgendwie entwickelt sich mein Leben rückwärts, in die falsche Richtung.

»Mama«, Holly hielt ihre Puppe hoch. Das pinkfarbene Kleidchen hatte sich zwischen Achseln und Kopf verfangen. Holly schaffte es nicht, ihre Puppe aus- oder anzuziehen. »Mama!« Ihre Tochter war gewöhnt, dass Mama das Problem löste. Die Puppe entkleiden, ihr ein anderes Kleidchen anziehen, die Haare bürsten. Vielleicht würde Holly verlangen, dass Bella der Puppe eine besondere Frisur machte. Die rosa Plastikhaut der Puppe war prall. Sie würde sich nie entzünden, auf nichts und niemanden reagieren. Generationen von Kindern könnten dieses blonde rosafarbene Plastikbaby mit Kleidchen, Hütchen, Strümpfchen, Schals und Schleifchen bestücken. Die Puppe würde mit ihren Kulleraugen klimpern, der rote Babykussmund herzförmig danken. Herzförmig, wie Bellas und Hollys Gesicht.

»Was für ein Scheiß!« Bella merkte erschrocken, dass sie die letzten Worte laut gesprochen hatte.

»Mami!« Holly wurde immer fordernder. Streckte ihr die Puppe entgegen, schlug sie monoton gegen ihr Bein.

Bella riss der Puppe in einem wütenden Rutsch das Kleid vom Leib. »Da hast du sie, deine Puppe!« Sie hielt ihr das rosanackte Plastik hin.

Holly schien die Welt nicht mehr zu verstehen. Ihr Gesicht verzog sich. Gleich würde sie weinen, mehr von ihr wollen. Sie nicht in Ruhe lassen.

»Hör auf!«

Holly schluchzte bereits. Tränen. Brüllen. Der Rotz lief ihr über das hochrote Gesicht. »Mama!«, wiederholte sie immer und immer wieder. »Mama! Mama!«

Bella schob mit dem Fuß Kind und Puppe beiseite, stand auf, flüchtete ins Bad und schloss sich ein. Nur für einen kurzen Moment. Pause. Ganz kurz nur. Pause!

Holly pochte mit ihren kleinen Fäusten an die Badtür, brüllte: »Mama aufmachen! Mama aufmachen!«

Bella sah sich im Spiegel, ihre wütende Fratze. Ihre Scheißhaut. Sie klatschte sich kaltes Wasser ins Gesicht, entdeckte neue rissige Stellen an ihrem Körper und schrie. Schrie, bis sie nicht mehr konnte. Übertönte Holly, die weiter an die Tür hämmerte. Schrie so lange, bis alles still war. Bella stützte sich über dem Waschbecken ab, ließ den Kopf hängen und dachte nach. Ihr Gehirn arbeitete fieberhaft. Das, wovor sie am meisten Angst hatte, war eingetreten. Die Ekzeme wanderten an ihrem Dekolleté den Hals hinauf. Neben den Augenbrauen juckte es bereits und sie begann, sich diese Stellen wie eine Irre aufzukratzen. Was für eine Wohltat.

Bella schleppte sich nach draußen, nahm Holly, die ihre Puppe fest an ihre Brust presste, an die Hand. Das Mädchen blieb stumm.

»Es tut mir so leid. Es tut mir so leid. Komm her. Komm zu Mami. So leid tut es mir.« Als sie die Kleine auf den Arm nehmen wollte, wehrte die sich und versteckte sich unterm Tisch. Bella wusste nicht weiter. In ihrer Not rief sie Karl an.

Karl, der im Hintergrund ihres Lebens weiterhin da war, unterkühlter zwar, aber nicht weg. Karl, der einen Schlüssel für ihre Wohnung hatte, falls mal was wäre. Jetzt ist was! Sie sprach auf seine Mailbox. »Kannst du Holly nehmen, bitte. Ich schaff das gerade nicht.« Dann legte sie sich ins Bett und wartete.

Wie aus weiter Ferne hörte sie den Schlüssel im Schloss. Hörte sein Rufen. »Bella? Holly? Wo seid ihr?« Keiner antwortete. Bella hoffte, dass er zuerst unter dem Tisch nachschauen würde. Holly, rette zuerst Holly. Sie ist wichtiger. Rette meine Kleine. Dann mich.

»Da bist du ja. Holly-Süße, ich bin es, Karl. Lange nicht gesehen. Darf ich zu dir kommen?«

Kein Wort von ihrer Tochter.

Bella hörte, wie er Jupp und Frieda anrief. »Könnt ihr schnell kommen? Ich weiß noch nicht, was los ist. Holly redet nicht. Ja, ich bleibe hier, bis ihr kommt. Bitte fahrt schnell los. Ach, ihr seid schon auf dem Weg? Gut.«

»Holly. Darf ich zu dir kommen? Nein? Okay, dann schau ich mal nach Mama. Bin gleich zurück.«

Bella hielt ihre Augen geschlossen. Sie hörte, wie er in ihr Schlafzimmer kam. Hörte sein lautloses Entsetzen. »Scheiße, Honey. Was hast du gemacht?« Er nahm ihre Hand, fühlte den Puls und rief den Notarzt an.

44.

Frieda machte sich Sorgen. Alles, was ihre Tochter in den letzten zwei Jahren unternommen hatte, um ihre Haut zu heilen, hatte nichts gebracht. Sie sah in ihr nur noch ein wundes Mädchen, das sich nicht unterkriegen ließ. Ihre tapfere Tochter! Doch Isabellas Stimmung war meistens gereizt, sie zog sich immer mehr aus dem sozialen Leben zurück und ja, Frieda liebte Holly und sorgte sich auch um sie. Schüttelte den Kopf, legte das Telefon auf die Gabel.

Energischen Schrittes lief sie auf Jupp zu. »Seit zwei Tagen geht sie nicht ans Telefon. Weder ans Handy, noch an ihr Festnetztelefon. Jetzt reicht's. Komm, lass uns nachschauen, ob alles in Ordnung ist.«

Sie musste Jupp nicht zweimal bitten. Ihre Tochter war seit einiger Zeit in einem schlechten psychischen und körperlichen Zustand und sie wusste, dass er sich auch sorgte. Ihre Ekzeme waren mal besser, mal schlechter, die Haut sah entsetzlich aus.

»Sie ist unglücklich und jagt alle davon, die es gut mit ihr meinen.« Jupp erhob sich schwerfällig aus seinem Lieblingssessel. Japste nach Luft.

Letzten Sommer war er nicht davon abzubringen gewesen, die Kirschen selbst zu ernten. Obwohl Frieda, die für ihre sechzig Jahre topfit war, die Leiter festhielt, trat er neben eine Sprosse, rutschte ab und brach sich das Becken. Seitdem japste er ständig nach Luft und hatte Schmerzen beim Laufen.

Sie schimpfte die ganze Zeit über seinen Dickkopf und beschwerte sich bei Lotti über die Ungerechtigkeit des Lebens.

»Er denkt immer noch, er kann alles. Jetzt haben wir endlich Zeit füreinander, prompt ist er dauernd krank und ich muss

ihn pflegen. Das Leben meint es einfach nicht gut mit mir!«
»Nörgel, nörgel, nörgel. Beruhig dich, Friedel. Er hätte auch längst tot sein können. Wäre dir das lieber gewesen? Jetzt genießt, was ihr habt. Meine Güte.«
Lotti hatte ihren Erotikshop untervermietet und war neuerdings ständig auf Reisen. Sicher steckte ein Mann dahinter, aber sie rückte nicht raus damit, wer der Auserwählte war.

»Können wir los?« Jupp unterbrach ihre Gedanken. Sie stutzte, als sie sah, wie er sich zurechtgemacht hatte. Er trug ein langärmliges ausgeleiertes Shirt, das sie auf den Tod nicht ausstehen konnte. Gelb-grün geringelt. Dazu seine braunen Cordhosen, ein braun kariertes Jackett, seine schwarze Baskenmütze und einen dicken gelben Schal. Er sah aus wie ein Kanarienvogel kurz vorm Wahnsinn.

»Guck nicht so! Mir gefällt es!« Er klapperte mit den Autoschlüsseln und zwinkerte ihr zu. »Ich bin alt genug, mich anziehen zu können, wie es mir gefällt.«

Frieda entspannte sich. Wenn sie sich mit seinen Augen sah, war da nichts Besonderes. Irgendwann hatte sie aufgehört, ihre Haare zu färben und stand zu der dunkelgrauen Melange, die ihren Kopf zierte. Die bequemen Klamotten, die flachen Schuhe und die gedeckten Farben hatten sich über die Jahre einfach durchgesetzt.

Rigoros zog sie den Reißverschluss ihrer dunklen Winterjacke zu und stieg auf dem Beifahrersitz ein.

»Ich zieh auch an, was mir gefällt.«

Ihr Mann nickte. »Genau, steh zu dir, meine kleine graue Maus.«

Sie boxte ihn auf den Arm. »Ich kann auch fahren.«

»Ich fahre.« Jupp fummelte seine Brille heraus. »Die Nachbarn füttern die Katzen, falls wir heute Abend nicht zurück sind.«

Frieda schaute ihren Mann an, normalerweise dachte er nicht bis zum nächsten Morgen, das war ihre Aufgabe. Er hatte es so ruhig gesagt, als hätte er beim Bäcker ein zweites Brot bestellt. Doch genau wie sie rechnete er mit dem Schlimmsten. Was war das Schlimmste? Keiner von beiden traute sich, in die Abgründe zu schauen.

Bella, die neuerdings wieder Isabella genannt werden wollte, war ihnen unheimlich.

»Bella gibt's nicht mehr, hatte sie sie wütend angefaucht. Die ist mausetot!« Ihre Augen blitzten feindselig, als sie ihnen den Satz um die Ohren schleuderte.

Zwei Stunden später, kurz vor dem Wohnhaus umrundeten sie bereits das dritte Mal denselben Block, um einen Parkplatz zu finden. Als Friedas Handy klingelte, fluchte Jupp bereits lautstark vor sich hin.

»Sei ruhig! Ich versteh sonst nichts!«

Was Karl da stotterte, ließ Frieda das Blut in den Adern gefrieren. Endlich. Ein Parkplatz. Jetzt noch die vier Treppen. Keuchend quälten sie sich nach oben.

Jupp war jedes Mal froh, dass im zweiten Stock ein ausrangierter Stuhl im Treppenhaus stand. Er setzte sich. »Nur kurz, bevor mir schwarz vor Augen wird.«

Oben angekommen, klingelte Frieda, Karl öffnete und sah aus, als wäre er gekidnappt worden. Er zeigte mit der einen Hand unter den Tisch, mit der anderen ins Schlafzimmer.

»Ich hab den Notarzt gerufen.«

Frieda kroch sofort unter den Tisch und drückte Holly an sich. Wiegte sie und flüsterte: »Oma Frieda ist da, alles wird gut. Alles wird wieder gut. Komm, wir setzen uns aufs Sofa. Nimm deine Puppe mit und die Decke auch.« Sie registrierte, dass das Mädchen eingepullert hatte. Die Nässe zog sich den Rücken hinauf. Frieda schauderte. Die Erinnerungen gingen ihr heute nicht aus dem Weg. Aktuelle Bilder mischten sich mit alten. Ihr Herz hämmerte gegen den Brustkorb.

Sie rettete sich in Aktionismus. Setzte heißes Wasser auf, suchte trockene Sachen, redete beruhigend mit Holly. War ganz und gar bei dem Kind und hatte große Angst, ins Schlafzimmer zu gehen.

Jupp war Karls anderem Fingerzeig gefolgt und betrat das moderne Schlafzimmer seiner Tochter. Viel helles Holz, weiße Gardinen, Schränke mit Spiegeln, die alle mit Tüchern zugehängt waren.

Isabella lag in ihrem Bett, zugedeckt bis zur Nasenspitze, als würde sie tief schlafen. Fast, als wäre sie schon tot.

Mit einem Schritt war er bei ihr, setzte sich auf ihr Bett. Nein! Nicht sterben!, schrie alles in ihm. Er rüttelte sie zu fest, sie stöhnte. »Gott sei Dank. Bella, ich bin es. Jupp. Dein Vater.« Er strich ihr über den Kopf und stutzte.

Sie hatte sich die Haare abgeschnitten. An einigen Stellen waren sie noch lang, an anderen raspelkurz. Überall war Blut. Eingetrocknetes. Frisches. Ihre Haut war eine einzige große rote Fleischwunde, sie hatte sich aufgekratzt. Überall da, wo sie hingekommen war, hatte sie sich zerkratzt. Regelrecht zerfleischt.

Jupp kämpfte mit den Tränen und dann sah er die neuen Stellen. An ihrem Hals, im Nacken, im Gesicht. Wie immer, wenn das Leben ganz schlimm oder ganz schön war, legte er sich einfach dazu und nahm sie in die Arme. »Bleib da«, flüsterte er.

»Bleib da, mein Mädchen.« Worte, die er vor vielen Jahren seiner Schwester zugeflüstert hatte. Marga, die nicht dageblieben war. Die ihn einfach verlassen hatte.

Jupp lag eng umschlungen mit seiner erschöpften Tochter im Bett. Er kämpfte mit den Tränen, war hilflos, konnte nichts tun, außer sie zu halten.

Als die Rettungssanitäter kamen, wechselte er ins Wohnzimmer und erblickte Holly, die sich dicht an ihre Großmutter kuschelte. Dieses Mädchen konnte sie bedingungslos lieben, dachte er gerührt. Schade, dass sie das früher nicht konnte. Mit Isabella.

Isabella wurde erstversorgt, an den Tropf gehängt und ins nächste Krankenhaus gefahren. Karl funktionierte wie immer, er packte eine kleine Tasche für Bella. Prüfte, ob alle Fenster geschlossen waren. Schaltete den Wasserkocher aus. Suchte Sachen für Holly zusammen. Rieb sich übers Gesicht, das in Verzweiflung erstarrt schien.

Frieda berührte ihn am Arm. »Fahr ruhig mit, Karl. Ich mach das hier.«

Sie schob ihn in Richtung der Rettungssanitäter. Karl nickte dankbar. Trotz der vorherrschenden Dramatik fiel Frieda auf, dass er ähnlich wie Jupp gekleidet war. Nur statt der ausgebeulten Cordhosen trug er ausgewaschene Jeans. Ein klitzekleines Lächeln huschte über ihr Gesicht. Ihre Tochter. In der Liebe blieb sie sich treu. Hatte sich einen Mann wie Papa gesucht. Holly, die nun endlich weinen konnte, klammerte sich mal an Frieda, mal an Jupp. Er schien an diesem Tag auf einen Schlag um weitere zehn Jahre gealtert.

45.

Frieda packte Hollys Tasche fertig, stellte sich auf eine längere Zeit mit ihrem Enkelkind ein und bestückte zusätzlich noch eine riesige Kiste mit Spielsachen. Kaum saßen sie alle im Auto, schlief Holly völlig erschöpft auf dem Rücksitz ein, eine ziemlich hässliche rosa Plastikpuppe im Arm.

Diesmal fuhr Frieda. Sie und Jupp starrten geradeaus auf die Fahrbahn. Unmöglich, das Erlebte in Worte zu fassen.

»So ähnlich haben wir uns kennengelernt.« Leise fing Frieda an zu erzählen. Jupp schwieg. »Zuallererst in meinem Leben sah ich dich am Bett deiner todkranken Schwester. Lotti hatte mich dahin beordert, damit ich meinem Elternhaus fernbleiben und unseren Vater nicht weiter provozieren konnte.«

Jupp schaute nun zu ihr. »Wir haben nie über deine Eltern gesprochen.«

Frieda hob die Hand zum Zeichen dafür, dass er nicht weiterreden sollte. »Darüber werden wir auch nie reden. Sie sind es nicht wert, nur eine einzige Silbe über sie zu verlieren!«

Ihre Stimme war eisig, hörte sie selbst. Sie wusste, Jupp akzeptierte das Nein, wie er es immer akzeptiert hatte, wenn die Sprache auf ihr Elternhaus kam. Weicher fuhr sie fort. »Du und ich und deine Schwester, das war unser Anfang. Wie du es oft mit Isabella gemacht hast und manchmal mit mir, lagst du an jenem Nachmittag hinter Marga, hast sie umarmt. Ganz leise geweint. Hast mich angeschaut und gesagt: ›Sie geht. Es ist so weit.‹ Du warst einerseits zutiefst traurig, andererseits absolut klar und ruhig dabei. Komischerweise habe ich damals gedacht, ich möchte von diesem Mann auch so gehalten werden.

So beschützt werden. Ich hab dich aus dem Stand heraus geliebt.«

Jupp lächelte, suchte ihre Hand.

»Nicht anfassen! Um Gottes willen, wenn ich Auto fahre, darf ich nur geradeaus schauen, beide Hände am Lenkrad. Sonst landen wir im nächsten Graben.« Zur Untermauerung schaute sie eine Millisekunde zu ihm und schon scherte der Wagen nach links aus.

»Ist gut, ist gut.« Jupp hob ergeben die Hände. »Ich weiß es ja. Schau nach vorn. Heiliges Kanonenrohr.«

Frieda blickte in den Rückspiegel; Holly schlief mit einem feinen Lächeln um den Mund.

Wieder schauten Jupp und sie geradeaus auf den grauen Asphalt der Autobahn, Frieda in Erinnerungen versunken.

»Ich war so froh«, sagte er, »dass du damals in mein Leben geschneit bist.« Also schien er ebenso an die Vergangenheit zu denken wie sie. »Ich hatte keine Ahnung, wieso du plötzlich in diesem Zimmer warst. Es war auch egal. Ohne dich, ich weiß nicht, ob ich die nächsten Wochen überlebt hätte. Kennst du das Gefühl, mit jemandem ganz, ganz nahe zu sein? So, als hätte man nur ein Herz, eine Seele, eine Haut?«

»Nein«, antwortete sie prompt. »Ich hatte gehofft, so etwas mit dir zu finden. Ich war immer neidisch, wenn du unserer Tochter so nah warst. Ich kann es einfach nicht.« Frieda war in Erzählstimmung. Lange hatten sie sich ihre Kennenlerngeschichte nicht erzählt, dabei liebten sie es, darüber zu reden. Wie rasch sich ein Leben ändern kann. Zwei Menschen begegnen sich, schauen sich in die Augen und beschließen ohne viele Worte, zusammenzubleiben. So war es bei ihnen.

»Es gab …« Jupp konnte das offenbar nicht so stehen lassen. »Es gab intensive Momente, in denen wir diese Nähe hatten.

Nähe ist flüchtig.« Er legte seine Hand auf ihren Nacken. Sofort wurde sie unruhig und er schien es zu merken, sagte: »Friedel, fahr einfach weiter und genieß meine Hand. Ich mach nichts weiter. Sie liegt einfach hier. Hand auf Nacken.« Frieda liebte es, wenn er so redete. Wenn er sagte, wo es langging. Viel zu selten. ›Hör auf zu nörgeln‹, hörte sie die Stimme ihrer Schwester. ›Immer wertest du alles Gute ab. Sofort schiebst du ein Aber hinterher und machst alles, was vorher gut war, kaputt.‹ Sie hatte ihr unzählige Beispiele für diese Behauptung genannt. Frieda schämte sich jetzt noch, wenn sie daran dachte. Nie wollte sie so eine unzufriedene Frau werden. »Minimomente.« Sie versuchte es ja. »Wir hatten intensive Minimomente. Und ja, Nähe ist flüchtig.«

»Ich liebe dich, Friedel. Auf meine Art. Nicht so, wie du es dir vielleicht vorgestellt hast.«

Mit verschleiertem Blick fuhr sie weiter. Jupps Hand lag immer noch in ihrem Nacken, Holly schlief. Mehr als einmal kam das Auto ins Schlingern. Abrupt nahm sie die nächste Parkbucht ohne zu blinken. Gurtete sich ab, stieg aus und wartete, bis Jupp sich aus dem Auto gehievt hatte.

»Meine Güte, in der Zeit könnte ich das Auto waschen und betanken.«

Ohne weitere Worte nahm er ihr Gesicht in beide Hände und küsste sie auf ihren Mund. »Alter Mann ist keine Dampflok.«

Sie lachte, wie sie seit einiger Zeit über diesen alten Jupp-Witz lachte. Dampflok, D-Zug. Egal.

»Fahr du, ich bin viel zu verheult. Schau mich an.«

Sie wechselten die Seiten. Jupp stellte den Fahrersitz neu ein, prüfte die Spiegel, nahm ein Pfefferminzbonbon, suchte die Brille.

»Hast du es jetzt langsam?«

Er ließ sich nicht aus der Ruhe bringen.»Ja, jetzt hab ich es langsam.« Dabei schaute er sie an und Frieda versuchte, nicht zu lachen. Sie fuhren eine ganze Weile schweigend. Holly schlief und schlief.

»Ich hoffe, Isabella schafft es.« Frieda musste über ihre Tochter reden. »Ich bin froh, dass sie wieder Isabella gerufen werden will, ich liebe diesen Namen. Bella war so unvollständig. Hat sie Tabletten genommen? Weißt du was?«

»Ist wohl unklar. Sie hat was zur Beruhigung genommen. Aber keiner weiß, wie viel. Ich glaube nicht, dass sie sterben wollte.«

»Das glaub ich auch nicht. Eigentlich liebt sie das Leben.«

Jupp nickte erschöpft. »Sie ist nur …« Er suchte nach Worten.

»… aus der Haut gefahren.« Frieda beendete seinen Satz.

Sichtlich erstaunt blickte er sie an, ohne, dass das Auto schlingerte. Er konnte auch so die Spur halten, wusste sie nach all den Jahren.

»Ich habe es nicht geschafft, sie anzuschauen. Ich bin so feige.«

Jupp blieb still, rieb sich über die müden Augen, ehe er das aussprach, wovor sie am meisten Angst hatte.

»Sie hat sich regelrecht verstümmelt.«

46.

Seit mehr als sechs Wochen war Isabella in der Klinik, und der schwarze Mantel, der tonnenschwer um ihre Schultern hing, wurde langsam leichter, als würde er ausdünnen, seine Festigkeit verlieren. Er bekam Löcher und das Schwarz veränderte sich zu einem helleren Grau. Die letzten Wochen und Tage, selbst die Stunden und Minuten vermengten sich zu einer sumpfigen Masse.

»Schwester Marianne, welches Datum ist heute?«

Marianne lächelte sie an. »Sie sehen wieder viel besser aus. Mehr Farbe im Gesicht. Heute ist der elfte Juni.« Für einen Moment zögerte sie und ergänzte »2006.«

Bella nickte. »Sonntag, stimmt das?«

Schwester Marianne nickte. »Ja, gleich kommt Ihre Familie. Vielleicht kommt heute Ihr Vater wieder mit.«

Ja, vielleicht, dachte Isabella und vielleicht könnte ich bald nach Hause gehen. Nach Hause? Wo war gerade Zuhause?

Jupp war bei den letzten Besuchen nicht dabei gewesen, aber Holly und Frieda kamen regelmäßig. Ihre Mutter sah jedes Mal erschöpfter aus, wenn sie Isabella erzählte, dass Jupp kaum noch Luft bekam, Schmerzen im Becken hatte und ihm jeder Schritt wehtat. Die neue Diabetes-Diagnose würde er einfach ignorieren und verlangte seine Mahlzeiten wie immer.

Heute wollte Isabella es endlich schaffen, ihrer Mutter für alles zu danken, was sie die letzten Wochen geschafft hatte. Holly und den kränkelnden Jupp versorgt, sie besucht, alles in Schuss gehalten. So oft hatte sie es sich schon vorgenommen, doch bevor sie die Worte aussprechen konnte, war sie wieder in ihrer dunklen energielosen Welt versunken.

»Mama, Mama!« Die Tür flog auf und Holly rannte zu ihr, ein Blatt hochhaltend.

»Oh, meine Süße, hast du das für mich gemalt?« Holly nickte kräftig mit dem Kopf. »Für Mama!« Frieda blieb dezent im Hintergrund, packte aus, was sie mitgebracht hatte und schien zu warten, bis Holly alles ausgeplappert hatte, was es zu erzählen gab.

»Opa ist auch krank, aber nicht im Haus für Kranke. Opa ist im Bett. Zuhause.«

Isabella schaute zu ihrer Mutter. Jetzt! »Danke, dass du dich so um Holly kümmerst.«

Frieda schluckte. Setzte sich auf den einzigen Besucherstuhl, faltete die Hände im Schoß und senkte den Blick. Isabella fiel es schwer, ihrer Mutter Komplimente zu machen. Doch was sie sah, berührte sie immer wieder aufs Neue. Holly vertraute ihrer Oma und Frieda liebte das kleine Mädchen abgöttisch. Wieso konntest du mich nicht so lieben? Diese Frage schwirrte Isabella ständig im Kopf herum. Irgendwann würde sie ihrer Mutter die Frage stellen müssen. Aber erst, wenn sie für die Antworten stark genug war. Schon eine halbe Stunde Besuch erschöpfte sie, ihre Haut juckte, die meisten der offenen Wunden waren verheilt, doch sie spürte sie pulsieren, als wären sie noch da.

»Ich versuche, Ende Juli nach Hause zu kommen. Ich glaube, die Antidepressiva schlagen an und mit der Psychologin habe ich auch gute Gesprächstermine gehabt.« Zuhause ist also mein Elternhaus, dachte Isabella, als sie ihrem letzten Satz nachhing. Was sollte sie mit der Berliner Wohnung machen?

»Becky kommt im Juli auch nach Hause«, sagte ihre Mutter. »Sie will dich unbedingt sehen. Das hat mir Bruno erzählt, ich hab ihn getroffen.«

Sofort schossen Isabella die Tränen in die Augen, doch sie wollte vor Holly nicht weinen. Das Wegdrücken kostete sie die letzte Kraft, die sie hatte. Nachdem die beiden aus der Tür waren, weinte sie sich in den vertrauten Dämmerzustand. Bloß nicht zu viel fühlen.

Als Frieda zurück in ihr stilles Haus kam, schlief Jupp immer noch. Sie schaute kurz in das abgedunkelte Schlafzimmer, fühlte seine warme Stirn und bereitete das Abendessen für Holly vor. Ab morgen würde das Kind in den benachbarten Dorfkindergarten gehen. Lotti und Frieda hatten ihre Kontakte spielen lassen und der Leiterin des Kindergartens ihre Notsituation erklärt. Holly wäre in Zukunft ein Mittagskind, würde mit anderen Kindern spielen und Frieda hätte wieder freie Vormittage. Von ihrer Arbeit hatte sie sich freistellen lassen. Vielleicht könnte sie ab September wieder arbeiten gehen, wenigstens für ein paar Stunden, überlegte sie. Sogar Beckys Eltern hatten ihre Hilfe angeboten, falls mal was sein sollte. Alles wird sich fügen, beruhigte sie sich.

»Oma Frieda, darf ich?« Holly zeigte auf den neuen Kinderrucksack, den sie zusammen für den Start im Kindergarten gekauft hatten.

»Aber ja, schau ihn dir an. Du darfst auch dein Lieblingsspielzeug mitbringen. Die anderen Kinder freuen sich schon auf dich.«

Holly nickte ernst, packte den Rucksack aus und wieder ein, schob in Gedanken die Unterlippe vor und bemerkte den kleinen Speichelfaden nicht, der sich geschickt am Kinn entlang hangelte.

Frieda lächelte, wischte ihr mit einem Stofftaschentuch über den feuchten Mund und die Kleine zog den Kopf genauso angewidert weg, wie es alle ihre Kinder getan hatten. Manches bleibt immer gleich, dachte sie.

Später, ihre Enkelin war eingeschlafen, schaltete Frieda den Fernseher ein. Sie versuchte, jeden Abend die Nachrichten und einen Film zu schauen. Das Abtauchen in andere Lebensgeschichten half ihr abzuschalten und ihre Sorgen zu vergessen. Jupp wollte nicht mehr aufstehen. Seit Tagen zog er sich in sich zurück, sie sah sein vor Schmerzen gequältes Gesicht, wenn er sich bewegte. Eigentlich brauchte er ein neues Hüftgelenk. Doch er weigerte sich, überhaupt darüber nachzudenken. Eine halbe Stunde vor den Nachrichten rief regelmäßig Lotti an, sie war derzeit für ein verlängertes Wochenende in Rom.

»Na, wie geht es euch?«

»Isabella sah heute besser aus, sie will bald aus der Klinik sein, sie hat von dem Modell Tagesklinik gehört. Da wäre sie abends immer zu Hause, nur tagsüber in der Klinik. Und: Sie hat sich bei mir bedankt.« Ganz kurz konnte Frieda nicht weitersprechen, dieser ehrlich gemeinte Dank ihrer Tochter hatte sie tief im Inneren berührt. »Und Jupp geht es beschissen«, redete sie schnell weiter.

Sie telefonierten eine halbe Stunde, tauschten alle Neuigkeiten aus und dann stellte Frieda den Ton am Fernseher lauter. »Nachrichten, Lotti. Bis morgen. Küsschen.« Sie legte auf.

Doch heute konnte sie sich irgendwie nicht auf die Nachrichten konzentrieren. Sie ging ins Schlafzimmer, schaltete das Licht ein und rüttelte ihren Mann.

Mürrisch schaute Jupp sie an. »Wieso weckst du mich?«

Frieda hatte die Arme in die Hüften gestemmt, wusste, dass sie immer so aussah, wenn sie wild entschlossen war.

»Morgen bring ich Holly in den neuen Kindergarten, diese Woche wird sie eingewöhnt. Spätestens die Woche danach

schleppe ich dich zum Arzt! Mir reicht es, dir beim Vergammeln zuzuschauen.«
»Das entscheide immer noch ich!«, entgegnete Jupp entrüstet und zog sich die Decke bis zum Kinn. »Mach das Licht aus.«
»Alter Muffelkopf, schlaf gut.« Sie ging zurück zu ihrem Film und fühlte sich besser.

47.

Jupp fühlte schon länger, wie sich die Lebensenergie von ihm zurückzog. Er war müde, so müde und die Tatsache, dass sein Körper nicht mehr so wollte wie er, machte ihn wütend. Mehr als einmal hatte er sich über alle Schmerzen hinweggesetzt und seinen Körper gezwungen, das zu machen, wonach ihm der Sinn stand. Regelmäßig bekam er die Quittung und hatte noch größere Schmerzen als zuvor.

Frieda hatte es geschafft, ihn zu dieser Untersuchung zu zwingen. Jetzt las er es schwarz auf weiß, er brauchte ein neues Hüftgelenk. Schon morgen sollte er im Krankenhaus einchecken, übermorgen operiert werden. Alles strengte ihn an, jeder Gedanke, jeder Schritt, jede Entscheidung. Er schaffte es nicht einmal mehr, Isabella zu besuchen. Ihre Aura war momentan so dunkel, so schwer, dass es ihn tief nach unten zog. Weiter, als er glaubte, dass es möglich sei. Er hatte dem nichts entgegenzusetzen. Nur Holly, mit ihrer kindlichen Leichtigkeit, zauberte ein Lächeln auf sein Gesicht. Sie erinnerte ihn an die kleine Isabella. Sonne pur.

»Friedel, haben wir Briefpapier?«

»Na ja, weiße Blätter. Was hast du vor?«

»Ich schreib dir endlich einen Liebesbrief. Sei nicht so neugierig.«

Sie lachte, er hatte seine Frau schon länger nicht lachen sehen. Als sie an ihm vorbeiging, gab er ihr einen Klaps auf den Po. Er wollte sie lachen sehen, entrüstet sehen. Wollte ihr vertraut-verstörtes »Jupp« hören.

48.

Karl registrierte sofort, wie Isabella die Luft anhielt und sich ausschaltete. Sie hatte ihm erklärt, wie schnell sie es schaffte, wenn ihr alles zu viel wurde, in einen aushaltbaren Standbymodus zu wechseln. In eine Beobachterposition.

Lotti und Karl saßen in Isabellas Zimmer und überbrachten die traurige Nachricht. Karl hielt ihre Hand.

»Er hat nicht gelitten.« Lotti nickte, ihre Augen gerötet, die Wimperntusche verschmiert.

»Nein, nein, nein!«, schrie Isabella mit gequälter Stimme auf.

»Aufhören! Hört auf! Ich will das nicht wissen.« Erst hielt sie sich die Ohren zu, dann umschlang sie sich selbst mit den Armen und wiegte sich hin und her. Die Klagelaute, die sie von sich gab, waren kaum zum Aushalten. Lotti heulte Rotz und Wasser und flüsterte, dass sie zu Frieda gehen müsse.

Karl wusste nicht, was er tun sollte. Was er sagen sollte. Er blieb einfach bei Isabella.

Jupp war zwei Tage nach der Hüft-Operation an einem zweiten Herzinfarkt gestorben. Im Krankenhaus, im Schlaf, mitten im Sommer. Karl hatte immer geglaubt, dass die Menschen eher im Winter sterben würden, aber doch nicht im Sommer. Lotti hatte ihn über Jupps Tod informiert und er konnte sich vorstellen, was das für Isabella bedeutete. Lotti und Frieda scheuten sich, es ihr zu sagen.

»Ich komme, ich sage es ihr«, entschied er. »Es nützt nichts, sie zu schonen und es ihr später zu sagen. Sie wird euch an die Gurgel gehen.« Beide Frauen waren beruhigt, dass er den schwierigen Part übernahm.

»Geh ruhig, Lotti. Frieda braucht sicher auch Beistand. Ich bleibe hier.« Er umarmte Lotti zum Abschied und nickte ihr zu, als Zeichen dafür, dass es in Ordnung sei.

Isabella wiegte sich immer noch auf dem Bett, hatte die Beine angezogen, die Arme darum gelegt, den Kopf auf die Knie gestützt. Karl wartete, bis sie sich ein bisschen beruhigt hatte.

»Komm her, Honey. Lass dich halten«, flüsterte er und sie krabbelte quer übers Bett zu ihm. Schmiegte sich in seine Arme und weinte. Beruhigte sich und weinte wieder. Es gab nichts zu sagen. Karl hielt sie, strich ihr über den Kopf, den Rücken, die Stirn.

»Ich komme morgen wieder. Versprochen.« Irgendwann schlief sie vor Erschöpfung ein.

Dieses Mal würde er sich nicht wegschicken lassen, nahm er sich felsenfest vor.

Karl besuchte sie, so oft es ging. Isabella hatte einen heftigen Rückfall in ihre schwere depressive Phase. Erst vor wenigen Tagen hatte es begonnen, ihr besser zu gehen, hörte er von der zuständigen Psychologin. Jupps Tod gab ihr jedoch den Rest. Sie verfiel wieder in einen düsteren Dämmerzustand, redete kaum, interessierte sich für rein gar nichts.

»Willst du Holly sehen? Soll ich sie mitbringen?«

Sie schüttelte den Kopf. Weinte sofort, als schäme sie sich dafür.

»Ist okay, wirklich. Sie muss auch erst verstehen, dass ihr Opa nicht mehr da ist.«

»Wie geht es meiner Mutter?« Eine erste Frage nach jemand anderem, registrierte Karl erfreut.

»Sie kämpft, ähnlich wie du. Die Vorbereitungen auf das Begräbnis und die Trauerfeier lenken sie ab. Und Holly natürlich.«

Mit der Faust schlug sie sich kräftig an ihre Stirn, ihre Schläfen. Immer wieder. »Ich bin so eine schwache Person. Meine Mutter muss das alles allein regeln und ich sitze hier. Unbeweglich. Nutzlos.«

Karl umfasste ihre geballten Fäuste, hielt sie fest. »Honey, hör auf. Nutze deine Wut und geh zur Beerdigung. Du wirst es dir nie verzeihen, wenn du nicht hingehst. Verabschiede dich.«

Heftig schüttelte sie den Kopf, wehrte ihn ab. »Wann?« Nur ein Murmeln.

»Übermorgen, am vierundzwanzigsten Juli.« Karl drückte ihre Hand.

»Übermorgen, am vierundzwanzigsten Juli«, wiederholte sie starr. »Wann genau ist er gestorben?«

»Am fünfzehnten Juli, in der Nacht. Die Schwester sagte, wahrscheinlich in der Morgendämmerung. Um Mitternacht hat er noch geatmet.«

»Madrugada«, flüsterte sie.

Karl kannte die Bedeutung und nahm ihre Hand. »Ja.«

Mit einem markerschütternden Schluchzer legte sie sich zurück ins Bett und zog sich die Decke über den Kopf.

Isabella hatte sich aufgerafft. Karl hatte recht, sie musste sich von ihrem Vater verabschieden, alles andere wäre unverzeihlich. Es war schmerzlich genug, dass sie ihn nicht noch einmal gesehen, einmal gesprochen, einmal berührt hatte. Beide schwächelten in den letzten Monaten, und Isabella dachte immer, alle Zeit der Welt zu haben. Auf wackligen Beinen, in schwarzen Klamotten, mit brüchiger Stimme und noch brüchigerer Stimmung, ging sie in ihr Elternhaus. Zwei Stunden, das schaffe ich, sprach sie sich Mut zu. Zuhause angekommen, fiel ihr zuerst Holly um den Hals.

»Mama, Mama. Opa Jupp ist jetzt im Himmel. Oma ist ganz traurig.«

Friedas Trauer zeigte sich überall. In ihrem Gesicht, ihrer Haltung, den Klamotten, der Stimme. Das ganze Haus trauerte. Wie ein Häufchen Elend stand sie in der Küche. Die Katzen schnurrten um ihre und Isabellas Beine, als wüssten sie, dass es den beiden Frauen in diesem Raum am schlechtesten ging. Mit einer winzigen Armbewegung zog Isabella ihre Mutter in eine Umarmung. Endlich weinten sie in einem gleichen Rhythmus, einer gleichen Melodie.

Die Zwillinge waren gekommen, Marco nicht. Auch Becky war endlich da, Beckys Eltern, der Bäcker, Kunden aus der Tischlerei und viele Menschen aus der Umgebung, die Jupp gekannt hatten, versammelten sich zur Verabschiedung.

Der Pfarrer hielt die Trauerrede und die Menschen schluchzten in ihre Taschentücher. Nach dem Pfarrer sprachen Isabellas Brüder über Jupp, dann ihre Mutter. Sie setzte an, musste gleich wieder abbrechen und außer »Ruhe in Frieden, mein Jupp«, schaffte sie keine weiteren Worte.

Lotti war sofort an ihrer Seite, stützte sie, reichte ihr Taschentücher und strich ihr sanft über die Wange.

Holly saß still auf Isabellas Schoß, Becky hielt fest ihre Hand und ließ den Tränen freien Lauf. Isabella rang noch mit sich, sollte sie, sollte sie nicht? Sanft schob sie ihre Tochter zu Frieda, ließ Beckys Hand los und ging zum Rednerpult.

Nervös nestelte sie an ihrer schwarzen Jacke, knöpfte sie auf, knöpfte sie zu, fuhr sich durch die inzwischen ordentlich kurzgeschnittenen Haare. »Ich, ich vermisse ihn unendlich. Er war mir ein guter, ein wirklich guter Vater.« Sie rang um etwas mehr Kraft in ihrer brüchig klingenden Stimme. »Der beste und ich, ich hätte alles für ihn getan.« Mehr ging nicht. Sie spürte, wie sich der letzte Rest von Festigkeit in ihr auflöste, die Tränen verschleierten ihr den Blick. »Beschütze mich von da oben, Paps.« Den letzten Satz hauchte sie nur für sich und richtete den Blick zum Himmel.

Becky drückte ihre Hand, als sie zurück auf ihren Platz kam. »Was hast du zuletzt gesagt?«, fragte die Freundin. »Es war so leise.«

Bella wiederholte für Becky den Satz. »Er soll mich beschützen, mein Schutzengel sein.«

Becky küsste ihre Wange. »Das wird er, glaub mir, Sweety.«

Später begleitete Becky ihre Freundin zurück in die Klinik. Dort angekommen, ließ Isabella sich sofort ins Bett fallen, die Trauerfeier hatte die restlichen Lebensgeister aus ihr gesaugt.

Ihre Augen fielen sofort zu, doch sie hörte noch Beckys Vorschlag: »Am liebsten würde ich heute bei dir bleiben, mich zu dir legen und ein bisschen weinen.«

Isabella klopfte leicht auf ihr Bett. »Komm.« Sie wusste nicht, ob das erlaubt war, doch es tat so gut, Becky an ihrer Seite zu haben. Wie damals, als ihr Kind geboren wurde.

»Weißt du noch, wie wir Holly bekommen haben?«, fragte sie Becky erschöpft.

»Aber ja, und jetzt haben wir Jupp verloren.« Becky kuschelte sich näher an, Hand in Hand schliefen sie ein.

Wir, dachte sie. So schön, wenn sie ›wir‹ sagt. Die nächsten Monate wäre Becky wieder auf Reisen und Isabella wusste, dass sie momentan keine Kraft zum Skypen hatte. Sie würde auf sie warten.

49.

Frieda sah ihrer Tochter an, dass sie fröstelte, denn sie zog das flaschengrüne Stricktuch enger um die Schultern. Langsam rührte sie in ihrem Teeglas. Ohne hinzusehen spürte sie, wie entschlossen Isabella sie anschaute, während sie die Füße auf den gegenüberliegenden Korbstuhl legte.

Trotz der zarten Annäherungen in den letzten Monaten stand die übliche Wand des Schweigens zwischen ihnen. Alles war wie immer und doch so entschieden anders.

»Frieda, Mum!«, bettelte Isabella ungewöhnlich sanft, Frieda registrierte das Mum. »Wieso konntest du mich nicht lieben? Offenbar nicht mal als ganz kleines Mädchen. Wieso nicht? Ich bin jetzt eine erwachsene Frau. Ich halt das aus. Hilf mir, mich zu verstehen!«

Frieda wusste, dass Isabella immer noch Therapie machte. Im November bat sie darum, in eine Tagesklinik verlegt zu werden, und seitdem sie mit einer neuen Therapeutin arbeitete, stellte sie Fragen über Fragen. Kratzte an ihren alten Wunden, bis sie aufklafften, und ließ sie nicht heilen.

Niemals in all den Jahren hatte Isabella sie jemals Mum, Mama oder Mutter genannt. Meistens vermied sie eine direkte Ansprache und redete drumherum. Wenn es nicht anders ging, sagte sie Frieda. Kurz und emotionslos. Das Mum ihrer Tochter fuhr ihr wie ein warmer Sommerschauer unter die Haut. Sie überlegte krampfhaft, was sie antworten sollte. Am liebsten wäre sie jetzt allein. Solche Gespräche gab es zwischen ihnen normalerweise nicht. Frieda schluckte, rührte und rang mit sich, denn Isabellas Bitte ließ sie keinesfalls so kalt, wie sie vorgab. Der kurze plötzliche Tod ihres Mannes hatte sie erschöpft, aufgeweicht. Wenn sie könnte, würde sie weinen. Noch hielt sie dem eindringlichen Blick ihrer Tochter stand und rührte konstant in ihrem nunmehr kalten Tee.

Doch Isabella schien keinen Zentimeter nachzugeben, rief: »Verdammt!«, stand auf und schlug auf den alten Holztisch, der sie schon so lange begleitete. Jupps Tisch. Der Löffel im Teeglas stieß an den Rand und fast klang es, als summe er eigenständig.

Frieda erschrak so sehr, dass sie kurz hochschaute und Isabellas Blick kreuzte. Ernste hellbraune Augen. Wütender Gesichtsausdruck. Kurze dunkelrote Haare.

»Ich brauch die ganze Geschichte, um heil zu werden. Verstehst du das denn nicht? Frieda!«

Wieder Frieda, kein Mum mehr. Sie holte tief Luft und lehnte sich zurück. Legte den Teelöffel neben das Glas und knetete ihre Hände, bis die Knöchel weiß waren. Nahm ein Papiertaschentuch aus der Hosentasche, zerpflückte es in seine Einzelteile, schob die Schnipsel zu einem kleinen Berg zusammen, strich ihn wieder auseinander und seufzte, ohne ihre Tochter ein weiteres Mal anzusehen. Isabella beugte sich vor und legte die Hände auf Friedas Arme, die sie aber spontan zurückzog, als hätte sie ein heißes Bügeleisen berührt. Schnell stand sie auf und entsorgte den selbst verzapften Taschentuchmüll im Kücheneimer. Berührungen zwischen ihnen gab es nicht. Für Berührungen war allzeit Jupp zuständig gewesen. Frieda schluckte, sie wusste, dass ihr Mund wieder verkniffen aussah und sie versuchte, ihre Lippen zu lockern. Nun, ohne Jupp, war alles Neuland zwischen ihr und Isabella. Unbearbeiteter Acker. Unerforschtes Gebiet.

Sie setzte sich wieder und schaffte es immer noch nicht, den Blick ihrer Tochter zu erwidern. Seit wann war die so unerbittlich? Schon immer, hätte Jupp gesagt. Schon immer. Zögerlich hoffend, das Gespräch noch abwenden zu können, setzte sie an. »Aber ich hab dich doch geliebt. Nur ...« Endlich trafen sich ihre Blicke und keine schaute weg. »Mum, hör auf. Nicht diese lahme Geschichte. Ich will alles wissen. Bitte.« Frieda gab ihren Widerstand auf, fühlte sich plötzlich uralt und traf die Entscheidung. »Gut. Ich versuch es. Du sollst die Geschichte bekommen.« Sie nickte mehrmals, als müsse sie sich ihrer Entscheidung versichern. Legte die Hände dicht beieinander in den Schoß, endlich ruhiger. Erinnerte sich, obwohl sie strikt gegen das Erinnern war. Nie verlangte es sie, zurück in die Vergangenheit zu schauen, da war so viel Schmutz, dass ihr die Augen brannten. Nie hatte sie daran geglaubt, dass das Reden über Probleme die Probleme lösen könnte. Sie und Jupp stammten aus einer Generation, die noch den Wert des Vergessens kannte. Den Wert, sich neu erfinden zu dürfen.

Isabella hatte sich wieder ihr gegenüber gesetzt, sah sie erwartungsvoll an.

Frieda erzählte: »Alles fing im Frühjahr 1969 an. Wir waren so jung, so verliebt und lebten mit unseren zweijährigen Zwillingen in einer kleinen Wohnung, hatten Berufe. Solide Berufe. Jupp Tischler, ich Sekretärin. Wir fühlten uns so, na ja, erwachsen. Wir waren ein Paar, wir waren Eltern, wir verdienten eigenes Geld. Plötzlich waren wir wichtig. Anders als in unseren düsteren Elternhäusern, in denen die im Krieg Gestorbenen und Vermissten ständig mit uns am Tisch saßen und mehr Raum einnahmen als wir Kinder. Jupp und ich waren Nachkriegskinder, geboren in den letzten Zügen des Zweiten Weltkrieges. Als wir uns kennenlernten, ging alles Schlag auf Schlag. Wir wollten so schnell wie möglich unser eigenes Leben. Das Leben! Leben. Er und ich. Auch wenn es für andere langweilig klang. Ich liebte unsere Normalität. Den ruhigen Rhythmus des ewig Gleichen. Ich vermute mal, ich war diejenige, die dieses durchschnittliche, überschaubare Leben wollte. Mit meiner ganzen Kraft hielt ich alles zusammen. Meine kleine Welt, meine eigene Familie. Ich liebte Jupp wie eine Besessene. Er brachte die Träume in mein Leben, die Luftschlösser, die Wolken, das Unerreichbare. Er hörte nie auf zu träumen.« Sie lächelte still vor sich hin, den Blick auf ihre Hände gerichtet. »Ich schon. Ich war in der Realität angekommen. Jupp sehnte sich schon immer nach mehr. Mehr Abenteuer, mehr Intensität, mehr danach, ein Künstler als ein Tischler zu sein, mehr Nähe.«

Frieda stand auf, holte ein Glas Wasser, trank und sprach weiter: »Und dann, vier Jahre nach den Zwillingen wurde Marco geboren. Schon wie Jupp ihn am ersten Tag seines Lebens anschaute, wusste ich, das wird nichts mit den beiden. Dein Vater wollte so unbedingt eine Tochter wie man unbedingt essen und trinken muss, um zu überleben. Ich verstand diese Dringlichkeit nie und dachte nur immer, er würde übertreiben. Maßlos, theatralisch, völlig überzogen. Ich sah seine Enttäuschung, seine Abwehr mir und dem Neugeborenen gegenüber und hätte ihn damals am liebsten geviertteilt.« Frieda schaute kurz hoch, erschrocken über ihre aufkommende Heftigkeit.

Sie sah, wie gebannt Isabella zuhörte. »So schlimm?«

Frieda nickte, zerpflückte das nächste Taschentuch, ihre Augen huschten mal hierhin, mal dorthin. Fühlte sich ein bisschen wie eine Maus, die nach einem Schlupfloch suchte. Sie wusste ja, was noch kommen würde. »Ich war ziemlich am Limit meiner Kraft und der Nerven. Hatte das Beruhigen unseres Jüngsten komplett allein übernehmen müssen, denn auf Jupps Arm brüllte der Kleine wie am Spieß. Wir versuchten es immer wieder, aber selbst wenn ich ihm das schlafende Baby reichte, damit er es in seine Wiege legen konnte, wachte Marco auf und brüllte ohrenbetäubend, als hätte Jupp ihn hinterrücks mit einer Nadel gepikst. Wie einen stinkenden Sack Lumpen gab er mir das Baby mit ausgestreckten Armen zurück. Als hätte er nichts mit ihm zu tun. Keine Chance. Marco erlebte uns vom ersten Atemzug an wie zwei gegensätzliche Pole. Plus und Minus. Jupps Ablehnung und meine doppelte Liebe, um die Ablehnung auszugleichen. Dazwischen fand sein Leben statt, ich glaube, er war völlig orientierungslos. Er hatte nur mich, die Zwillinge brauchten mich nicht so sehr wie er. Sie hatten sich selbst und ihren Vater. Aber Marco, der hatte nur mich. Nur mich. Verstehst du?«

Isabella schüttelte den Kopf. »Noch verstehe ich nicht, was das alles mit mir zu tun hat. Ich bin fünfzehn Jahre nach Marco geboren. Irgendwas muss dazwischen passiert sein. Aber ich verstehe, wie es dir gegangen sein muss.«

Hab Geduld, dachte Frieda. Es dreht sich nicht immer alles um dich. »Marco klammerte sich an mich wie ein Äffchen, dessen Mutter gestorben ist. Er brauchte mich, ich brauchte ihn. Plötzlich war ich für jemanden überlebenswichtig. Ich redete mir ein, dass es später leichter werden würde. Doch es wurde schwieriger. Irgendwann in dieser Zeit begannen wir, Jupp und ich, uns im Hintergrund unseres gewöhnlichen Lebens herumzutreiben. Er in seinem. Ich in meinem. Wir verloren uns, auch wenn wir zusammenblieben.«

Frieda erzählte ihr nichts von den verhassten Nächten, in denen Jupp von seinen Dämonen heimgesucht wurde. Nächten, in denen er vor sich hinredete, schweißgebadet aufwachte, sich orientierungslos umschaute, um sie dann wie ein angeschossenes Tier anzusehen. Alle Verletzlichkeit dieser Welt lag dann in

Jupps Blick und Frieda hatte mehr Angst als Trost in sich. Sie wusste, dass er in solchen Nächten in seine Werkstatt ging und Hochprozentiges trank, um die Geister in sich zu betäuben. Die Finsternis auszutricksen. Nie, niemals in all den Jahren ihrer Ehe sprachen sie darüber. Beide hofften, dass der unangenehme Zustand, von dem Jupp ab und zu heimgesucht wurde, schnell wieder vorübergehen würde. Wenn er zurück ins Bett schlüpfte, schmiegte er sich an sie und war mehr Kind als Mann. In dieser Verfassung konnte sie ihn nicht ausstehen, verachtete ihn für seine Bedürftigkeit, seine Alkoholfahne, seine Schwäche und rückte Millimeter um Millimeter von ihm ab.

Manchmal weinte sie leise, alle düsteren Vorboten möglicher Probleme wegrationalisierend, und katapultierte sich mit aller Kraft auf die Sonnenseite des Lebens. Ins Helle. Ermattet strich sie die dunklen Erinnerungen beiseite. Wem sollte dieses Wissen etwas nützen? Das ging nur Jupp und sie etwas an.

»Und dann?«, fragte Isabella ungeduldig.

Frieda holte sich eine Decke, kochte noch einmal Tee. Da Isabella und Holly, die schon im Bett war, wieder im Haus wohnten, hatten sie Zeit. Keine von beiden musste irgendwohin.

»Mit Marco war es die ganzen Jahre schwierig, wie du dir vielleicht vorstellen kannst.«

»Ja, einiges hat mir Marco schon erzählt und auch Lotti.«

»Es gab seltsame Übergriffe durch Marco in der Schule, lauter unangenehme Geschichten. Die Leute im Dorf redeten über uns. Alles lief aus dem Ruder. Jupp versteckte sich in der Werkstatt, hinter seiner Alkoholfahne und unter den Röcken anderer Frauen. Es war eine beschissene Zeit. Entschuldige den Ausdruck.«

»Was hat Marco denn gemacht?«

»Mädchen in die Enge getrieben, betatscht, seinen, ähm, Penis gezeigt.« Frieda war es so unangenehm, darüber zu sprechen, als wäre sie selbst die Übeltäterin. »Er kam schließlich ins Heim. Lotti hat sich sehr engagiert in diesem Kinderheim. Hat da ehrenamtlich Feste organisiert, war bei Ausflügen dabei und hielt den Kontakt zu Marcos Erziehern und dem Heimleiter. Ich hab das nicht ausgehalten. War zu einem einzigen Gespräch bei dem Heimpsychologen und hab mich nur geschämt. Geschämt für meinen Sohn, den ich trotz allem liebte. Ich war völlig verwirrt über diese große Liebe und die gleichzeitige Ablehnung.« Frieda schüttelte den Kopf. »Kaum auszuhalten.«

»Und Jupp?«

»Nach Marcos Auszug kehrte Ruhe zu Hause ein, er bemühte sich wieder mehr um mich, besonders nach meinem Komplettausfall hatten wir so etwas wie eine neue Phase in unserer Ehe. Jupp war präsenter. Na ja, er musste auch präsenter sein, denn ich war nicht ansprechbar. Ich bin einfach nicht mehr aufgestanden, ich konnte nicht mehr. Er musste sich um die Kinder kümmern.«

»Warte, warte«, unterbrach Isabella. »Was denn für einen Komplettausfall?«

Seufzend strich sich Frieda übers Gesicht. Stimmt ja, ihre Tochter kannte nicht die komplette Geschichte.

Ihren Ausraster, das Zusammenschlagen ihres eigenen Sohnes. Mutig nahm sie Anlauf wie beim Weitsprung in der Schule und erzählte es ihr alles, alle Ausläufer bis hin zum Stillstand. Isabella wollte die ganze Geschichte. Hier war sie.

Als Frieda wieder aufschaute, hatte ihre Tochter Tränen in den Augen und die Hand vor dem Mund. »Das ist so schrecklich und auch so traurig. Armer Marco, armer Jupp, arme Frieda.« Isabella war jetzt schon bis in die Zellen erschüttert und das war nur ein Teil der unendlichen Geschichte.

Frieda hoffte, dass sie es schaffte, alles zu erzählen. Bis zum bitteren Ende. »Irgendwann begann ich, die Jahre zu zählen, wie lange wir noch für die Jungs zuständig sein müssten. Bei den Zwillingen waren es vielleicht noch drei bis vier Jahre, sie waren ehrgeizig und wollten zusammen studieren. Bei Marco sechs, wenn er mit achtzehn Jahren gehen würde. Ich zerpflückte die Jahre in Monate und freute mich auf den Zustand danach. Jupp und ich wieder allein. Wie früher. Ich hatte keine Angst vor dem leeren Nest, im Gegenteil.«

»Und dann kam ich.«

»Und dann war ich mit dir schwanger.«

»Wieso hast du mich nicht abgetrieben?« Isabella schossen die Tränen in die Augen. Sie kratzte sich an den Händen.

Frieda sah es, zögerte und entschied. »Ich hatte es überlegt, aber dann wäre meine Ehe am Ende gewesen. Durch die Schwangerschaft keimte neue Hoffnung in uns, in mir. Jupp war wieder lebendig, er sprühte Funken, so sehr freute er sich. Ich habe dich für ihn bekommen. Und für uns als Paar, nicht für mich. Ich brauchte kein Kind mehr.«

Isabella schluckte, schwieg. Frieda wusste, ihre Worte waren eisenhart. Ihre Tochter wippte mit dem Fuß, verschränkte die Arme, offenbar juckte ihre Haut wieder, doch sie wollte dem Juckreiz nicht nachgeben. Nun setzte sie sich sogar auf ihre Hände.

Mit einem Seufzer als Auftakt erzählte Frieda weiter: »Und dann warst du so eine Schönheit, dass ich ständig um dich Sorge hatte. Du hast wildfremde Menschen mit deiner sonnigen Art angelockt. Als Kind konnte ich dich noch beschützen, als Jugendliche hast du mich absichtlich mit deinem Aussehen, deiner Kleidung, deinen Frisuren provoziert und ich war machtlos, hockte vor dir wie das Kaninchen vor der Schlange.

Unser Machtkampf hatte begonnen. Was du gemacht hast, machte man einfach nicht. Wie du rumgelaufen bist ... so ... so.«

Frieda fuchtelte zum Unterstreichen ihrer damaligen Hilflosigkeit mit den Händen in der Luft herum, richtete sich auf, ihr Mund zitterte vor erneuter Empörung.

»Ist ja gut. Es ist vorbei, reg dich wieder ab. Ich lebe seit einiger Zeit wie eine Nonne, das dürfte dir doch endlich gefallen. Und weiter?«

Friedas Hände wanderten zurück in den Schoß, der Blick folgte ihnen. Sie spürte, wie sich ein roter Schleier über ihr Gesicht legte, sich ausdehnte und auch für ihre Tochter sichtbar wurde.

»Einmal konnte ich dich nicht beschützen. Ich hab Marcos Worten vertraut, aber vielleicht war es doch schlimmer, so wie dein ganzer Körper reagiert, deine Haut, deine Depression.« Sie schaute ihrer Tochter in die Augen, sah, wie sie auf dem Stuhl hin- und herrutschte, als würde sie auf einem Ameisenhaufen sitzen.

All ihre Kraft aktivierend, sprach Frieda weiter: »Als du geboren wurdest, war dein Vater nicht wiederzuerkennen. Er nahm mir alles ab. Du warst ein Frühchen, konntest lange deine Temperatur nicht halten. Wir sollten dich hautnah am Körper tragen, bis du es selber schafftest, dich warm zu halten. Diese Aufgabe hatte Jupp übernommen und er liebte es. Er trug dich überallhin, du hast eingerollt vor seinem Bauch oder auf seiner Brust geschlafen. Seine Hände waren immer bei dir, um dich zu wärmen, zu halten. Einerseits war es schön, ihn so glücklich zu sehen, so im Frieden. Andererseits begann ich, mit einer leisen Wut auf ihn zu leben, die ständig Futter bekam. Er beachtete mich kaum noch, brauchte mich nicht mehr. Die Liebe zu dem kleinen Mädchen, also zu dir, war alles, was er nötig hatte. Jupp war glücklich ohne mich. All meine Hoffnung, dass es auch mit unserer Ehe wieder besser werden würde, war dahin. Und manchmal sah ich ihn mit den Augen von Marco und in mir brüllte alles, wie ungerecht er war. Wie selbstbezogen. Der einzig gute Nebeneffekt war, dass Marco wieder nach Hause durfte, er war nicht mehr in Jupps Fokus. Du wurdest sein Lebensinhalt, mit dir wollte er von Anfang an alles richtig machen. Aus dir sollte was ganz Großes werden.«

Isabella saß inzwischen still auf ihren Händen. Die Ameisen schienen weg zu sein. Ein ganz kleines Bisschen hoffte Frieda, dass ihre Tochter sie etwas mehr verstehen könne. Nur kurz schaute sie hoch, als wolle sie sich vergewissern, dass Isabella noch zuhörte.

»Marco und du, ihr wart von Anfang an ein Herz und eine Seele, die Zwillinge waren im Begriff auszuziehen, und ich atmete auf, als ich sah, wie kindlich ihr miteinander umgegangen seid. Ich habe es dem Jungen so gegönnt, noch mal unbeschwert zu spielen und rumzualbern. Zu Hause, mit dir. Dieses ganze sexuelle Zeugs war längst kein Thema mehr. Der Heimpsychologe sagte, es war eine vorpubertäre Geschichte, die mit einer Wette zu tun hatte. Seit Marco in der Heimschule war, entwickelte er sich richtig gut. Er war beliebt, hatte gute Noten und sein Betreuer hielt große Stücke auf ihn. Alles war gut.« Zögernd blickte Frieda ihre Tochter an, trank ein paar Schlucke, ja, sie musste es endlich sagen, Isabella sollte die Wahrheit erfahren. Sie legte los: »Doch dann kam ich eines Tages früher nach Hause. Marco hatte versprochen, zwei Stunden auf dich aufzupassen. Du warst wenig älter als zwei Jahre. Ich rief nach euch, hörte dann im Bad das Wasser laufen, euer Gemurmel und Lachen. Als ich die Tür öffnete, war er nackt. Hatte eine Erektion, deine kleine Hand war an seinem ... du weißt schon. Danach habe ich mich wie eine Wahnsinnige auf ihn gestürzt, ihn nach Strich und Faden verdroschen. Ich war wie eine Bestie, habe alles an ihm ausgelassen, was ich an Wut und Aggression in mir hatte. Restlos.«

Isabella zog den Atem zischend ein. Frieda rutschte bei der Erinnerung noch mehr zusammen, war fast nicht mehr da, doch sie erzählte weiter. »Danach habe ich mich selbst in die Psychiatrie eingewiesen. Ich war nicht mehr ich.«

Schweigen.

»Meinst du etwa«, sagte Isabella kaum hörbar, »er hat mich sexuell missbraucht?«

Frieda hob die Schulter, ließ sie wieder sacken. »Ich weiß es nicht. So, wie es dir in den letzten zwei Jahren ging, ziehe ich es wieder in Betracht. Ich weiß es einfach nicht.«

»Puh.« Isabellas Arme legten sich um ihren Körper. Sie schien sich festzuhalten.

»Hast du denn Erinnerungen an damals?«

»Nichts, da ist nichts. Auch nicht, wenn du es erzählst.« Sie stand auf, lief umher wie ein Tiger im Käfig. »Bin ich untersucht worden? Kann man eine Zweijährige, äh, hast du es überhaupt jemandem erzählt?«

Frieda schüttelte den Kopf. »Marco schwört, dass da nichts war. Ich habe ihm geglaubt.«

»Ja, klar. Deinem Lieblingssohn glaubst du alles.«

Wieder schüttelte sie den Kopf. »Ich habe nie mit jemandem darüber gesprochen, nicht mal in der Klinik. Nicht mit Jupp, nicht mit Lotti. Marco ist danach sofort abgehauen.«

»Hat denn keiner nachgefragt? Wieso er abgehauen ist, was war mit mir? Wer hat sich um mich gekümmert?«

»Kurz nachdem ich schnurstracks in die Klinik gegangen bin,

kam Lotti, sie hat sich um dich gekümmert. Um euch.«

»Was ist das denn für eine Scheiße! Niemand redet Klartext. Wenn es schwierig wird, verschwinden alle. Bin ich etwa ein missbrauchtes Kind? Ich fasse es nicht. Kein Wunder, dass ich so komisch drauf bin. Mich so abgetrennt fühle. So kontrollierend, immer wieder erstarre!« Wütend schlug Isabella auf den Holztisch. Stützte danach beide Arme darauf und sprühte Funken der Feindseligkeit. Die Katzen duckten sich, Frieda auch.

»Und wann wolltest du mir das alles sagen?«

Frieda stand auf, sie hielt es nicht aus, dass ihre Tochter über ihr aufragte. Hatte Angst, nahm den letzten Rest ihres Mutes zusammen und sprach es aus. Das, was sie sich über die Jahre zurechtgelegt hatte. »Eigentlich nie. Es war nie rauszubekommen, was wirklich passiert war. Ich wollte dich vor diesem ganzen Dreck beschützen, dich nicht damit belasten. Du, du hast dich so normal entwickelt. Danach. Es war dir zuliebe.«

»Nein! Wenn schon, dann dir zuliebe. Um mich ging es nicht. Du wolltest dich schützen und vielleicht noch Marco. Woher wolltest du überhaupt wissen, wie es mir danach ging? Ich denke, du warst dann acht Wochen in der Psychiatrie. Du hast mich danach gar nicht erlebt. Ich war mit meinem Vater alleine.«

»Zwölf!«

»Was?!«

»Ich war zwölf Wochen in der Psychiatrie.« Wenn schon Fakten, dann richtig. Schützend verschränkte Frieda die Arme vor der Brust, wappnete sich.

»Sobald meine Therapie vorbei ist, haue ich hier ab! Du bist das Letzte, das Allerletzte! Ich hasse dich!« Mit Schwung donnerte Isabella die Küchentür zu und verschwand nach oben, in ihr ehemaliges Zimmer.

Frieda hörte die Schritte in der oberen Etage und blieb unbeweglich sitzen.

Mühsam schleppte sie sich auf das große Sofa, deckte sich zu und fühlte sich um mehrere Jahre gealtert. Jetzt war es raus, und obwohl sie die letzten Jahre bereit war, alles bis zum Tod allein zu tragen, nie etwas zu sagen, fühlte sie eine Last weniger.

Beide Katzen suchten tapsend ihre Nähe, sie ließ es zu, dass sie sich an ihren Körper kuschelten. Dann weinte sie. Sie schaffte es nicht mehr, sich zu beherrschen. Alle Dämme brachen. Sie schluchzte, wie noch nie in ihrem Leben. Meistens war sie die Starke, die, die alles zusammenhielt und andere beschützte.

Bestimmt würde ihr Isabella Holly wegnehmen, der Gedanken ließ sie aufjaulen, sodass die Katzen die Ohren anlegten und vom Sofa sprangen. Erschrocken stopfte sie sich die Faust in den Mund.

»Jupp«, flüsterte sie. »Jupp, bist du da irgendwo? Ich brauche dich. Halt mich.«

Frieda weinte sich in einen Erschöpfungsschlaf, fühlte abwechselnd Reue, Scham, Liebe und Verzweiflung. Ihre größte Angst war, wie alles weitergehen sollte. Würde sie ganz allein in diesem großen Haus zurückbleiben? Ohne Holly, ohne Isabella. Ohne Jupp.

50.

Isabella warf sich auf ihr Bett. Im Rücken drückte etwas und sie hielt Hollys rosafarbene nackte Plastikpuppe in der Hand. Sie war damals so klein wie Holly gewesen, wie konnte man? Wer brachte das fertig? War sie ein missbrauchtes Kind? Marco, ihr Bruder. Lotti? Was wussten sie alle? Ihr Vater. Wo war er damals überhaupt? Das Ausmaß des Gehörten drang nicht zu ihr durch. Sie hörte das Wort, wie man Worte hört. Sexueller Missbrauch. Ein Skelett ohne Fleisch, ohne Adern und Sehnen, ohne Blut. Ohne Haut.

Isabellas Therapeutin in der Tagesklinik war eine kühle, distanzierte Frau Anfang sechzig. Sie trug stets einen sauberen weißen Kittel über ihrer Alltagskleidung und sah eher aus wie eine Chirurgin, die durchaus in der Lage schien, Probleme akkurat aus der Seele zu schneiden. Bei allem, was sie Isabella erklärte, was sie kommentierte, wenn sie nachfragte, selbst wenn sie nur zuhörte, vernahmen Isabellas Ohren die unterschwellige Botschaft: ›Stellen Sie sich nicht so an! Das ist doch wohl in den Griff zu bekommen!‹ Niemals sprach sie etwas in der Art aus, doch diese Mischung aus Lottis spöttischer Art, mit Problemen umzugehen, und der früheren Kühle ihrer Mutter machte ihr anfangs zu schaffen. Inzwischen mochte sie den patzigen Unterton der Therapeutin und studierte sie wie ein Phänomen aus einer vergangenen Zeit.

»Sie hatten recht!« Kaum saß Isabella in dem imposanten Drehsessel, legte sie los und redete sich alles von der Seele. Fünfzig Minuten, und darauf achtete die gute Frau, waren nicht ewig.

»Womit?« Knapp, wie immer.

»Dass ich Traumasymptome habe. Mein diffuses Abspalten, das Taubwerden, meine Körperreaktionen. Selbstverletzungen, all das.«

Sie spürte den interessierten Blick ihrer Therapeutin und erzählte ihr alles, was sie von ihrer Mutter erfahren hatte. Von ihrem Bruder, der früheren Wette mit sexuellem Inhalt, der Badsituation, dem Verdacht, dass er sie missbraucht hatte und Mutters Schweigen, um sie zu schützen.

Die Therapeutin dachte laut nach. Isabella wartete. »Es fehlen noch einige Puzzleteile. Was war mit der kleinen Isabella davor, danach und währenddessen? Sind Sie bereit?«

Natürlich, kein Wort des Mitgefühls. Weiter im Plan.

»Ich bin zu allem bereit.« Entschlossen, ihre Geschichte zu rekonstruieren, richtete sie sich auf, was in diesem Drehsessel nicht gut möglich war. Ihre Beine endeten wenige Zentimeter über dem Boden, sie musste aussehen wie ein Kind, kurz bevor es sich mit Schwung drehen würde.

»Können Sie Ihren Bruder besuchen, Lotti fragen, Ihre Zwillingsbrüder? Spielen die eine Rolle?«

Isabella schüttelte den Kopf. »Sie waren schon ausgezogen. Aber Marco und Lotti quetsche ich aus wie zwei alte Ketchupflaschen. Ich will alles wissen. Leider kann ich meinen Vater nicht mehr fragen. Denn wie ich es verstanden habe, waren wir ein Vierteljahr ganz allein zu Hause. Er hat mich danach erlebt.« Sie schluckte alles, was mit ihrem Vater zu tun hatte, am Kehlkopf vorbei. »Vielleicht hat Lotti mich auch erlebt. Danach.«

»Was denken Sie gerade?«

»Dass ich mir wünsche, mein Vater hätte nichts gedeckelt. Ich will ihn in guter Erinnerung behalten. Ich wäre so enttäuscht,

ich liebe ihn. Es war immer vertraut, mit ihm allein zu sein. Sobald meine Mutter dazukam, lag Spannung in der Luft. Immer habe ich sie für alles verantwortlich gemacht, was schwierig war. Vielleicht habe ich ihn zu sehr idealisiert?«
»Vielleicht. Wie ist es gerade zwischen Ihnen und Ihrer Mutter?« Sie schrieb etwas auf ihren Block.
»Ich hasse sie.«
Jetzt schaute sie wieder hoch. Geht doch. Die Therapeutin räusperte sich, schob ihre Brille zurück und legte den Block beiseite. »Es muss Ihre Mutter Überwindung gekostet haben, alles zu erzählen. Sie hätte auch weiter schweigen können.«
Isabella dachte eine Sekunde darüber nach, doch sie wollte wütend sein. »Ich will mich nicht mit ihr versöhnen.«
»Gut. Seien Sie wütend.« Wieder dieser ›Und stellen Sie sich nicht so an‹-Unterton.
»Ich fühle mich seltsamerweise auch erleichtert, dass es passable Gründe für mein Gestörtsein gibt. Ein anderer Grund wäre mir allerdings lieber gewesen. Ich möchte gern gleich diese Woche nach Gomera fliegen, um meinen Bruder zu sprechen.«
Die Therapeutin nickte. »Ich werde die Chefin der Tagesklinik informieren, dass Sie verreisen. Danach reden wir weiter.« Bevor Bella aufstand, fragte sie noch: »Was macht die Haut?«
Isabella schaute auf ihre Arme, spreizte die Finger.
»Ist ruhiger.«
Die Therapeutin lächelte sie an. »Na, dann ab in die Sonne, nach Gomera.«
›Werden Sie ja wohl in den Griff bekommen!‹

Als sie zurück nach Hause kam, hörte sie Stimmen aus Jupps Werkstatt, die ihr sofort einen Schauer über den Rücken jagten.

Seit dem Tod des Vaters vermied Isabella es, dort hinzuschauen und noch mehr, die Tür zu öffnen. Eine Männerstimme, eine Frauenstimme und ein Kind. Holly, Frieda und Karl? Sie blieb stehen, lauschte. Eindeutig. Karl. Neugierig öffnete sie das alte Tor, und der Schmerz um den Verlust ihres Vaters traf sie mit immenser Wucht. Trotz alledem, was gewesen war.

Allein der Geruch nach Holz, sein altes DDR-Sternradio, halbfertige Schränke, Tische und Skulpturen.

»Mama, Mama!«, Holly lief ihr in die Arme. Automatisch hob sie sie hoch und wirbelte sie durch die Luft. »Oma Frieda hat mir gezeigt, dass Opa Jupp mich gebastelt hat.« Stolz zeigte sie auf eine Kinderskulptur. »Und Karlson ist da!« Sie benutzte den vertrauten Kosenamen. Karlson. Zeigte auf ihn, als würde ihre blinde Mutter ihn immer noch nicht entdeckt haben.

»Hallo, Karlson.« Isabella freute sich, ihn zu sehen.

Nach der Trauerfeier und dem Start in der Tagesklinik im November hatten sie kaum Kontakt. Inzwischen war es Ende Januar. Weihnachten und den Jahreswechsel hatte sie nur gedämpft wahrgenommen.

»Honey.« Er deutete ein altmodisches Nicken der Ehrerbietung an. Machte eine Geste wie einen Diener. Beide standen immer noch mindestens zwei Meter voneinander entfernt.

»Hollyschatz, lass uns ins Haus gehen. Oma hat dir Grießbrei gemacht.«

»Mit Apfelmus?«

»Natürlich. Mit Apfelmus. Komm!« Frieda lockte ihre Enkelin diskret ins Haus und da Holly eine Genießerin vom Feinsten war, konnte man sie mit Essen überallhin locken. Sie kannte kein Kind, das Brokkoli und rote Beete lecker fand. Holly mochte alles. Isabella sah, mit wie viel Liebe und Gottvertrauen Holly an Friedas Hand ging.

Sie würde wahrscheinlich überall mit ihr hingehen.

Frieda war seit gestern Abend sehr still, schaute an Isabella vorbei, ging ihr aus dem Weg, schien zu versuchen, sich unsichtbar zu machen. Doch Isabella war immer noch sauwütend auf ihre Mutter und es schmerzte sie, dass sie von ihr nie so geliebt wurde, wie sie Holly liebte. Ein kleiner Teil hatte Verständnis für ihre Geschichte, doch der größere hatte das Sagen, und der war stinksauer.

51.

»Sie hasst mich, ich weiß es. Sie braucht jemanden, der sie liebt.« Frieda klang in Not, wie Karl am Telefon hörte.
»Ist Lotti in eurer Nähe?« Normalerweise war Friedas Schwester ein zuverlässiger Airbag. War da, wenn es knirschte und krachte.
»Sie wollte den Winter bei Marco auf der Insel verbringen. In der Sonne.«
»Nicht schlecht.«
»Sie meinte, es war schon immer ihr Traum, dem deutschen Winter zu entfliehen. Am Jahresende ist sie abgeflogen. Ich fürchte, ich sehe sie erst im März wieder. Kommst du, Karl?«
»Ich komme, ich vermisse Isabella auch.«
Seit Isabellas Zusammenbruch hielten sie zwar Kontakt, doch sie schob ihn immer wieder weg. Wollte nicht, dass er sie so erlebte. Schnell war klar, dass ihr Klinikaufenthalt länger dauern würde. Irgendwann bat sie ihn, die Berliner Wohnung aufzulösen und ihre Sachen zu ihren Eltern zu bringen.
»Ich will nicht in die Berliner Wohnung zurück, verstehst du das?«
Er verstand.
Als ihr Vater drei Monate später, im schönsten Monat Juli, an einem zweiten Herzinfarkt starb, hatte sie einen schlimmen Rückfall. Kratzte sich erneut wund und verfiel in eine Art Todesstarre. Schwere Depression, diagnostizierten die Ärzte. Den ganzen Sommer über, bis in den Herbst hinein, kämpfte Isabella ums Weiterleben. Um ihr Leben. Um das Helle. Ende November wurde sie entlassen, besuchte seitdem eine Tagesklinik und setzte dort ihre Therapie fort.

Sie war endlich wieder bei Holly und bei ihrer Mutter. Isabella hatte sich regelrecht eingeigelt. Vor der Welt verschlossen, vor ihm verschlossen. Aber Frieda und auch Lotti hielten regelmäßig Kontakt, als gehöre er längst zur Familie, auch wenn Isabella ihn immer wieder wegschob.

Holly fremdelte kein bisschen, als sie ihn aus dem Auto aussteigen sah. Sie nahm ihn an der Hand. »Oma, Oma. Karl ist da.« Sie plauderte von ihrem Tag und wollte sogar ihren Grießbrei mit ihm teilen. Ohne Scheu zog sie ihn in Jupps Werkstatt. »Opa ist jetzt im Himmel«, sie schaute kurz nach oben und lächelte zu Jupp. »Aber ich will dir was zeigen ...«

Wie hypnotisiert standen sich Isabella und er gegenüber. Sie nahm die Mütze vom Kopf, öffnete die Jacke. Er sah den neuen Haarschnitt, kurz und wild standen ihre roten Haare vom Kopf ab. Früher lagen sie in großen Wellen um ihr Gesicht, hingen bis zu den Brüsten. Lächelnd erinnerte er sich, wie die Haarspitzen ihre Brustwarzen berührten, wenn sie nackt war. Jetzt kringelten sich kleinere Locken dicht an ihrem Kopf. Es stand ihr gut. Ein ganz anderer Typ Frau. Trug sie Jupps Sachen? Sein grün-gelb-gestreiftes Lieblingsshirt, den gelben Schal. Die weite Jacke lag um ihre schmalen Schultern wie eine wohlige Umarmung.

Leider stand Karl wie versteinert im Raum, unfähig zu sprechen. Schaffte es nicht mehr, ihren Gesichtsausdruck zu lesen. Da waren so viele neue Facetten. Unbekanntes. Er kniff die Augen zusammen.

»Karlson«, schimpfte sie sanft. »Nicht den Kameramannblick!« Ohne Zögern ging sie auf ihn zu, nahm sein Gesicht in die Hände. Augenhöhe. »Du bist immer noch nicht gewachsen.«

»Nur innerlich.« Seine Stimme war ihm fremd.

Sie schmiegte sich an ihn. »Schön, dich zu sehen.« Und nach einer stillen Weile. »Wirklich.«

Endlich atmete er aus, entspannte sich. »So schön, dass du wieder unter den Lebenden bist.«

Sie nahm seinen Kopf und er berührte ihre neuen Haare. Atmete sie ein. Sog sie auf. Ihr Duft hatte ihn schon immer im Griff.

52.

Isabella landete planmäßig auf Teneriffa. Sie hatte genug Zeit, die Fähre in Los Christians zu erreichen, die sie auf die kleine Insel La Gomera bringen sollte. Mit anderen Rucksackreisenden nahm sie den Bus zum Hafen, den Weg hatte sie sich von Marco beschreiben lassen.

Mit ihm zu telefonieren, schaffte sie gerade nicht, sie hatten sich Textnachrichten hin- und hergeschickt. Doch Isabella war gewappnet, musste ihn treffen, ihn sprechen und ihm dabei fest in die Augen schauen. Marco freute sich sehr, dass sie ihn auf seiner Insel besuchen würde. Entweder war er, ebenso wie ihre Mutter, ein mieser Verdränger über all die Jahre oder wie sonst konnte er so cool sein?

Es gibt nette Appartements unweit vom Strand, soll ich dir was reservieren? Oder lieber oben in Calera?, schrieb er ganz entspannt.
Ich hab schon was gebucht. Ich find dich schon, beim Sonnenuntergang im Valle Gran Rey.
Okay, ich bin bei den Feuerspuckern. Freu mich auf dich, kleine Schwester.

Isabella wartete auf den Bus und las den letzten Satz immer wieder. Ihre Haut meldete sich mit dem inzwischen bekannten Jucken. Sie öffnete die Jacke, rollte die Ärmel hoch, damit die herrlich frische Meeresluft ihren Körper streifen konnte. Ganz kurz stellte sie sich vor, wie sich ein heilendes Gel aus dem Gemisch von Salzwasser und Sonne um sie legte. Lächelnd schloss sie die Augen, spürte, wie wohltuend allein die Fantasie war. Ansonsten fühlte sie sich aufs Neue taub, hatte sich in ihren inneren Sicherheitstrakt verfrachtet. Die Soldaten standen Gewehr bei Fuß. Am Hafen angekommen, schleppte sie ihre Tasche nach oben in das kleine Hafencafé, suchte einen Platz draußen, sodass sie den freien Blick aufs Meer hatte, genoss die warme Februarsonne, den leichten Wind und bestellte einen ersten Cortado.

Ohne es stoppen zu können, liefen ihr stille Tränen übers Gesicht. Der innere Sicherheitstrakt schien Schlupflöcher zu haben, Isabella wischte die Nässe nicht weg.

Lotti, die schon einige Zeit auf der Insel war, würde sie am Hafen abholen. Sie hatte ihr ein Foto aufs Handy geschickt. Lotti, braungebrannt, in einem knappen Top ohne BH, untenrum nur in ein durchsichtiges buntes Wickeltuch gehüllt und mit einer riesigen Sonnenbrille. Sogar ihre hochgezogenen Augenbrauen waren dahinter verschwunden.

Nur, damit du mich wiedererkennst, Sweetheart.

Ihre verrückte Tante. Sicher entfachte sie bei allen Männern ab fünfzig in diesem Tal den Wunsch, ihr gnädigst dienen zu wollen.

Als Isabella die große Fähre einfahren sah, zahlte sie und machte sich für die Überfahrt bereit. Mit jedem Meter, den die Fähre sie von der einen Insel zur anderen brachte, wurde ihr mulmiger zumute. Ihr war kotzübel, sie übergab sich auf der Toilette und sah, dass es andere ähnlich traf. War es nur das Schaukeln?

Nein, ihr ging es schlimmer als schlimm. Sie war nur noch eine halbe Stunde von der Insel entfernt und hasste es, im Ungewissen zu sein. Was, wenn ja, was wenn nein? Was, wenn es ungewiss blieb? Sie rieb sich den Kopf mit Tigerbalsam ein. Seit dem Gespräch mit ihrer Mutter litt sie unter Spannungskopfschmerzen. Nichts half.

Angekommen! Lotti stand im gleichen Outfit wie auf dem Foto bei den Wartenden am Hafen. Sie wedelte mit einem überdimensionalen Sonnenhut und strahlte sie an. »Hier, Bella, hier bin ich.«

Sie lachte. »Lotti, niemand wird dich jemals übersehen, glaub's mir.« Sie umarmten sich stürmisch und machten sich auf den halbstündigen Fußmarsch ins grüne Tal, Valle Gran Rey. »Und, Tantchen. Bella ist weg. Isabella bitte.«

Lotti nickte, hielt sich erschrocken die Hand an die Stirn. »Sorry, vergessen.«

Isabella bewunderte Lotti, wie dermaßen selbstverständlich sie in ihrem Körper daheim war. Ganz anders als ihre Mutter, die nur eine kleine Ecke ihres schlanken Körpers bewohnte. Zwei so unterschiedliche Schwestern.

»Das Schöne ist, hier braucht man kein Auto. Alles ist zu Fuß machbar, ich finde, ich hab auch schon ein Pölsterchen verloren. Oder?« Lotti wartete keine Antwort ab. Sie sah glücklich aus und lief den ganzen Weg wie auf Federn. »Ich will das jetzt jedes Jahr machen. Im Winter niste ich mich hier ein, da ist auch dein Bruder nicht ganz so abgeschnitten von uns allen. Wir sind doch eine Familie.« Sie zuppelte an ihrem Wickelding, der lockere Knoten war nach hinten verrutscht. »Du musst dich gleich umziehen, Mädchen. Deine Haut braucht diese gute Luft, glaub mir. Wie geht's eigentlich Frieda und meiner kleinen Holly?«

»Lotti, hast du Quasselwasser getrunken? So kenne ich dich gar nicht. Wir haben doch erst gestern telefoniert. Sag mal ...« Isabella schaute prüfend zu ihrer Tante. »Bist du verliebt?«

»Ja!«, platzte sie die Antwort heraus, als hätte sie seit Ewigkeiten auf diese Frage gewartet. »Du wirst ihn kennenlernen. Wir wollen heiraten.«

»Oh mein Gott! Ist das nicht bisschen zu schnell? Wie lange kennt ihr euch?«

»Seit fünfundzwanzig Jahren. Lange Geschichte, ich liebe ihn seit einem Vierteljahrhundert. Jetzt kommt meine Zeit!« Isabella schwitzte, die spanische Sonne hatte es in sich.

»Ich erzähl dir alles in Ruhe. Er ist auch hier, ach ja, und er heißt Leo.«

Isabella lachte amüsiert. »Leo.« Lachte lauter. »Wieso wundert es mich nicht, dass er nicht Helmut heißt oder Dieter, nein, Leo! Ein Löwe. Drunter machst du es nicht, oder?«

Lotti wohnte mit ihrem Leo in dem einzigen größeren Hotel in Strandnähe, mit einem Pool auf dem Dach. Isabella hatte sich ein kleines Appartement in einer Anlage gemietet.

»Mach dich frisch, Schätzchen. In zwei Stunden treffen wir uns vor der ›Maria‹, zum Sonnenuntergang. Marco und seine Truppe üben noch am hinteren Strand. Bis gleich.« Lotti stolzierte davon. Alles an ihr war am Schwingen.

53.

Isabella hatte sich umgezogen und schlenderte dorthin, wo alle hinschlenderten. Sie war nach wie vor aufgeregt, die Übelkeit ging nicht weg, wechselte sich mit Angst ab. Zwischendrin fühlte sie die blanke Wut auf ihren Bruder, der sich hier versteckte. War sogar wütend auf Jupp, der einfach gestorben war.

Im Minimarkt kaufte sie sich ein kühles Bier, setzte sich auf die warmen Steine ans Meer und beobachtete die Menschen, die sich hier trafen, um den Sonnenuntergang zu zelebrieren. Das Licht war zauberhaft, selbst ihre Haut sah aus wie die der anderen. Die Sonne legte ihren Weichzeichner auf alles, auch über sie. Es machte nichts, dass sie zu früh war. Ein kleiner Moment ganz allein, sie schloss die Augen.

Dann sah sie die Gruppe der Trommler, Tänzer und Feuerspucker herannahen. Ihr Bruder leuchtete, seine Haare waren lang, weißblond und im Rastalook gedreht. Seine Haut schimmerte tiefbraun und ebenmäßig, er hatte Lederschmuck an den Oberarmen, um die Handgelenke, um den Hals. Lief barfuß und trug so etwas wie einen Lendenschurz aus Leder.

»Na? Sieht dein Bruder nicht aus wie Tarzan?« Lotti legte die Hand auf ihre Schulter. »Und glaub mir, die Mädels sind hinter ihm her wie … wie …« Sie kam nicht drauf.

»Schmidts Katze?«, half der Mann neben Lotti aus. »Leo«, stellte er sich Isabella knapp vor, reichte ihr die Hand und lächelte sie scheu an.

Lotti strahlte, als hätte er den Satz des Pythagoras fehlerfrei angewandt. »Ja, wie Schmidts Katze.«

Der Mann kam Isabella bekannt vor. Leo, Leo? Es fiel ihr nicht ein.

Die Show begann und sie beobachtete, wie glücklich Marco seinen Job ausführte, wie selbstverständlich er zu dieser Gruppe Menschen auf dieser Insel gehörte. Er wechselte zwischen Trommeln und Feuerspucken. Als die Sonne das Meer berührte, färbte sich der Himmel purpurrot. Die Zuschauer klatschten entzückt.

Fast hätte Isabella schon wieder geweint, so berührend war das kleine abendliche Ritual, das in diesem Tal bereits seit Jahren zelebriert wurde, wie sie gelesen hatte. Sie schniefte.

Lotti und Leo küssten sich, schnell drehte sie sich weg, sie kannte die Tante nicht küssend. Es war ihr zu intim. Lotti war immer allein gewesen. Immer!

Marco kam freudig auf sie zu. Wusste er, dass sie wusste? Er umarmte sie ungestüm, sie versteifte sich.

»Du siehst so anders aus. Kurze Haare, kurze Jeans, ein viel zu großes Männershirt.« Er betrachtete sie, eine Armlänge von sich weggeschoben, und sie wich seinem Blick aus.

»Ich bin so müde heute. Treffen wir uns morgen Mittag?«

»Mittags? Okay. Gerne auch mittags.«

Am nächsten Tag saßen Isabella und Marco im warmen Sand, abseits der kleinen Promenade vom Valle Gran Rey. Sie hatten sich Wasser und ein paar belegte Brötchen besorgt.

»Schwesterherz, wir picknicken zusammen.«

Isabella fühlte, dass ihr Bruder hier zu Hause war. Er kannte jeden Stein, jeden Platz, der sie vor den wechselnden Winden schützen würde, jede Höhle, die Unterschlupf bot, die bewohnten und die unbewohnten. Wusste, wo man am besten das Rasseln der kleinen Kiesel im Meer hören konnte und wann welche Fähre ein- oder auslief.

Sie hatte ihm schon gesagt, weswegen sie hier war. Sie brauchte seine Variante.

»Erzähl«, bat sie ihn, spielte nervös mit dem warmen Sand und zog den Reißverschluss ihrer Strickjacke hoch und runter. »Und bitte, schone mich nicht. Ich brauche endlich alle Puzzleteile dieser Geschichte. Auch die Allerschlimmsten. Versprich es mir!«

Marco nickte, trank noch einen Schluck Wasser und starrte aufs Meer. »Du weißt, ich war eine Weile in dem Kinderheim, nur ein paar Dörfer von unserem Zuhause entfernt. Als du geboren wurdest, wurde Vater sanfter, freundlicher. Man konnte fast sagen, er war glücklich. Durch dich war ich nicht mehr in seinem Fokus, alle entspannten sich. Endlich durfte ich wieder öfter nach Hause, jedes Wochenende und auch mal während der Woche. Der Plan war, dass ich nach dem Ende des Schuljahres wieder ganz daheim einziehen sollte. Für mich war das, als würden Weihnachten und Ostern zusammenfallen. Und dann war es so weit. Meine Sachen waren gepackt, ich durfte nach Hause und irgendwie war ich dir dankbar, ohne dich wäre es vermutlich nicht dazu gekommen. Glaub mir, ich liebte dich wie ein großer Bruder seine kleine Schwester nur lieben kann. Wirklich alle hast du verzaubert, mit deinen Pausbäckchen, den Grübchen beim Lachen, den hellroten Haaren. Meine Fresse, warst du zuckersüß und auch gewohnt, dass dir alle Wünsche von den Augen abgelesen werden.«

Isabella ergänzte: »Und manchmal wusste ich gar nicht, dass ich diesen oder jenen Wunsch hatte. Einer der Erwachsenen war immer schneller als mein eigenes Wünschen.«

Sie nickten synchron.

»Wir beide haben viel rumgeblödelt«, fuhr Marco fort. »Frieda war immerzu erschöpft und mies gelaunt, aber Jupp, ich und Lotti waren für dich da. So konnte sie sich ausruhen und ich wollte meiner Mutter auch mal einen Gefallen tun. Sie war immer an meiner Seite. Na ja, fast.« Ein weiterer Schluck Wasser.

Isabella wusste, dass er all seinen Mut zusammennahm, um weiterzuerzählen. Sie fröstelte.

»An diesem besagten Nachmittag sollte ich eigentlich nur zwei Stunden auf dich aufpassen. Es war Oktober und draußen schon richtig kühl. Wir spielten im Garten, ich musste dich endlos hin- und herschaukeln. Dein kindliches Ganzkörper-Juchzen höre ich bis heute. Der Boden unter der Schaukel war vom letzten Regen völlig aufgeweicht und wir sahen beide ziemlich verdreckt aus. Wenn du nicht mehr schaukeln wolltest, bist du einfach abgesprungen. Ich musste also tierisch aufpassen, dich punktgenau abzupassen, damit du nicht in den Dreck fällst.« Er lächelte bei der Erinnerung. »Und dann, aus ziemlicher Höhe, bist du kleine Verrückte einfach gesprungen, hast losgelassen und darauf vertraut, dass ich dich schon fangen werde.« Marco schüttelte den Kopf. »Du warst der einzige Mensch, der mir jemals so sehr vertraut hat. Natürlich habe ich dich gefangen, aber wir sind beide rückwärts in den Schlamm gefallen, du bist weich auf meinem Bauch gelandet und hast gelacht. Du hattest einfach kein Angst-Gen. Im Eifer des Gefechts hast du vor Lachen eingepullert, das passierte tagsüber fast nie mehr. Nur noch zum Mittagsschlaf und in der Nacht brauchtest du eine Windel. Um uns sauber zu machen, gingen wir zurück ins Haus. Ins Bad.« Er stockte, Isabella wartete, ihr Herz hämmerte bis zur Schädeldecke.

»Erst wolltest du dich nicht ausziehen, ich sollte mich auch ausziehen. Dann hast du die neuen gelben Badeenten entdeckt, die Jupp dir mitgebracht hatte. Ich zog mein Shirt aus, wollte

dich animieren, dich ebenfalls auszuziehen, denn dein ganzer Rücken war nass vom Einpullern. Außerdem hast du gestunken. Anfangs hast du gut mitgemacht. Dann wolltest du unbedingt in die Wanne, mit den neuen Enten. Und glaub mir, wenn du etwas wolltest, dann wolltest du es. Ich hatte keine Chance, dich von irgendetwas anderem zu überzeugen! Also gut, dachte ich, dann baden wir eben. Ich ließ Wasser ein, war schon ausgezogen und bei dir war es nur noch die Unterwäsche, die du anhattest. Die mit den kleinen Pinguinen. Dann ...«
Isabella hielt die Luft an.
»Dann hast du meinen Penis entdeckt und wolltest ihn mal anfassen. Mit deiner Patschehand wolltest du da hinfassen. Er ... er stand sofort und du hast wieder gelacht, weil du dachtest, das wäre ein neues Spiel.« Marco rieb sich über die Augen.
»Ach Shit, ich war siebzehn, der stand auch, wenn mich jemand an der Augenbraue berührte, wenn ich Unterwäschekataloge ansah, wenn Stoff auf ihm rieb. In jener Zeit hatte ich dauernd einen Ständer. Ich hatte mich schon dran gewöhnt, es bedeutete nichts.« Er schluckte, nahm sichtlich Anlauf für den Rest. »In dem Moment ging die Badtür auf. Ich war nackt, hatte einen Ständer und deine Kinderhand war an meinem Schwanz. Frieda sah, was sie sehen wollte und drosch so unvermittelt auf mich ein, dass ich kaum Luft holen konnte. Sie schlug mit aller Kraft zu, schrie wie eine Irre, trat mich auch noch, als ich schon auf dem Boden lag. Sie hatte dich völlig ausgeblendet. Doch ich sah dich, die ganze Zeit habe ich an dich gedacht.« Er weinte.
»Versuchte, dir durch mein Lächeln zu sagen, dass alles gut ist.« Marco rieb sich über die Augen. »Doch nichts war gut, du hast dich mit dem Rücken an die Wand gestellt. Erst hast du noch geschrien, urplötzlich warst du total stumm und abwesend. Hattest inzwischen vor lauter Angst auch gekackt. Deine

Augen waren aufgerissen, voller Entsetzen. Eben hatten wir noch gelacht, alles war gut und dann dieses Höllenszenario! Ich konnte mir vorstellen, wie es dir gegangen sein musste. Ich, ich war so hilflos, wusste einfach nicht, wie ich dir helfen sollte. Was meine Mutter mit mir machte, war mir fast egal. Das kannte ich schon. Aber du ...« Er konnte nicht weiterreden.

Isabella rutschte näher zu ihm. »Du hast mich nicht sexuell missbraucht?«

Er schüttelte den Kopf. »Nein.«

»Schau mich an!« Sie blickte ihm in die verweinten Augen, die halb verdeckt von seinen verfilzten Locken waren. Sie fühlte, dass er die Wahrheit sprach.

»Es war nichts Sexuelles. Wenn mein Körper mir gehorcht hätte, hätte ich diese blöde Erektion auf keinen Fall gehabt. Ich wollte dich, uns beide saubermachen. Ich wollte keinen Ärger haben. Alles sollte picobello sein, bevor Frieda nach Hause kam. So wie sie es liebte. Was für eine Scheiße.« Er schluchzte auf, unterdrückte es schnell wieder. Hand in Hand saßen sie am Meer und schwiegen.

»Ich hatte also doch ein Angst-Gen.«

Marco drückte ihre Hand. »Ja. Du hast deine Angst leider von null auf hundert entdecken müssen.«

Schweigen.

»Wieso hast du es mir nie erzählt?« Isabella blickte ihren Bruder von der Seite an.

»Das fragst du nicht im Ernst? Du unterschätzt das unausgesprochene Verbot, dir nahe zu kommen. Das Thema war tabu. Erledigt. Niemand wusste davon, nur unsere Mutter und ich. Ich sollte einfach nur weg sein und du warst die Vorzeigetochter. Klug, schön, erfolgreich. Sauber. Wieso sollte ich dir von dem Schmutz erzählen? Und außerdem ...«

Er schaute in die Ferne, die Sonne stand noch hoch. »Ich hatte so viel mit mir zu tun.« Er lachte ein verächtliches, bitteres Lachen. »Hatte, ich meine, ich habe so viel mit mir zu tun.« Aus der Nähe sah sie seine Narben. An den Unterarmen, innen und außen an den Oberschenkeln, innen und außen. Sanft strich sie darüber. »Du hast auch keine heile Haut mehr.« Er schüttelte den Kopf. »In mir ist nichts heil. Nur hier, auf der Insel, fühle ich mich frei.« Isabella stand auf und zog ihn in die Höhe. »Komm her, Bruderherz.« Bevor er sich wehren konnte, hatte sie ihn in eine Umarmung gezogen. Sie spürte, wie er sich sofort anspannte. Fast nicht mehr atmete und darauf wartete, dass er gleich wieder freigegeben würde. Doch sie hielt ihn. »Entspann dich. Ich bin es nur. Isabella, deine kleine Schwester.« Sie fühlte, wie er mit sich rang, er wollte auf keinen Fall wieder weinen. Sanft strich sie über Marcos Rücken, seine wilden Haare und spürte seinen raschen Herzschlag.

54.

Isabella hatte abends die Terrassentüren ihres kleinen Appartements weit geöffnet und das Bett davorgeschoben. Sie hörte die ganze Nacht das Rauschen des Meeres, das Donnern der Wellen und hatte das Gefühl, auch in ihrem Inneren wurde alles einmal von unten nach oben umgestülpt. Völlig erledigt, nassgeschwitzt, aber glasklar wachte sie morgens auf.

Sie erinnerte sich an die letzten Worte ihrer Therapeutin: »Nur der siebzehnjährige Marco und die zweijährige Isabella wissen, was an diesem Nachmittag wirklich geschah. Niemand sonst. Sie werden sehen, was seine Aussage mit Ihnen macht. Wo es Resonanz in Ihnen gibt, wo nicht. Sie werden wissen, ob er die Wahrheit sagt oder lügt. Sie entscheiden am Ende, was Sie glauben wollen und was nicht.« Für ihre Therapeutin waren das sehr viele Worte an einem Stück.

»Niemals wird er sagen: Ja, kleine Schwester, ich habe dich missbraucht.«

»Sie werden es fühlen.«

»Aber ich trau meinen Gefühlen nicht mehr.«

»Sie werden es fühlen«, wiederholte sie. ›Stell dich nicht so an!‹, hörte Isabella.

Zum Abschied sah sie sogar einen Funken Mitgefühl hinter den Brillengläsern dieser souveränen Frau. Gleich, wenn sie zurück sein würde, hatten sie einen weiteren Termin vereinbart.

Die ganze Nacht summte das, was Marco und ihre Mutter erzählt hatten, in ihren Ohren. Immer wieder sah sie einzelne Szenen davon und am Ende fügte sich alles zu einem Bild. Doch wenn sie nicht sexuell missbraucht worden war, was war dann mit ihr los? Jetzt hatte sie Antworten und zugleich tausend neue Fragen.

In der Mittagshitze traf sie sich mit Lotti, Leo und Marco zu einem leichten Essen in einer kühlen Taverne an der kleinen Promenade. Leichtes Essen, ja, auch sonst ist alles in mir leichter, sinnierte Isabella, während sie auf die anderen wartete.

Als sie an diesem kleinen Tisch saßen, konnte sie Marco endlich wieder frei in die Augen schauen, er ihr auch. Zärtlich strich sie erneut über seine Narben am Unterarm. Sie gehörten zu ihm wie seine blonden verfilzten Locken.

»So, ihr zwei Turteltauben. Woher kennt ihr euch nun?« Isabella schaute zu Lotti und Leo.

»Ich war Marcos Betreuer im Kinderheim, dann der Heimleiter. Erst seit Kurzem bin ich pensioniert.«

Isabella sah die vertrauten Blicke zwischen Leo und Marco.

»Er war mein Vaterersatz, obwohl ich einen lebendigen Vater hatte. Nach der Sache mit der Truhe wollte ich nichts mehr mit Jupp zu tun haben. Ich habe seitdem panische Angst in geschlossenen Räumen, muss unter freiem Himmel schlafen, sonst wird mir die Luft zu knapp. Leo hat mich immer unterstützt, hat meine diversen Ängste verstanden, mich zu Therapeuten geschleppt und immer wieder versucht, zwischen mir und meinem Vater zu vermitteln. Fast hätte es ja auch zu Hause geklappt. Alles lief gut, selbst Jupp war freundlicher zu mir. Wir hätten eine echte Chance gehabt.«

»Und dann kam deine Mutter und hat dich krankenhausreif geschlagen.« Das war Lotti.

Isabella und Marco wechselten Blicke, sie suchte seine Hand.

»Was war eigentlich mit der Truhe?«

»Mein Vater, unser Vater, war einmal so wütend auf mich,

dass er mich in eine große Holztruhe gesperrt und abgeschlossen hat. Ich weiß, ich habe ihn jeden Tag provoziert, zur Weißglut gebracht. Trotzdem, er hätte darüberstehen müssen! Er war doch erwachsen! Ich weiß nicht, wie lange ich da drin war. Er ist einfach weggegangen. Lange.« Isabella fehlten die Worte.
»Unendlich lange.«
»Das hat Jupp gemacht? Das ist so unvorstellbar für mich. Er war immer so gut zu mir. Und dann?«
»Hat er mich wieder rausgelassen und ich musste ihm versprechen, dass ich niemandem davon erzähle. Er würde es immer abstreiten. Danach hat er sich betrunken, ich bin ins Heim gekommen und er hat viel dafür getan, dass ich nicht zurückkam. Scheißtyp.« Marco trank einen Schluck vom kühlen Bier.
»Habt ihr euch vor seinem Tod ausgesprochen?«
Marco schüttelte den Kopf, seine Haare verdeckten die Augen fast vollständig. »Lotti hat mir einen Brief von ihm gegeben. Ich habe ihn nicht gelesen. Ich weiß schon, was drinsteht, dass es ihm leidtut, blablabla. Zu spät. Ich konnte auch nicht zur Beerdigung kommen. Es ging nicht.«
»Marco, ich glaube, dein Vater war damals nicht er selbst. Und ich glaube auch, dass er sich nie verzeihen konnte, was er dir angetan hat. Vielleicht kannst du ihm irgendwann verzeihen. Für ihn und für dich.« Das war Leo, der stille Leo. Voller Wärme schaute der ältere, gutaussehende Mann auf Marco. Eine Wärme, die Marco sich gewiss von seinem Vater ersehnt hatte. Leo gab sie ihm offenbar, eine Stellvertreterwärme, die sehr ernst gemeint war.
Isabella konnte gut verstehen, dass ihre Tante sich in diesen Mann verliebt hatte. Lotti schien berührt, nahm die riesige Sonnenbrille ab, wischte sich über die mascara-verschmierten Au-

gen und brachte blindlings Ordnung in ihr Gesicht. »Eure Familie hat mich über die Jahre vielleicht Nerven gekostet. Für eine eigene hätte ich gar keine Zeit gehabt.«
Als das Essen kam, legten sie eine Pause ein. Redeten über dies und das. Das Wetter, das kleine Tal, das Essen, die Ruhe, die vielen Singles, die vielen Rucksackreisenden, die Liebe.
»Nun erzählt schon von euch beiden.« Isabella wollte endlich die Liebesgeschichte ihrer Tante hören. Leo nickte Lotti als Zeichen seines Einverständnisses zu.
»Wir mochten uns von Anfang an. Als Marco ins Heim kam, war ich heilfroh, dass Leo sein Betreuer war. Ich habe mich dort sehr engagiert, weil ich so oft wie möglich in Marcos Nähe sein wollte. Ich wusste immer, dass er ein guter Junge ist. Ist er auch. Kurz und gut, ich verliebte mich in Leo, wie kann man sich auch nicht in ihn verlieben?«
Leo lächelte still.
»Aber er war verheiratet, wir lebten auf dem Dorf und wir konnten nicht einfach so zusammen sein. Immer, wenn wir mal wieder Mut hatten, beschlossen wir, uns zusammenzutun und es öffentlich zu machen. Nächste Woche, nächsten Monat, nächstes Jahr. Immer, wirklich immer, kam was dazwischen. Dann wurde seine Frau ziemlich krank. Ich steckte wieder zurück und wartete. Wollte mich auf einen neuen Mann einlassen, wollte loslassen, Leo freigeben. Glaubte nicht mehr daran, dass wir je zusammenkommen würden. Ich sagte es Leo, dann schrieb er, dass er warten würde. Und so ging das über viele Jahre. Zum Glück hatte ich eure Familie, meinen Laden und meine starke Sehnsucht zu leben und zu lieben. Und dann, ihr glaubt es nicht!«, sie lehnte sich zurück, trank genüsslich einen Schluck perlenden Weißwein und fuhr grinsend fort, »dann erholte sich seine Frau, fuhr irgendwo in Bayern zur Kur, ver-

liebte sich und verließ ihn. Das dauerte keine vier Tage.« Lotti lachte, wartete die Sprachlosigkeit der anderen ab. »So ist das Leben, keiner weiß, was im nächsten Moment passiert. Alles ist möglich. Jetzt sind wir zusammen. Endlich.« Ihr Blick schwenkte zwischen Marco und Isabella hin und her. »Ihr beide habt sichtbare und unsichtbare Wunden, für die ihr überhaupt nichts könnt. Tragt sie mit Stolz und glaubt an euch! Prost, auf das Leben!«

»Und die Liebe!« Leo ergänzte Lottis Spruch.

Isabella ahnte schon, wohin Lottis nächste Frage zielte. »Nein, Lotti, um die Liebe kümmere ich mich später. Eins nach dem anderen.«

Marco schüttelte den Kopf. »Nichts Festes. Ich bin viel zu verkorkst, auch sexuell. Am liebsten hätte ich eine platonische Liebe«, kam er ihrer Frage zuvor.

Lotti seufzte und schenkte allen nach. Marco schaute währenddessen wie gebannt auf die junge Frau, die auf ihren Tisch zukam. Ihr buntes Bikinioberteil und der schwingende Rock standen ihr fabelhaft. »Hey, Marco, kommst du mit? Ich bin auf dem Weg zu euch in die Schweinebucht.«

Marco stellte sein Geschirr zusammen. »Ich muss los, zurück in meine Höhle«, er zwinkerte seiner Schwester zu.

Isabella sah, wie in seinem Gesicht das Licht anging. Ganz kurz sah er aus wie ein junger Gott aus irgendeinem römischen Historienfilm. Blitzschnell trank er aus, wischte sich über den Mund und verabschiedete sich. »Danke für die Einladung, Lotti.«

»Da geht doch was!« Lotti wieder, dachte Isabella.

Isabella und Leo schauten sich einvernehmlich grinsend an und plötzlich wusste Isabella wieder, wo sie Leo schon einmal gesehen hatte.

Auf dem Foto von ihrem zweiten Geburtstag. Sie saß auf Marcos Schultern und im Hintergrund redete Lotti mit einem attraktiven Mann.

55.

Lotti raffte ihr neues Sommerkleid zusammen, schaute Isabella hinterher, die eine kleine Siesta halten wollte, und nahm beherzt Leos Hand. »Weg sind sie. Am liebsten würde ich für immer hier wohnen, mit allen, auch Frieda und Holly.«
»Du Träumerin.« Leo küsste ihre Hand.
»Du weißt, was man sich nicht vorstellen kann, passiert auch nicht.«
»Ich würde einen ausgewachsenen Inselkoller bekommen. Jetzt schon kenne ich alle Tavernen, Geschäfte, den kleinen Bäcker. Selbst Marcos Truppe ist mir vertraut. Wie er das nur aushält?«
»Vielleicht ist es gerade das. Alles ist überschaubar, er ist frei und gehört doch zu dieser Gruppe Freigeister, die dahinten in den Höhlen schlafen.«
Lotti dachte an den beschwerlichen Weg über Geröll und Steine, um zu Marcos Höhle zu gelangen. Dort angekommen, war sie überrascht, wie gemütlich, wie wohnlich alles war. Sofort erkannte sie seinen Platz. Es war picobello aufgeräumt, so wie seine Mutter es ihm vorgelebt hatte. Er liebte schon immer seine Ordnung, wenigstens im Außen. Das schien ihm Sicherheit zu geben.
Leo sah glücklich aus und sie ahnte es, gleich würde er es wieder vorschlagen. »Morgen, Lotti. Morgen gehen wir wandern!«
»Oh, morgen ist schon Isabellas letzter Tag. Übermorgen. Versprochen!«
»Gib es endlich zu, du willst gar nicht!«
»Doch, ich will. Ich freu mich, an meine körperlichen Grenzen

zu kommen, und ich vermute, genau das wird passieren, wenn ich diese Berge sehe und die ewig prasselnde Sonne. Aber ich will! Übermorgen. Deal?« Sie drehte sich zu ihm und besiegelte diese blöde Wanderung mit einem offiziellen Handschlag.

Später saß Lotti mit Isabella allein bei einem letzten frisch gepressten Orangensaft.

»Meine Therapeutin lyncht mich, wenn ich zurückkomme und nicht weiß, wie es danach, nach Friedas Einweisung, weitergegangen ist.«

»Dann erzähle ich dir, was ich weiß. Bist du bereit?«

Isabella nickte. »Erzähl mir alles, nichts weglassen.«

»Gut. Ich habe euch beide völlig verstört vorgefunden. Zuvor hatte meine Schwester mich angerufen, ich sollte kommen. Das Bad war voller Wasser, der Boden schwamm. Es sah eklig aus, da auch Blut dabei war.«

»Und Kacke und Urin, du sollst nichts weglassen. Den Teil kenne ich schon.«

Lotti seufzte, holte neuen Anlauf. »Ihr beide habt Arm in Arm dagesessen, das Wasser war nicht ausgestellt, es lief noch. Marco hatte wohl ein Badehandtuch, das auch nass und verdreckt war, über euch gelegt. Dein Bruder hatte überall Blessuren, er sah schlimm aus. Du hattest deine Lieblingsunterwäsche an, die mit den kleinen Pinguinen.«

»Ich war nicht nackt?«

»Nein. Du hattest diese Unterwäsche an, die du so sehr geliebt hast.«

»Das wusste ich noch nicht. Ich dachte immer, dass ich auch nackt gewesen war. Hab ich wohl falsch abgespeichert.« Isabella nestelte an ihrem Rock, dachte offenbar nach und Lotti wartete, bis sie den Blick erneut auf sie richtete.

»Also ich hab das Wasser abgedreht, euch aus dem Bad befördert, neue trockene Sachen gesucht und versucht, euch zu beruhigen. Marco hielt die ganze Zeit deine Hand.« Sie schaute zur Nichte. »Du warst wie versteinert. Ich habe euch an diesem Tag nicht zum Reden gebracht. Weder Frieda noch Marco und dich schon mal gar nicht. Ich konnte mir nur denken, dass es irgendwas Sexuelles war, da ist Frieda immer ausgerastet. Es hätte alles sein können oder nichts.«

»Aber wenn es alles gewesen wäre?«

»Ich musste mich entscheiden. Da Marco direkt, nachdem er wusste, dass du in Sicherheit bist, abgehauen ist, habe ich kurz doch wieder gedacht, er hätte dich missbraucht. Es war wie ein Schuldeingeständnis, so kam es mir jedenfalls vor. Ich war total überfordert. Hab dich beobachtet, war mit dir sogar beim Kinderarzt und wusste nicht, was ich tun oder sagen sollte. Vielleicht hätten sie dich uns weggenommen. Ich hatte so viel Angst. Du hast immer nur nach Marco gefragt. Zum Glück war Jupp später für dich da, der nur Bahnhof verstanden hat.«

»Wo war er eigentlich an dem Tag?«

»Er war für wenige Tage an der Ostsee, hatte einen großen Tischlerauftrag in einem Ferienhotel. Als er zurückkam, konnte ich ihm nur bruchstückhaft erzählen, was los war. Er hätte Marco umgebracht, wenn der seiner kleinen Prinzessin etwas getan hätte. Also habe ich die Geschichte runtergebrochen. Frieda hatte eine Auseinandersetzung mit Marco, hat sich selbst in die Psychiatrie eingewiesen. Marco ist abgehauen. So ungefähr. Du warst schon am Abend wieder wie immer. Hast mit Jupp gekuschelt, dein Lieblingsessen gefuttert und gespielt. Ich hatte mir vorgenommen, wenn irgendetwas auffällig mit dir ist, ziehe ich es wieder in Betracht. Aber da war nichts. Zumindest nicht als Kind oder Jugendliche. Erst jetzt, als du diese

Panikattacken hattest, diese ominöse Hautgeschichte, dachte ich wieder – oder doch?«

Isabella hörte schweigend zu. »Hat meine Mutter nie darüber geredet?«, fragte sie dann.

»Nein, niemand hat darüber geredet. Es war tabu. Nicht vorhanden.«

»Du hast immer sehr frei über Sexualität und den ganzen Döschen-Scheiß gesprochen. Wenn was gewesen wäre, wäre das aber nicht sehr rücksichtsvoll gewesen, oder?«

»Es war auch immer ein Test. Ich wollte wissen, wie du reagierst, ich wollte nicht, dass Sex so tabuisiert wird wie bei deiner Mutter, wie in unserer Familie.«

»Das ist dir gelungen«, antwortete ihre Nichte.

War das ironisch gemeint? Lotti zögerte, doch dann redete sie weiter. »Ich bin so froh, dass diese Geschichte mal aus dem stinkenden feuchten Keller geholt wurde. Vielleicht könnt ihr jetzt alle ein Stück loslassen. Marco, du und hoffentlich auch Frieda.« Lotti runzelte die Stirn. »Ich glaube, sie wird ihre Geschichte mit unserem Vater mit ins Grab nehmen. Selbst in der Klinik haben sie sich die Zähne ausgebissen. Was sie richtig gut kann, ist schweigen und Lasten tragen.«

»Lotti, welche Geschichten mit eurem Vater? Sprich nicht in Rätseln.«

Lotti erzählte ihr alles, was sie wusste. Isabella war stark, sie musste nichts mehr beschönigen oder vertuschen.

»Meine Holly tut ihr gut. Ich schaue den beiden gern zu, und wenn ich ehrlich bin, gönne ich es ihr.«

»Wem?«

»Beiden. Meiner Tochter und auch Frieda.«

»Mutter zu sagen, fällt dir immer noch schwer.«

»Ja.«

Von Weitem sahen sie Marco und Leo näherkommen. Wie Vater und Sohn. Beide stoppten kurz an ihrem Tisch und liefen weiter zum Strand.

»Übrigens, dein Leo ist toll.« Lotti lachte, als Isabella ihr verschwörerisch zuzwinkerte. »Hat er Kinder?«

Lotti schüttelte bedauernd den Kopf. »Nein, weder er noch ich haben eigene Kinder. Ich hab euch und ihn.«

»Er hat dich und Marco.«

»Hast du eigentlich registriert, dass deine Haut hier zur Ruhe gekommen ist? Sie blüht weniger, sagt man das so? Blühende Haut. Na ja. Klingt seltsam.«

Isabella schaute an sich hinunter. Befühlte ihre Ellbogen, hielt das Gesicht in die Sonne. »Hab ich. Besonders mein Gesicht und meine Kopfhaut sind wieder frei von juckenden Stellen. Ich hatte schon lange keine Kratz- und Cremeorgie mehr.«

»Wir sollten alle hier leben, am Meer.« Lotti war von ihrer Idee dermaßen begeistert, dass sie über die Ablehnung der anderen nur milde lächeln konnte. Sie würden schon noch dahinterkommen.

Ihre Nichte verdrehte wieder die Augen, sodass man nur das Weiße sehen konnte. Wie früher, wahrscheinlich wird sie das noch als alte Frau machen, dachte Lotti amüsiert.

»Ich würde den Inselkoller kriegen. Stell dir vor, die nächsten fünf Jahre wärst du immer nur hier. Läufst die ewig gleichen Strecken wieder und wieder. Kennst die Leute, die hier leben, in- und auswendig. Wie auf dem Dorf.«

»Die Urlauber wären immer neu, und hör auf, die Augen so zu verdrehen. Gruselig.«

»Marco sagt, selbst die Urlauber sind stets die gleichen. Und ich würde mich nach schlechtem Wetter sehnen, stell dir eine ewige Sonne vor. Langweilig«

»Ist ja gut, macht es mir nur alle madig. Aber deine Haut ist hier besser als auf jedem Dorf in Deutschland!«

Sie schlenderten an den hinteren Strand, dahin, wo Marco Kaffee mit aufgeschäumter Milch und Bananen mit Schokoguss servierte. Isabella drängte Lotti dazu, sagte, sie wolle es einmal gesehen haben, bevor sie wieder nach Hause fliegen würde.

Und wirklich, Isabella japste nach Luft. Die Menschen lagen splitternackt in kleinen Buchten oder Steinkreisen. Die bunten Badetücher hoben sich vom dunklen Sand ab, was fröhlich aussah, und durch die hohen Wellen, die an den Strand donnerten und den böigen Wind war die Stimmung prallvoll mit Energie. Alles pulsierte im Takt der Wellen.

»Ich ziehe mich nicht ganz aus«, flüsterte sie Lotti zu.

»Ich schon!« Hoch erhobenen Hauptes, heute gekrönt von einem riesigen Sonnenhut, steuerte Lotti auf Marcos Platz zu. Leo, der etwas abseits lag und einen gut funktionierenden Sichtschutz gebaut hatte, wie Isabella erleichtert feststellte, winkte ihnen zu.

Marcos Bucht, sein Arbeitsplatz, sah gemütlich und top aufgeräumt aus. Es gab eine windgeschützte Ecke, dort kochte er auf einem kleinen Gaskocher den Kaffee, schäumte daneben die Milch auf. In der anderen Ecke wurden die Mini-Bananen zubereitet, die zuhauf überall in den Plantagen im Tal wuchsen. Immer wieder kamen Leute vorbei, natürlich splitterfasernackt, die bei ihm bestellten. Der Satz ihres Vaters, wenn nicht gut Geld im Haus war, kam Isabella in den Sinn: ›Fass mal einem nackten Mann in die Tasche.‹

Unwillkürlich musste sie grinsen. Der Mann, der gerade bestellte, hatte seine Geldbörse in der Hand. Siehste, Paps, Nacktsein und Geldhaben geht doch zusammen.

Die junge Frau, die Marco letztens angesprochen hatte, half ihm. Wie zwei Honigbienen arbeiteten sie emsig Hand in Hand.

Honey Bee. Karlson. Isabella sehnte sich danach, von ihm geküsst zu werden. Nach einem zärtlichen, liebevollen Kuss, ohne Hunger. Still lächelte sie in sich hinein, dachte daran, wie wahnsinnig sexy er ›fuck‹ sagen konnte.

Weit weg von Marco, Leo und Lotti legte sie sich im Bikini auf ihr Handtuch. Ab und zu lief ihr Bruder den Strand entlang, ein Henkeltablett in der Hand und brachte den bestellten Kaffee zu den Urlaubern. Er sah glücklich aus.

Es wurde immer heißer, die Wellen waren fast mannshoch, schäumten nach dem Brechen und die Menschen warfen sich ins Meer, tauchten hindurch oder planschten im Schaum des Weißwassers. Spaß und Kreischen.

Isabella schlenderte zum Wasser. Ihr Körper war weiß mit roten abheilenden Flecken. Niemand kannte sie hier. Im Schutz der Anonymität spazierte sie ein paar Mal auf und ab. Dann traute sie sich und tauchte unter den hohen Wellen durch. Den Bikini zog es ihr dabei fast aus. Als sie auftauchte, ließ das Oberteil ihre Brüste frei, die Hose war nach unten gerutscht. Sie lachte, zog sich aus und überließ den Bikini dem Meer. Brüste und Hintern waren weißer als weiß. Sie tauchte, rannte zurück, tauchte und warf sich immer wieder in die Wellen. Das Salzwasser umschloss ihren schutzlosen Körper und Bella dehnte sich aus, öffnete die Arme, fühlte die Umrandung ihres Körpers und gab sich dem Meer hin. Völlig frei. Vogelfrei. Nackt und doch nicht nackt.

Von Weitem sah sie, dass ihr Bruder zu ihr gerannt kam und sich mit ähnlicher Begeisterung in die Wellen stürzte wie alle anderen.

Marco suchte ihre Hand, gemeinsam sprangen sie hoch oder entschieden, kurz vor der Welle, lieber zu tauchen. Es blieb kaum Zeit zum Luftholen, da rückte bereits die nächste Welle an. Sie kreischten, lachten und spielten so unbeschwert wie es nur Kinder können, die dem Leben vertrauen.

In ihrer letzten Nacht auf der Insel schlief Isabella wieder bei offener Balkontür. Das Meer war ruhiger, sie hörte das reibende Rollen der Kieselsteine in der Dünung. Immer wieder wachte sie auf. Noch hatte sie sich nicht an die ungewohnten Geräusche des Meeres gewöhnt.

Im Halbschlaf dachte sie an Lottis Leben. Lotti, Friedas jüngere Schwester. Eine beschützte die andere. Eine war für die andere da. Isabella liebte ihre Tante abgöttisch. Dann schlief sie endlich ein.

56.

Isabella saß wieder in ihrem Drehstuhl im Therapieraum. Während die Therapeutin noch etwas notierte und mit dem Rücken zu ihr saß, hatte sie große Lust, sich einmal blitzschnell mit dem Stuhl zu drehen. Sie nahm Schwung, der Sessel quietschte, die Therapeutin drehte sich um und lächelte sie an. Isabella fiel auf, dass sie sie noch nie hatte lächeln sehen. Niemals würde diese Frau nackt auf Gomera in die Wellen rennen. Sie lächelte zurück und erzählte ihr alles, was sie erfahren hatte.

»Sekundäres Trauma«, war der geraffte Kommentar.

»Was? Was heißt das, bitte so, dass ich es verstehe!«

»Sie mussten als kleines Kind miterleben, wie Ihrem geliebten Bruder Schreckliches passiert ist. Obwohl Ihnen kein einziges Haar gekrümmt wurde, hatten Sie die gleichen Traumasymptome, als wäre Ihnen selbst das Schreckliche passiert. Die kleine Isabella hatte wahnsinnige Angst, vielleicht Todesangst. Sie stand mit dem Rücken an der Wand, ihre junge Seele war völlig überfordert mit der ausweglosen Situation, die Zweijährige konnte nicht kämpfen, konnte nicht fliehen. Also hat die junge Seele das einzig Kluge gewählt, was man in so einer Situation machen kann. Die Kleine hat sich totgestellt, abgespalten, als wäre sie nicht da.«

Isabellas Augen füllten sich mit Tränen bei den Worten der Therapeutin, doch sie schwappten nicht über. Vor ihrem geistigen Auge erschienen die Bilder.

Das kleine Mädchen, das in ihrer Pinguin-Unterwäsche völlig verdreckt, nass und frierend in diesem Bad steht. Mit dem Rücken an der Wand. Marco, ihr geliebter großer Bruder, der sie anlächelt, obwohl er große Schmerzen haben muss. Der versucht, ihr mit seiner Mimik zu sagen, dass alles halb so schlimm ist. Doch für die Kleine wirkt sein Gesicht wie eine Fratze, was sie noch viel mehr ängstigt. Sie zittert. Hält es kaum aus. Dann ihre wildgewordene Mutter, die keinen Blick für die Kleine hat, die wie eine Besessene den Bruder verdrischt. All das Blut, die Badewanne, die gelben Quietschenten. Ihr innerer Blick wandert immer wieder zur kleinen Isabella. Plötzlich steht Holly mit ihrer rosanackten Plastikpuppe neben dem Mädchen in der Pinguin-Unterwäsche. Die Bilder überlagern sich. Und erst als Holly auftaucht, kann Isabella weinen und weiß nicht mehr, ob sie groß oder klein ist.

Wie aus weiter Ferne hörte sie die Stimme der Therapeutin, ungewöhnlich sanft. »Lassen Sie die Augen geschlossen. Nehmen Sie die Kleine auf ihren Schoß, auf dem Drehsessel würde es ihr sicher gut gefallen. Erlösen Sie die kleine Isabella, die da immer noch mit dem Rücken an der Wand steht.«

Isabella schluchzte laut auf, ging in das Bad und nahm das kleine Mädchen in der Pinguin-Unterwäsche an die Hand, umarmte sie, hob sie hoch. Drückte sie dicht an ihren Körper und nahm sie mit auf den Drehstuhl.

»So ist es gut«, hörte sie die Therapeutin.

Isabella hält sich selbst im Arm, dreht und dreht den Stuhl. Immer wieder. Stellt sich vor, dass das kleine nasse und verdreckte Mädchen auf ihrem Schoß sitzt, wie Holly so oft auf ihrem Schoß sitzt. Wärmt sie, zieht ihr die nassen Sachen aus. Wickelt sie in eine warme Decke. Beruhigt sie. Tröstet. Holt all das nach, was ihre Mutter nicht mit ihr gemacht hat. Zum Schluss verspricht sie der Kleinen, neue Pinguin-Unterwäsche zu kaufen. Isabella ließ sich in das Bild sinken. Verlor komplett das Gefühl für Raum und Zeit, die Bilder verschwammen inei-

nander und in ihrem Inneren kehrte für einen Moment Ruhe ein. Tiefer Frieden. Irgendwann dröhnte das Quietschen des Sessels laut in ihren Ohren. Isabella stoppte. Blinzelte, fühlte sich desorientiert und wirkte etwas verloren. »Jetzt weiß ich, weshalb Sie diesen ominösen Drehsessel hier im Zimmer haben.« Erschöpft, immer noch ruhig, lehnte sie sich zurück.
»Ehrlich gesagt, war er ein Fehlkauf.« Mitfühlend wie eine Schrankwand. Doch sie lächelte Isabella an. »Sie mussten ganz schön tief schürfen. Gut gemacht!« Sanft legte die Therapeutin die Hand auf ihre Schulter.

Wie früher rief Bella sofort ihre Freundin Becky an, die für wenige Wochen im Lande war. »Lass uns treffen. Ich muss dir alles erzählen und ich brauche einen Schnaps.«

Sie verabredeten sich am frühen Abend im *Kowalski*. Hier war es noch schön ruhig, der Betrieb würde erst viel später losgehen. Becky winkte ihr zu, zwei Schnapsgläser standen bereit.

»Worauf trinken wir?«, fragte sie.

»Auf das Leben, auf die Liebe, auf einen Neustart!« Isabella sprudelte regelrecht über. Erzählte von der Therapiestunde, davon, wie nahe sie sich war mit der kleinen Isabella auf dem Schoß.

Becky, die die ganze Geschichte inzwischen kannte, hörte ihr gespannt zu. »Puh, was für eine krasse Story und wie weit sie zurückreicht. Bis zu den Eltern deiner Mutter, eigentlich noch weiter. Die sind ja auch nur so geworden, wie sie geworden sind, weil sie mal komische Eltern hatten.«

»Das stimmt. Aber Frieda redet nicht über früher, also ganz früher. Wahrscheinlich habe ich mit Holly auch schon tausend Fehler gemacht, es hört nie auf.«

Becky beruhigte sie. »Noch kannst du viel richtig machen. Sie ist klein und du siehst ja, wie wichtig es ist, seine Geschichte zu kennen. Erzähl ihr später alles.« Becky schlenderte zum Tresen und bestellte Wasser und zweimal Wiener mit Kartoffelsalat, was anderes hatte Ralle nicht.

»Und du, Becky? Dauernd geht es um mich. Was hast du vor, wen küsst du gerade?«

Die lachte ihr helles Lachen. »Ich küsse immer noch die, die es schaffen, mir tief in die Seele zu blicken. Im Moment ist es einer.«

»Wer? Erzähl.«

Sie verbrachten den Abend zusammen. Becky erzählte ihr von Carlos aus Spanien, Andalusien und ihrem Plan, zu ihm zu ziehen.«

»Nach Spanien schaffe ich es, auch mit Holly. Wie toll!«

»Aber erst mal borge ich mir morgen mein Patenkind aus zum Spielen, abgemacht?«

»Abgemacht! Sie liebt Jupps Werkstatt. Komm doch zu uns.«

»Das mach ich, aber eine Frage habe ich noch. Kümmert sich Finn um Holly?«

Isabella lehnte sich zurück. »Er versucht es. Er hat mit Anna auch ein Kind, einen Jungen. Ich habe Hoffnung, dass sich alles einspielen wird. Momentan sieht er Holly alle vierzehn Tage am Wochenende und Anna hat nun das gleiche wie ich, ein Kind von Finn und was soll ich sagen, sie ist wieder schwanger.«

Becky haute sich auf die Schenkel. »Jetzt hat sie dich endlich übertrumpft. Zwei Kinder von Finn.« Isabella stimmte in Beckys Lachen ein.

57.

Karl raste über die Autobahn. »Fahr doch, du Vollidiot!« Er blinkte, hupte und konnte endlich links vorbeiziehen. Das Schleichen der anderen nervte, er hatte es eilig. Isabella hatte ihn angerufen, gefragt, ob er am Wochenende Zeit für sie hätte. Zeit zum Reden, Spazierengehen, Zuhören.

»Habe ich«, hörte er sich gut gelaunt sagen, um gleich danach alles, was er bereits fürs Wochenende geplant hatte, hektisch abzusagen. Über Monate wollte sie niemanden sehen, lebte das Leben einer Perle, eingeschlossen in einer Muschel tief unten am Meeresgrund. Endlich, endlich war sie wieder da, sein Herz hüpfte freudig nach oben. Und ja, sie wollte ihn sehen, hüpfte es seitwärts.

Auf dem Hof angekommen, sah er Licht in der Werkstatt. Kurz zuckte er zusammen, da er glaubte, Jupps Schatten gesehen zu haben. Neugierig schaute er durchs Fenster und erblickte Holly, die auf der Werkbank saß und etwas sehr ernsthaft mit Sandpapier bearbeitete. Daneben Isabella, die Jupps Sachen trug und aufräumte. Sie redeten die ganze Zeit miteinander, waren vertieft in das, was sie taten.

Die Haustür von gegenüber klappte. Frieda kam zu ihm, legte eine Hand auf seinen Rücken und schaute mit ihm durchs Fenster. »Schön, dass du da bist. Schau dir die beiden an. Genauso saß früher Isabella auf dieser Werkbank und quasselte ihren Vater voll. Manche Dinge wiederholen sich offenbar immer wieder. Von Generation zu Generation.« Sie hielt ihre dicke Strickjacke unterm Kinn geschlossen. Sah zerbrechlicher aus, war grauer geworden.

Frieda war für ihn immer eine Frau, die das Leben im Griff hatte. Davon war nur noch wenig zu spüren. Es schien, als wollte sie noch etwas sagen, schwieg dann aber.

Karl gab ihr ein Zeichen, öffnete die Tür. »Hallo, ihr beiden. Überraschung!«

»Karlson, Karlson und Oma. Oma, guck mal!« Holly rannte in Friedas Arme und zeigte Karl aus sicherer Entfernung ihre selbstgeschnitzte rätselhaft aussehende Figur. Sie war handtellergroß und sah aus wie ein Bauch mit Füßen. Alle mussten raten, was es ist.

»Eine Maus«, riet Karl.

»Eine Katze«, kam von Isabella.

Oma Frieda hatte den richtigen Riecher. Ein Pferd.

»Karl!«, Isabella schüttelte entrüstet den Kopf. »Das sieht man doch, dass das keine Maus ist!«

Abends, als Holly im Bett lag und Frieda ihren täglichen Viertel-nach-acht-Film schaute, zogen sie sich in Isabellas Bereich des Hauses zurück.

»Nicht schlecht! Du hast umgeräumt.«

Sie strahlte wieder, wie hatte er ihr Tausend-Watt-Lächeln vermisst. »Schläfst du heute in meinem Bett?«, lockte sie.

Er schaute sich um, es gab weit und breit nur ihr Bett. »Ich fürchte, ich muss!«

Flirtend kam sie auf ihn zu, zog an seinem Hosenbund und versuchte, etwas zu erkennen. »Schade, keine Peperoni-Boxershorts heute.«

Eine Gänsehaut jagte durch seinen Körper. »Sex? Du willst Sex?« Statt einer Antwort küsste sie ihn, langsam dieses Mal, spielerisch. Von wegen Spazierengehen, reden, zuhören.

»Du hast mich reingelegt, Honey Bee.«

Sie lag nackt in Karls Armen, ihr Kopf in seiner Armbeuge. Die Zeit knisterte wohlig vor sich hin. Sie liebte das gemeinsame Schweigen ihrer Körper.

Zärtlich streichelte er die roten Stellen auf ihrer Haut. »Keine offenen Wunden mehr.«

Sie drehte sich auf den Bauch. »Und hinten?«

Er untersuchte sie, bedeckte ihren Rücken mit Küssen und tat, als müsse er ihre Rückseite ausgiebig unter die Lupe nehmen. »Hinten ist es geradezu perfekt. Alles!«

Ruckzuck drehte sie sich wieder um, umschlang ihn mit ihren Armen und Beinen wie ein kleiner Affe. »Geradezu perfekt. Soso.« Sie küsste ihn nach jedem Wort. Japste nach Luft. Reden und gleichzeitig Küssen erforderte eine gute Koordination beim Atmen. Abschließend biss sie ihn in seine glühenden Ohrläppchen, gab ihn frei.

»Karlson?« Sie kuschelte sich wieder in seine Armbeuge. »Mir geht's wieder gut.«

»Kommst du zurück nach Berlin? Wir könnten zusammen wohnen, meine Wohnung ist groß genug, neue Projekte planen, neu durchstarten!«

Energisch schüttelte sie den Kopf. »Ich werde hierbleiben. Ich fühle mich wohl hier und ich möchte nicht mehr modeln.«

Er stutzte. »Was dann?«

»Ich übernehme Jupps Werkstatt. Ich mach eine Ausbildung zur Tischlerin, ich will alles über Holz wissen. Ich bin jung, hab kein Abi, die Werkstatt liegt vor meinen Füßen. Das Schicksal schreit mich geradezu an, das zu tun.«

Er setzte sich auf. »Das Schicksal schreit dich an?«

Sie lachte.

»Aber ja, es brüllt!«

»Ich muss dir auch was sagen. Mein Schicksal hat auch mit mir gesprochen.«

Erschrocken setzte sie sich auf. »Was Schlimmes? Bitte nicht!«

»Ich hab für eine Recherchereise in die Mongolei zugesagt. Ich bin der Fotograf, Carola Gassauer ist die Autorin. Ich werde ab Sommer länger unterwegs sein.«

Isabella schluckte kurz. »Wie lange?«

»Ein paar Monate, ein halbes Jahr. Wir leben zusammen mit den Nomaden in der Zentralmongolei. Es wird mehrere Etappen auf dieser Reise geben.«

Sie stöhnte, kroch aus dem Bett der Stille, das sie eben noch umschlungen hielt. »Ganz schön lange.«

»Ja.« Er zog sie zu sich. Küsste sie, als hätte er längst erkannt, was sie nur ahnte.

Ernst schaute sie ihn an. »Du hast auf mich gewartet, Karlson, jetzt warte ich auf dich.«

»Wenn ich gewusst hätte ...«

»Psst«, unterbrach sie ihn. »Ich hoffe, diese Carola Gassauer ist in den Siebzigern und lesbisch.«

Karl nickte ernst. »Ist sie, ist sie.«

Sie kniff ihn in die Seite. »Nicht fremdvögeln! Wenn doch, genieß es und stell dich wenigstens so geschickt an, dass ich nichts davon mitbekomme.«

»Zu Befehl, Frollein Honey! Wenigstens!« Seine Hand flog zum Gruß an seinen Kopf.

»Weißt du, Karlson. Du hast eigentlich nie in die Schönheitsindustrie gepasst. Diese Reise klingt viel mehr nach deinem Ding.«

Karl strahlte wie ein kleiner Junge, der nach vier Wochen Hausarrest endlich wieder draußen spielen darf. »Du verstehst es?«

»Ja, ja wirklich!«
»Und wir beide?«
»Haben noch das ganze Leben vor uns. Also ich zumindest. Wie alt bist du jetzt eigentlich?«
Karl rechnete mit den Fingern. »Bisschen über vierzig.«
»Ach, du grüne Neune!«
Sie lachten, schmiedeten Pläne. Liebten sich, als würden sie auf der Außenkante der Welt sitzen und schaukeln. Summten ihre Lieblingssongs von *Madrugada* und hörten die neuen Songs in Endlosschleife.

58.

Wenige Abende später saß Frieda bei einem Glas Rotwein im Wohnzimmer, Isabella hatte ihren Sessel nah an ihren gerückt und schenkte sich ebenfalls ein Glas ein. So friedlich hatten sie noch nie beieinander gesessen. Ihre Tochter erzählte ihr gerade von der Therapie, ihren neuen Plänen mit der Werkstatt, und fragte, ob sie und Holly hier wohnen bleiben dürften. Überrascht und glücklich nickte Frieda so heftig, dass ihr die Brille von der Nase rutschte. Hätte sie auch nur ein Wort gesprochen, hätte jedes Wort ihre Emotionen verraten, ihre überdimensionale Freude, ihre Liebe. Besser nicht zu sehr freuen.

Schnell bückte sie sich, um eine der Katzen zu streicheln. Sammelte sich.

»Übrigens ist meine Therapie zu Ende.«

»Das heißt, du bist jetzt wieder gesund?«

»Ich glaube schon. Zumindest hab ich ein vollständiges Bild davon, was mir mit zwei Jahren passiert ist. Die Therapeutin sagt, irgendwann wird daraus eine erzählbare Geschichte, die zu meinem Leben gehören wird. Sekundäres Trauma. Nie zuvor davon gehört.« Isabella fuhr sich durch die kurzen Haare und sah sofort aus, als käme sie frisch gestylt vom Friseur.

Ihre hübsche Tochter. Frisch, zwar mit Wunden auf Haut und Seele, dennoch bereit für dieses Leben. Bereit, neu durchzustarten. Bereit zu lieben, dachte Frieda und gönnte ihrer Tochter das Glück. Gönnte ihr, dass es wieder leichter wurde.

Isabellas Stimme holte sie aus ihren Gedanken. »Wieso hast du Marco damals so schlimm zugerichtet? Du hast ihn doch geliebt. Er war dir so wichtig, dein Ein und Alles?«

Frieda schaute in Isabellas Gesicht. Schwieg, suchte nach

Worten.»Ich wollte dich beschützen. Unbedingt. Mit all meiner Kraft.«

In Isabellas Gesicht arbeitete es, von weit hinten schien eine Welle der Erkenntnis heranzurollen. Ihre Augen glänzten, sie wischte sich darüber und suchte dann Halt an ihrem Glas Wein.»Wenn du mich nicht geliebt hättest, hätte es dir egal sein können, was mit mir passiert.«

Frieda schluckte.»Isabella, mein Mädchen. Du warst mir nie egal.« Sie kämpfte, ähnlich wie ihre Tochter, mit ihren Emotionen. Am liebsten würde sie laut aufschluchzen, Isabella in die Arme ziehen und ihr sagen, wie sehr sie sie liebte. Ihr sagen, wie leid es ihr tut, was alles zwischen ihnen schief gelaufen ist. Sie halten und über ihren Kopf streichen, so, wie sie es ständig bei Holly machte.

»Vielleicht hast du das auch, ein sekundäres Trauma?« Isabella wollte weiterreden, hier sitzen bleiben, vermutete Frieda und ja, das wollte sie auch.

Stand auf, schenkte beiden vom offenen Rotwein nach und setzte sich wieder. Ihre Tochter schien ihren Sessel noch näher herangerückt zu haben. Frieda entspannte sich, erinnerte sich, wie aufgeregt Isabella ihr von dieser Diagnose erzählt hatte.

»Nein.« Leider nein, dachte sie. Ich musste nicht zuschauen, ich war Teil davon. Sie schüttelte den Kopf.»Bei mir war es anders.« Überrascht schaute Frieda auf ihre Hände, die in denen ihrer Tochter lagen.

»Mum, vielleicht hilft es dir auch, mit jemandem darüber zu reden.«

»Ich komme aus einer anderen Generation. Wir können nicht über so was reden. Ich hab meine Vergangenheit gut verpackt. Glaub mir. Selbst wenn ich wollte, das ist alles doppelt und dreifach versiegelt. Da komme ich gar nicht ran.« Vorsichtig löste sie den Handkontakt. »Und Marco hat leider die berstende Wut mehrerer Generationen abbekommen, die sich in mir aufgestaut hatte. Das habe ich erst viel später begriffen.« Frieda seufzte, wenn sie an ihren mittleren Sohn dachte.

»Marco hat dir längst verziehen, hat verstanden, was mit dir los war. Und ich bin froh, meinen Bruder wieder in meinem Leben zu haben. Er ist toll.« In Isabellas Gesicht spiegelte sich die Begeisterung, wenn sie von ihm sprach. Frieda wusste, dass die beiden regen Kontakt hatten, was sich wie ein sanfter Frühlingsmorgen auf ihre Seele legte. Das war gut. Richtig gut.

Wieder schwiegen sie eine Weile.

»Mum. Ich weiß nicht, ob ich dich jemals so lieben kann wie Jupp, aber ich möchte dich besser kennenlernen. Lieben lernen. Du hattest immer Marco, Jupp hatte mich. Und jetzt«, wieder nahm Isabella einfach ihre Hand, »jetzt hast du Holly und ein bisschen auch mich.« Isabella drückte ihre Hand ganz fest. Doppelt.

Frieda registrierte das ›Mum‹, Isabellas Wärme in der Stimme und drückte einfach zurück. Mehrmals hintereinander. Ihre Tränen hatten gewonnen, lautlos liefen sie in Strömen über ihr Gesicht. »Danke. Und auch dafür, dass du mir Holly lässt.«

Isabella nickte.

Wie eine Kriegerin kämpfte Frieda um jedes Wort, ein fast tierischer Kehllaut entschlüpfte ihrer Zensur. Erschrocken hielt sie sich die Hand vor den Mund. »Du bist eine tolle junge Frau. Ich, ich liebe dich längst.«

Sie biss sich auf die Lippen, zerkaute sie, bis sie bluteten. Wieder legte ihre Tochter eine Hand auf ihre, doch das machte es nicht besser. Frieda, die es nicht gewohnt war, sooft berührt zu werden, verkroch sich in die hinterste Ecke ihres Selbst. Manchmal haderte sie mit allem, ihrem Leben, ihrer Ehe, ihrem

Dasein. Nie hatte sie es sich erlaubt, sich als Frau aufzublättern wie einen von Lottis Fächern. Ein Weib zu sein, sich zu nehmen, wonach sie dürstete. Stets hatte sie es vorgezogen, in der Knospe zu bleiben, in der Enge der Sicherheit. Hatte es verpasst, zu blühen und inzwischen war sie am Verwelken.

Als sie an Hollys warme kleine Hand in ihrer dachte, wusste sie, was ihre letzte Kür sein würde. Diesem Mädchen eine gute Großmutter sein und ihrer Tochter endlich eine Mutter.

59. Ein Jahr später (2008)

»Honey, du glaubst es nicht. Es gibt einen neuen Song von *Madrugada* und rate, wie der heißt.«
»Oh, Karl, keine Ahnung. Sag es!«
»Honey Bee!«
»Nicht dein Ernst.«
»Doch, doch. Wir müssen endlich mal auf ein Konzert gehen. Ich kann jeden verdammten Song mitsingen!«
»Und worum geht's in Honey Bee?«
»Er singt so was wie: Honigbiene, umsumme mich, muss dich fühlen, süße Parfümküsse, bleib bei mir ...«
Isabella lachte. »Umsumme mich. Parfümküsse. Sie haben den Song nur für uns beide geschrieben!«
»Yes, Honey Bee. Come buzzing me. I ain't seen you for so long. I need to feel you ...« Karl summte den neuen Song der Band ins Telefon. Umsummen ist ein wunderschönes Wort, dachte Isabella.

ENDE

Nachwort

Diese Geschichte war mir ein Herzensbedürfnis. In meiner psychotherapeutischen Praxis erlebe ich immer wieder, dass mir Menschen ihre traumatischen Geschichten erzählen. Gewaltvolle, missbräuchliche, sadistische. Die kurz erwähnten Sätze wie »Mein Bruder musste alles mit ansehen. Meine Schwester stand in der Tür«, fallen eher nebenbei, doch ich registriere sie jedes Mal und frage nach den Geschwisterkindern. Denn wie bei Isabella im Buch erleben die das Gesehene und Gehörte als würde es ihnen passieren. Wundern sich später, was mit ihnen los sei, denn niemand hatte sie jemals geschlagen oder missbraucht.

Mein Dank dafür, dass dieses Buch so rund geworden ist, geht dieses Mal an meine Wiener Schreibcamp-Frauen. Elsa, Victoria, Enya, Ingrid, Lotte, Verena.

Doch bevor ich die Geschichte aufgeschrieben habe, war ich in das Cover verliebt. Manchmal hat man erst die Geschichte und dann das Cover, doch dieses Mal war es umgedreht. Als ich es bei meinem Coverdesigner sah, dachte ich, zu diesem Mädchen würde ich gern mal eine Geschichte schreiben und habe es mir reservieren lassen. Danke an indiepublishing.de

Mehr über Helena Baum: www.helenabaum.de

Lorenzana, Italien im Mai 2019
Helena Baum

Printed in Poland
by Amazon Fulfillment
Poland Sp. z o.o., Wrocław